Artur Peter Droop

Falllinie

Artur Peter Droop

Falllinie

Oder die unerwarteten Folgen einer Wohnungssuche

Bibliografische Information der Deutschen Nationalbibliothek.

Die Deutsche Nationalbibliothek verzeichnet diese Publikation in der Deutschen Nationalbibliothek, detaillierte bibliografische Daten sind im Internet über http//dnb.dnb.de abrufbar.

© 2015 Artur Peter Droop

Herstellung und Verlag
BoD – Books on Demand, Norderstedt
ISBN: 9783738655865

*Das Herz des Menschen plant seinen Weg,
aber **JHWH** lenkt seinen Schritt.*

Sprüche 16, 9.

Mit manchen Entscheidungen schlägt man sich lange herum, weil man sie für wichtig hält. Nur nichts falsch machen! Andere trifft man so nebenbei nach praktischen Gesichtspunkten. Die Entscheidung für einen Wohnort ergibt sich zum Beispiel ganz selbstverständlich nur aus Überlegungen, wo und wie es in den nächsten Jahren angenehmer sein könnte zu leben. Mehr war, so dachte Franz Kaufmann, da wirklich nicht dahinter. Was soll es zum Beispiel für den Rest des Lebens schon ausmachen, wo man die nächsten paar Jahre wohnt?

Das waren so ungefähr die Gedanken, die sich Franz Kaufmann machte oder eben nicht machte, als er sich nach einer Wohnung in der Nähe seines Arbeitsplatzes umsah. Er war es leid, jeden Tag von seinem Heimatort den Berg hinauf zu fahren und auf der anderen Seite noch weiter hinunter bis ins Rheintal zu der Firma, in der er arbeitete.

Franz Kaufmann war ein Schwarzenberger. Er war da geboren. Seine Eltern stammten beide auch aus Schwarzenberg. Irgendwie waren sie verwandt mit der im 19. Jahrhundert in ganz Europa berühmten Malerin Angelika Kaufmann. Darum wusste er einiges über seine Verwandte. Sogar der Dichterfürst Wolfgang Goethe hatte sich von Angelika Kaufmann porträtieren lassen, so wurde in der Familie erzählt. Aber er soll, so sagte man, mit dem Porträt nicht zufrieden gewesen sein. Was dem Ruhm der Angelika Kaufmann keinen Abbruch tat. Sie, die Malerin, lebte zwar in Rom, aber sie stammte väterlicherseits aus Schwarzenberg und hielt immer Kontakt zu ihrer Heimatgemeinde. Und mit ihr waren sie eben verwandt. Aber wie genau, das wusste Franz nun auch wieder nicht. Er wusste nur, dass die Mutter stolz darauf war, durch die Ehe mit seinem Vater wieder Kaufmann zu heißen. Sie hatte ledig Schwärzler geheißen. Eine Schwärzler aus Schwarzenberg. Aber sie - und nicht der Vater - war verwandt mit der Malerin. Die Mutter legte Wert auf diese Verwandtschaft und insgesamt auf die Kunst. Von seiner Mutter hatte Franz dieses Interesse an der Kunst übernommen.

Schwarzenberg liegt im Bregenzer Wald. Es ist der erste Ort, wenn man aus dem Rheintal über das Bödele, einem elfhundert Meter hohen Pass, in den Bregenzer Wald fährt. Franz Kaufmann verstand sich selbst als Wälder. Kein Einheimischer aus dem Bregenzer Wald bezeichnet sich als Bregenzer Wälder. Sie nennen sich selbst nur Wälder. Das genügt. Wälder gelten als bodenständig und praktisch und der Heimat verbunden. An Kunstsinn denkt man nicht sogleich, wenn man an einen Wälder denkt. Und doch hatte Franz eine Ader zur Kunst. Bodenständigkeit traf dagegen auf den Vater von Franz zu. Der war von seinem Vater, also dem Großvater von Franz Kaufmann, dazu bestimmt worden, den Hof zu übernehmen und Bauer zu werden. Weil der Hof aber zu klein war, um davon leben zu können, hatte der Vater noch einen Beruf lernen müssen. Er war Maschinenschlosser geworden. Das geschah nicht aus Neigung, sondern weil es sein Vater, der Großvater von Franz, so bestimmte. Das wiederum hatte sich einfach so ergeben, weil es eine Lehrstelle in der Nähe des väterlichen Hofes gab.

    Der Vater von Franz hatte sich mit Fleiß einen kleinen Betrieb aufgebaut. Er verkaufte landwirtschaftliche Maschinen und reparierte sie. Als nun die Zeit gekommen war, in der sich Franz für einen Beruf entscheiden musste, da war es klar, dass es ein technischer sein würde. Das war für den Vater klar und der Sohn fügte sich. So besuchte Franz die HTL, die Höhere Technische Lehranstalt in Bregenz. Damals mit vierzehn begann die Fahrerei zur Schule. Das Hetzen zum Bus, das Warten auf den Bus, das Gedränge und Geschiebe, das Fahren und wieder Drängen und Schieben. Die Schule war ihm schon recht, dem Franz. Aber die Schulfahrt, es wäre zu viel gewesen zu sagen, dass er sie hasste, aber sie ödete ihn mehr als an. Darum, als er zur Schule ging, schwor er sich, dass das nach der Schule aufhören musste.

    Es hörte auch wirklich auf, einfach darum, weil er nach der Schule zum Militärdienst musste. Während dieser Zeit kamen die Schreiben von den Firmen. Es war nun einmal so, wer die HTL absolviert hatte, der war in der Vorarlberger Industrie begehrt. Eine Menge Briefe landeten bei ihm. So kam es, dass er bei Maier, einem Seilbahnbaubetrieb, der das war, was man einen Globalplayer nennt, zu arbeiten begann. Jetzt musste er wieder über das Bödele, also über den Berg ins Rheintal fahren. Er kaufte sich ein Auto. Das war besser als im Bus. Aber die Fahrerei ödete ihn immer noch an. Er kannte inzwischen jede Kurve und jeden Randstein und doch musste man immer auf der Hut sein. Einmal war direkt hinter einer Kurve ein mit Baumstämmen beladener Traktor gestanden. Und manchmal im Winter kam es vor, dass man die Schneeketten anlegen musste, um über das Bödele zu kommen.

Franz nahm sich vor, dass er sich so bald als möglich in der Nähe seiner Arbeitsstelle eine Eigentumswohnung kaufen würde. Er sparte eisern. Das ist der Vorteil eines Wälders. Wenn er sich etwas vorgenommen hat, dann zieht er es auch durch.

Die Isolde hätte ihn allerdings fast davon abgebracht. Er hatte sie in einer Disko kennen gelernt. Franz ging selten in die Disko. Der Diskobesuch war mit dem Sparen nicht vereinbar und passte auch nicht in seine sonstige Freizeitgestaltung. Auch wenn die vor der Haustür seines Elternhauses liegenden Höhen aus seiner jetzigen Sicht nur Hügel waren, von dem Fenster seines Zimmers daheim hatte er einen Blick bis zu den Bergen im hinteren Bregenzer Wald. Früh schon erwachte in ihm die Sehnsucht, auf diese Berge hinauf zu kommen. So wurde er zunächst zum Bergwanderer. Mit fünfzehn machte er seine erste kleine Klettertour. Von da an ließen ihn die Berge und die Felsen nicht mehr los.

Wer auf einen Berg will oder eine Felswand bezwingen will, der muss früh ins Bett. Das war der Grund, warum ein Diskobesuch nicht in das Leben von Franz passte. Aber an diesem Wochenende war das Wetter miserabel. Ans Bergsteigen war nicht zu denken. Also gab er dem Drängen seiner Freunde nach und ging mit ihnen in die Disko. Sie fuhren in die Tenne nach Mellau. Das bedeutete nicht über das Bödele zu müssen, sondern in die entgegengesetzte Richtung zu fahren weiter in den Wald hinein an den Fuß der Kanisfluh. Auf dem Gipfel der Kanisfluh war er übrigens schon fünfmal gewesen.

In der Disko lernte er die Isolde kennen. Sie war blond. Das war nicht echt. Das war gefärbt. Aber sie sah mit ihren blonden Haaren super aus. Und sie konnte gut tanzen. Eigentlich besser wie Franz. Wenn sie sich beim Tanzen an ihn schmiegte, dann fühlte er all das, was ein junger Mann fühlen kann, wenn ihn ein warmer weicher Frauenkörper berührt. Und das mit dem Berühren geschah nicht zu knapp. Er schien ihr zu gefallen. Irgendwann kapierte er, dass sie es darauf anlegte, ihn heiß zu machen.

Franz ließ sich auf das Spiel ein.

Am nächsten Morgen erwachte er mit einem dicken Schädel in einem fremden Zimmer. Neben ihm lag Isolde. Sein Bewusstsein kämpfte um die Erinnerung an die vergangene Nacht. Dann hatte er es wieder. Sie waren einige Mal an der Bar gewesen. Sekt und dann Whisky. Anfangs hatte Franz noch an die Wohnung gedacht, für die er sparte. Dann war es ihm egal geworden. Als sie ihn aufforderte, zu ihr mitzukommen, ging er gern mit. Und dann geschah, was Isolde schon gewollt hatte, als sie ihn in der Disko gesehen hatte. Er gefiel ihr. Und er begehrte sie nach den Drinks an der Bar.

Franz richtete sich auf. Isolde schlief immer noch. Sie lag entblößt und ruhig atmend neben ihm. Er konnte sie von Kopf bis Fuß betrachten. In diesem Augenblick hielt er sich für ein Glückskind.

Irren ist menschlich. Wie wahr dieses Wort ist, das sollte Franz in den nächsten Monaten gründlich erfahren. Wenn er nach rechts wollte, dann wollte Isolde nach links. Wenn er auf den Berg wollte, dann wollte sie in die Disko. Während es für ihn feststand, dass er aufs Land hinaus wollte, wie die Wälder für das Rheintal sagen, war es für Isolde ausgemacht, dass sie in Mellau bleiben würde und er, Franz, sollte natürlich zu ihr nach Mellau ziehen.

Zunächst entdeckte Franz, wo er in der Nacht mit Isolde zusammen war. Es war im Hotel Goldener Ochsen. Aber es war nicht in irgendeinem Gästezimmer des Hauses, es war das Zimmer von Isolde. Sie war die Tochter der Familie Miesburger, der das Haus gehörte. Und Isolde sollte einmal das Hotel übernehmen.

Als Isolde den Franz ihren Eltern vorstellte, das war erst nach einem intensiven Monat der Bekanntschaft und nach vielen Auseinandersetzungen, da war er den Eltern nicht willkommen. Sie hätten gern einen jungen Mann aus dem Gastgewerbe gesehen und nicht einen Techniker. Sie ließen es Franz spüren. Das nährte die Zweifel von Franz an dieser Beziehung.

Als sie allein waren, kam Franz auf die Eltern zu sprechen. „Ich denke, die haben sich einen anderen Schwiegersohn gewünscht."

„Schwiegersohn..." Isolde dehnte das Wort in die Länge. „Von heiraten war noch nicht die Rede. Spinnst du, dass du von heiraten redest. Soll das ein Heiratsantrag sein?"

„Nein! Aber es war zum Greifen, dass ihnen das nicht passt. Sie haben mich nach meinem Job ausgefragt. Und wie ich gesagt habe, dass ich meine Arbeit mag, da konnte ich deinem Vater ansehen, dass er sich das anders vorgestellt hat."

„Also hast du doch ans Heiraten gedacht! Wenn du an so etwas denkst, dann muss ich dir sagen, dass ich noch nicht daran denke. Ich will noch etwas haben vom Leben. Aber weil du von Heiraten redest.

Ich werde jedenfalls mal das Hotel übernehmen müssen. Ist doch klar. Und wenn ich das tue, dann wird mein Mann da mitmachen müssen."

Franz sah Isolde an. So war das also. Der Mann würde mitmachen müssen. „Ich bin Techniker und verstehe nichts davon, wie man ein Hotel führt."

„Das ist doch völlig gleich. Ich habe die Hotelfachschule in Schloss Hofen gemacht. Und überhaupt, das wird einmal mein Hotel. Und das bleibt mein Hotel. Denkst du, du könntest dann hier den Chef spielen und ich geh in die Küche?"

Franz spürte, wie Zorn in ihm hochstieg. Darum sagte er mit unverkennbarem Ärger in der Stimme: „Du kannst dein Hotel behalten. Ich bin nicht scharf drauf. Ich bin überhaupt nicht scharf auf dieses Mellau. Und ich hatte auch nichts vom Heiraten gesagt. Deine Eltern haben mich so angesehen."

Jetzt hob Isolde ihre Stimme. „Mellau will der Herr nicht. Das Hotel will er natürlich auch nicht und du denkst überhaupt nicht daran, mich jemals heiraten zu wollen. Dir ist alles wichtig, nur ich bin es nicht. Warum bist du überhaupt noch da?"

Diese Frage stellte sich Franz auch. Denn viele Gespräche liefen so. Sie konnten einfach nicht miteinander. Immer wieder steigerten sich die Dispute zu heftigen Anklagen. Am Ende war es so wie jetzt. Isolde rannte aus dem Zimmer und schlug die Tür krachend hinter sich zu.

Am nächsten Tag versöhnten sie sich wieder. Aber die nächste Auseinandersetzung war schon vorprogrammiert. So ging es sieben Monate lang. Es war zermürbend. Dann kam das Finale. Isolde sagte einfach: „Du, ich mach Schluss!" Franz widersprach nicht und Franz fragte nicht, warum jetzt und heute? Er sagte nur: „Ok!" Er gab ihr einen flüchtigen Kuss auf die Stirn und stieg in sein Auto.

Von da an fuhr er in Mellau nur noch durch und er war erleichtert. Doch das war nicht alles. Erleichtert war er zwar, dass das mit Isolde vorbei war. Aber die Spuren der Schlachten und der Anklagen und der Enttäuschungen, der gescheiterte Versuch zu lieben und geliebt zu werden, das saß tief. Franz ging in die Berge und den Mädchen aus dem Weg.

*

Als Franz nach seiner Meinung genug angespart hatte, machte er sich auf die Suche nach einer Eigentumswohnung. Franz hatte sich das einfacher vorgestellt. Irgendwo in der Nähe seiner Arbeitsstelle würde es schon etwas geben, dachte er. Aber einmal passte der Preis nicht, dann die Lage, dann die Ausstattung. So dehnte er den Kreis der Suche immer weiter aus. Schließlich war auch Bregenz mit dabei. Und da wurde er endlich fündig. In Bregenz war eine Textilfabrik aufgelassen worden. Sie hatte das Schicksal vieler anderer Textilfabriken im Westen von Österreich geteilt. Die billige asiatische Konkurrenz hatte den Niedergang herbei geführt. Zu diesen Preisen konnte in Vorarlberg nicht produziert werden. Als der letzte Angestellte gekündigt worden war, wurde eine Verwertungsgesellschaft gegründet. Die Fabriksgebäude wurden abgerissen. Es entstand ein

Mix aus Wohnanlagen und Geschäften, fast ein neues kleines Viertel.

Dort fand Franz, was er suchte. Im vierten Stock lag die Wohnung, die er kaufen wollte. Er wusste das, als er sie betrat. Aber nicht nur die Wohnung war das, was er gesucht hatte. Auch sonst passte alles. Von der Tiefgarage des Hauses war er in weniger als fünf Minuten im Citytunnel und damit auf der Autobahn und dort, wo er arbeitete, war ein Autobahnanschluss. Andererseits konnte er von seiner Wohnung aus in wenigen Minuten an den Bodensee gelangen und zum Einkaufen der täglichen Dinge hatte er erst recht nicht weit. In dem neuen Viertel war auch ein Supermarkt errichtet worden.

Franz entschloss sich zum Kauf dieser Wohnung. Damit hatte er eine Entscheidung getroffen, die sein ganzes zukünftiges Leben verändern sollte. Doch davon wusste Franz noch nichts, als er im März die Wohnung bezog und als zufriedener Wohnungsbesitzer auf den Balkon trat und auf die Stadt blickte. Unter ihm auf dem grünen Platz zwischen den Häusern spielten Kinder. Ihre hellen Rufe drangen zu ihm herauf. Für einen Augenblick dachte er daran, wie das wohl sein würde, selbst Kinder zu haben. Aber dann verdrängte er den Gedanken gleich wieder. Noch immer war in seinem Denken und Empfinden kein Platz für eine Beziehung.

Eine Woche lang fuhr Franz zwischen Schwarzenberg und Bregenz immer wieder hin und her, bis er alles in seiner neuen Wohnung hatte, was sich in Schwarzenberg angesammelt hatte. Alles ist nicht ganz richtig. Auf dem Dachboden des elterlichen Hauses gab es noch eine nicht unbeträchtliche Menge von alten Spielsachen und anderen Dingen, die Franz weder hergeben noch nach Bregenz mitnehmen wollte. Was er aber in Bregenz haben wollte, das war nach einer Woche geschafft.

Franz begann sich gerade in seinem neuen Zuhause gemütlich einzurichten, als ihm Grimm in die Quere kam. Grimm hatte schon etwas früher die Wohnung gegenüber bezogen. Für Jeremias Vinzenz Grimm, wie er mit seinem vollen Namen hieß, sollte das der Alterssitz sein, mitten in der Stadt und nahe am Bodensee. Grimm brachte seine Geschichte und seine Überzeugung mit in den vierten Stock, nein, nicht nur in den vierten Stock, in das ganze Haus. Und mit dieser Überzeugung wurde Franz eines Abends konfrontiert.

Es war am fünften Tag, nachdem sich Franz endgültig in seiner neuen Wohnung eingerichtet hatte. Franz war die acht Stiegen, immer eine Stufe auslassend, hinauf geeilt und deswegen ein wenig außer Atem. In dem Moment, als er im vierten Stock ankam, ging die Wohnungstür, die seinem neuen Zuhause gegenüber lag, auf. Ein Mann trat heraus. Franz schätzte ihn auf etwa sechzig. Wie sich später heraus stellen sollte, lag er nicht weit daneben. Es war für Franz ein eigenartiges Fluidum um diesen Mann. Er wirkte so, als habe er gestern gelebt und sich nur durch ein Versehen in die Gegenwart verirrt. Ohne auf die Eile von Franz zu achten, streckte der Fremde ihm die Hand entgegen, so dass er auf seinem hastigen Weg zu seiner Wohnung – er wollte noch an den See gehen - anhalten musste.

„Mein Name ist Jeremias Vinzenz Grimm." Franz wollte sich ebenfalls vorstellen, aber Grimm, der die Hand von Franz ergriffen hatte, ließ ihm keine Zeit dazu. Während Franz den Mund aufmachte, redete Grimm weiter. „Sie werden sich wundern über den Namen Jeremias. Aber meine Eltern waren sehr gläubige Leute. Darum nannten sie mich Jeremias. Weil das Ende der Zeiten ja nahe ist. Jeremias. Kennen Sie die Geschichte von Jeremias?"

Grimm machte eine fragende Pause. Das gab Franz die Gelegenheit, sich auch vorzustellen. „Mein Name ist Franz." Er fügte auch noch seinen zweiten Vornamen hinzu, den er sonst nie nannte, „Franz Merbod Kaufmann". Franz wollte weiter. Aber dann sagte er doch noch: „Ich heiße nur Kaufmann, aber ich bin kein Kaufmann. Ich bin Techniker." Damit hoffte er, dass das Gespräch beendet sein würde. Aber dem war nicht so. „Schön, schön freut mich!"sagte Grimm. Franz fand es an der Zeit, dass Grimm seine Hand wieder los ließ. Der aber tat das nicht, er sah Franz vielmehr durchdringend an. „Sie kennen den Propheten Jeremias also nicht?"

Franz hätte gern seine Hand wieder frei gehabt und fühlte sich bedrängt. Deswegen antwortete er mit einem ironischen Unterton: „Er ist mir nicht vorgestellt worden."

„Er ist ihm nicht vorgestellt worden!" rief Grimm aus und ließ die Hand von Franz los. „Dieser Jeremias hat um siebenhundert vor Christus gelebt. Und er hat den Untergang von Jerusalem vorausgesagt. Und jetzt wird die Welt bald untergehen und dann werden wir…" Grimm unterbrach ganz offensichtlich seinen Gedankengang. „Ach sie armer Mensch und Jesus kennen sie sicher auch nicht?"

„Nun ja", entgegnete Franz, „ich hatte Religionsunterricht und die Erstkommunion und die Firmung. Jesus? Was man halt lernen muss über ihn und was der Pfarrer sagt. Das muss man ja nicht alles glauben. Mit Verlaub, wir leben schließlich im einundzwanzigsten Jahrhundert."

„Ich dachte es mir doch. Sie armer Mensch. Das wird ihnen noch leidtun, Jesus nicht zu kennen." Grimm legte seine Hand väterlich auf die Schulter von Franz. „Aber trotzdem, herzlich willkommen in unserem Haus." Grimm nahm seine Hand von Franz, griff noch einmal nach seiner Rechten und schüttelte sie heftig. Dann drehte er sich um zu seiner Wohnungstür. Als er durch die Tür trat, rief er: „Auf Wiedersehen, auf Wiedersehen!" Dann schloss er die Tür hinter sich.

Franz stand auf dem Gang mit einem eigenartigen Gefühl im Bauch. Dieser Mensch hatte ihn bedauert, weil er Jesus nicht kannte. Es war eigentlich mehr als zum Lachen. Franz dachte für sich, „Dieser Grimm tut mir ja auch nicht leid, nur weil er meine Urgroßmutter Ludmilla Kaufmann aus Schwarzenberg nicht kennt. Und ich tue dem komischen Typen leid, weil ich Jesus nicht kenne." Aber da war noch etwas. Irgendwas in Franz sagte ihm, dass es da einen ihm nicht einsichtigen Unterschied gab. Und er ahnte dunkel, diesem Wohnungsnachbar Grimm würde er noch öfter begegnen.

Dieses Gefühl kam nicht daher, weil er im selben Stock wie Grimm wohnte. Es war, er konnte es nicht sagen. Nun, es würde sich weisen. Einer Sache war sich Franz sicher, er fand, als er da auf dem Gang stand, diesen Grimm unmöglich.

Später, als Franz joggen ging und sich die Begegnung mit Grimm durch den Kopf gehen ließ, da fand er ihn noch unmöglicher. Wie konnte ihn dieser Grimm nach Jesus fragen! Wenn der wüsste, was er,

Franz, von diesem ganzen religiösen Zeug hielt. Er war katholisch getauft worden und hatte als Kind und Jugendlicher brav alles mitgemacht, was man im Dorf machen musste. Schwarzenberg war ein katholisches Dorf. Die Gäste, die nach Schwarzenberg kamen, die konnten machen, was sie wollten. Aber die Einheimischen wussten, was sich gehörte und seine Mutter wusste es erst recht. Franz war an allen Sonntagen in die Kirche gegangen und hatte bei keinem Kirchenfest gefehlt. Nachgedacht aber hatte er schon lange. Dann war er zum Militär gekommen. Und dann war es für ihn aus gewesen mit dem ganzen Getue. Das mit Gott konnte glauben, wer mochte und tun wer mochte. Er hatte gleich mitbekommen, dass seine Ablehnung die Mutter nicht glücklich machte. Aber das Wochenende war für ihn von nun an fürs Bergsteigen oder Ausschlafen da. Warum sollte er in die Kirche gehen? Wenn es einen Gott gab, dann war der am ehesten in den Bergen zu finden. Dieser Grimm tat ihm irgendwie leid. Aber was sollte man im einundzwanzigsten Jahrhundert noch mit Jesus anfangen?

In den Tagen nach der Begegnung mit Grimm ging Franz arbeiten und einige Mal in den Seeanlagen spazieren oder auf den Pfänder. Aus der Ferne sah er Grimm einmal in der Stadt. Er schlug sofort eine Seitenstraße ein, der ihn von ihm wegführte.

Dann war Freitag. Franz kam von der Arbeit und stand vor seinem Postfach im Gang. Die Haustür ging auf und eine Frau kam mit einem Kinderwagen herein. Sie ließ den Wagen stehen und machte sich neben Franz an den Postfächern zu schaffen. Franz holte seine Post heraus. Ein Blatt Papier fiel ihm dabei zu Boden. Er bückte sich und las dabei, was in dick gedruckten Lettern auf dem Papier stand: **Bist Du schon gerettet?** Die Frau neben ihm sah auch auf den Boden und fing an zu lachen. Sie lachte einfach. Und sie hörte nicht auf, bis ihr die Tränen in den Augen standen. Franz stand verdutzt da und wartete auf eine Erklärung. Als sie aufgehört hatte zu lachen, wischte sie sich mit dem Ärmel über die Augen. Dann warf sie einen Blick auf das Postfach, wo der Name von Franz stand.

„Sie sind also der Neue vom vierten Stock. Sie müssen wissen, im Haus kennt jeder jeden. Das sind hier ja lauter Eigentumswohnungen. Ein paar sind vermietet. Aber trotzdem. Ein Neuer im Haus fällt auf. So und Kaufmann heißen sie. Guten Tag Herr Kaufmann. Man könnte auch schon fast guten Abend sagen. Jetzt werden also sie bearbeitet."

Franz verstand kein Wort. Das sah man ihm wohl an.

„Ich meine den Grimm", fuhr sie fort. „Den Grimm, der ihnen gegenüber wohnt."

„Wieso meinen sie den Grimm? Ich verstehe nicht."

„Na da, der Zettel, der ihnen auf den Boden gefallen ist und den sie jetzt in ihrer Hand halten. Der stammt vom Grimm. *Bist Du schon gerettet?* Das ist Grimm."

Franz betrachtete das Blatt genauer. Es war ein christliches Traktat. Er erinnerte sich, dass ihm genau dieselbe Broschüre in der Fußgängerzone in München in die Hand gedrückt worden war.

„Er hat sich mir schon vorgestellt und von seinen christlichen Eltern gesprochen und vom nahen Weltuntergang", sagte Franz.

„Sehen sie", sagte die Frau. „Grimm geht in eine so komische Kirche drüben in Lindau. Es ist irgendwas Sektiererisches. Ich glaube, er nennt sich Pfingstler, was immer das bedeuten mag. Na jedenfalls, Grimm will, dass sich alle Menschen retten lassen, bevor die Welt unter geht. Sie sind jetzt neu hier. Nun versucht er es bei ihnen. Wir hier im Haus waren alle schon dran. Wir wollten nicht gerettet werden." Sie lachte kurz auf. „Jetzt hat er seinen Einsatz eingeschränkt. Obwohl, ganz aufgegeben hat er es noch nicht. Dieser Grimm will alle Verlorenen retten. Sie müssen wissen, in seinen Augen sind wir verloren. Mein Gott! Dabei hat dieser Mann die Rettung ja nötiger als ich und wahrscheinlich auch wie sie. Das hoffe ich zumindest. Na, sie sehen nicht so aus, als ob sie depressiv wären!"

„Nein, das bin ich Gott sei Dank nicht" antwortete Franz.

„Aber Grimm ist es. Jedenfalls nimmt er Medikamente. Er schluckt Fluvohexal. Und das schon jahrelang."

„Nein wirklich!" warf Franz überrascht ein. Und im Stillen dachte er sich, die ist ja gut informiert. Da muss ich mir ja überlegen, was ich in diesem Haus tue. Das ist ja wie in Schwarzenberg, wo jeder weiß, was der Nachbar tut. Dass das in der Stadt auch so ist!

Die Frau redete weiter. „Ja und so jemand, der Antidepressiva nimmt, der will mir sagen, dass ich verloren bin und die Erlösung brauche. Es ist einfach nur komisch."

Das Kind im Kinderwagen hatte sich geregt. Wahrscheinlich war ihm in dem still stehenden Wagen langweilig geworden. Die Frau und drehte sich vom Franz weg zum Kind.

Franz betrachtete sie genauer. Das konnte nicht die Mutter sein von dem Kleinen. Das war seine Oma. Auf der Straße ohne das Kleine hätte er sie für jünger gehalten, als sie offensichtlich war. Sie hatte mittelange blonde Haare, war dezent geschminkt und trug eine goldene Kette mit einem Kreuzchen als Anhänger um den Hals. Sein Blick glitt über ihre Figur. Das ist eine fesche Oma, dachte er. Sie schien seinen forschenden Blick zu spüren und wandte sich ihm wieder zu.

„Nix für Ungut", sagte sie. „Sie sehen so aus, als ob sie auch ohne meinen Kommentar mit dem Grimm klar kommen. Einen guten Abend!" Sie wandte sich von Franz ab und schob den Kinderwagen in den Abstellraum.

Franz stand da und wusste nicht, was er denken sollte. Dann tat er, was die Frau bei ihm gemacht hatte und las den Namen auf ihrem Postfach. Häusle. Das war also die Frau Häusle.

Franz fand heraus, dass die Frau Häusle ein Goldstück war. So zumindest nannte sie Franz. „Die Häusle", sagte er zu sich selbst, „die ist ein echtes Goldstück." Und er fügte noch hinzu, „dazu muss man sich nicht retten lassen". Frau Häusle setzte sich nämlich für Leukämie kranke Kinder ein, für Kinder, die an den Folgen von Tschernobyl litten. Sie organisierte Basare und Benefizveranstaltungen. Sie bemühte sich darum, dass Kinder aus der Ukraine in den Westen zur Behandlung kamen oder zur Erholung. Sie reiste in die Ukraine, um dort an Ort und Stelle Gutes zu tun. Seit Franz das wusste, wunderte er sich, dass Frau Häusle noch Zeit hatte, um als Großmutter ihr Enkelkind mit dem Kinderwagen spazieren zu fahren. Aber so war eben die Häusle.

Bei der ersten Begegnung mit der Frau Häusle wusste Franz das alles nicht. Dass er das erfuhr, das kam so: Als Franz wieder nach seinem Briefkasten sah, entdeckte er neben den Briefkästen ein Plakat. Auf ihm war zu lesen, dass in der nahen Kirche am Sonntag ein Chor aus der Ukraine singen würde und dass das Geld der Kollekte für Leukämie kranke Kinder gesammelt werden würde, für Kinder, die an den Folgen der Katastrophe von Tschernobyl leiden. Auf dem Plakat war der Name der Frau Häusle. Franz wurde neugierig.

Franz ging am Sonntag doch tatsächlich in die Kirche. Es war eine spontane Entscheidung und es war ein trüber Sonntag, was zur Entscheidung beitrug. Ganz am Morgen war er auf den Gebhardsberg gegangen. Er hatte auf die Stadt hinunter gesehen. Ein morgendlicher Dunst lag über dem Häusermeer. Franz suchte mit den Augen den Ort, wo er nun wohnte. Bei dieser Suche fiel sein Blick auf die Kirche. Dort unten war also die Veranstaltung der Frau Häusle. In dem Moment, als er das dachte, entstand in Franz der Entschluss, in die Kirche zu gehen und den Chor aus der Ukraine anzuhören und vielleicht auch die Frau Häusle zu sehen.

Als Franz dann wieder unten in der Stadt war und die Stufen zur Kirche hinauf stieg, fragte er sich, warum er das tat. Sein letzter Kirchenbesuch war schon einige Zeit her. Das war bei der Beerdigung von Onkel Fridolin im Bregenzerwald gewesen. Er erinnerte sich an die ernsten Gesichter, den Lobgesang des Pfarrers auf Onkel Fridolin und die Blasmusik, die auf dem Friedhof „Treue Kameraden" spielte.

In dieser Kirche gab es bequemere Sitzmöglichkeiten wie in Schwarzenberg. Wenigstens das, dachte Franz. Er wunderte sich noch immer über sich selbst, dass er jetzt in der Kirche saß. Aber das Plakat mit dem Namen der Frau Häusle hatte ihn neugierig gemacht.

Der Gottesdienst begann. Schon davor hatte sich vorn ein dreißigköpfiger Chor aufgestellt. Als der Pfarrer aus der Sakristei kam, begannen sie zu singen. Es war ein wunderbarer Bass dabei. Und als dann der Sopran durch die Kirche klang, da regte sich in Franz ein Gefühl, das er nicht beschreiben konnte. Aber so unvermutet das Gefühl in der Brust gekommen war, so schnell war es wieder verklungen. Es war eine Ahnung gewesen an das Klingen der Seele in der Kinderzeit.

Nach einiger Zeit kam die Frau Häusle nach vorn und sprach von den Kindern, die an den Folgen von Tschernobyl leiden. Sie bedankte sich für die Hilfe, bedankte sich noch einmal und noch einmal. Und dann wurde ein Video abgespielt. Franz sah Kinder in einem Zustand, den er lieber nicht gesehen hätte. Warum bin ich nur hier her gegangen, fragte er sich. Aber dann kamen lachende Kinder und es wurde dann doch so etwas wie ein Sonntagmorgen.

Nach dem Gottesdienst gab es Kaffee und Kuchen. Da Franz nichts gefrühstückt hatte, nahm er sich gleich zwei Stück von der Platte. Er stand an einem Tisch allein und sah zu, wie sich die Häusle unterhielt. Auf einmal entdeckte sie ihn.

Sie kam auf ihn zu. „Ach schön, dass sie auch da sind, Herr Kaufmann." Sie hatte sich doch glatt seinen Namen gemerkt.

„Ja, ich habe das Plakat gelesen und dann habe ich mich ganz spontan entschlossen, hier her zu kommen." Franz hatte das Gefühl, jetzt aber gleich falschen Erwartungen zuvor kommen zu müssen. „Aber ich bin kein Kirchengänger. Das letzte Mal war ich vor eineinhalb Jahren in einem Gottesdienst. Das war bei der Beerdigung von einem meiner Onkel. Auferstehungsgottesdienst haben sie das genannt. Es war eher traurig."

„Ach wissen´s", antwortete die Häusle mit einem Achselzucken. „Man muss jetzt was machen, so lang man lebt. Auferstehung?" Die Häusle kam ganz nah an ihn heran. „Im Vertrauen. Ich glaub an keine Auferstehung. Das Leben jetzt und hier, das ist genug und ich denk, das ist alles."

Franz empfand für die Häusle echte Bewunderung und Sympathie. Das gefiel ihm. Eine Frau, die half, nicht um Gottes Lohn, weil es den sowieso nicht geben würde, sondern wegen der Kinder, nur für die Menschen. Punkt. In diesem Moment bekam die Frau Häusle von Franz den Namen Goldstück.

Dass sich Franz von der Frau Häusle in seiner Weltanschauung bestätigt fühlte, das sei hier nicht verschwiegen. Auch er glaubte nicht an ein Fortleben nach dem Tod. Der Mensch war nach der Meinung von Franz ein höher entwickeltes Tier. Was denn sonst?

*

Es war unvermeidlich, dass Franz immer wieder an Grimm denken musste. An der Tür seiner Wohnung gegenüber prangte das Schild von Grimm. Es war aus Messing und darauf stand: *Jeremias Vinzenz & Ruth Grimm*. Zuhause in Schwarzenberg hatte er Grimms Märchenbuch. Sobald ihm der Name Grimm einfiel, dachte er an Märchen. Grimm und das Jesusmärchen. So war das für ihn.

Sein Grimm gegenüber, das wusste er von der Frau Häusle, war depressiv. Franz wusste zwar, dass die Depression eine Art von Volkskrankheit war, aber mehr wusste er nicht. Jetzt wollte er mehr darüber erfahren. Schließlich glaubte dieser Grimm an Jesus, der der Retter und Erlöser der Menschheit sein sollte. Erlöser. Warum war dieser Grimm trotz seines Glaubens in seiner Seele unerlöst? Was war da los? Für Franz passte das nicht zusammen. Wenn jemand an den Erlöser glaubte, wenn er davon so überzeugt war, wie der Grimm es war, wieso konnte man dann noch depressiv sein?

Franz setzte sich an sein Laptop und ging ins Internet. Er googelte. Als er das Wort Depression eingegeben hatte, da hatte er eine nicht enden wollende Liste vor sich. Er las Bezeichnungen, die er noch nie gehört hatte. Irgendwie konnte er mit dem, was er las, nichts anfangen. Schließlich entschloss er sich nach Selbsthilfeforen zu suchen. Aber auch das war nicht so einfach. Doch dann fand er doch noch eine interessante Seite.

Da schrieb jemand, der sich den Phantasienamen Antros gegeben hatte: „Ja, das habe ich auch einmal geglaubt. Da fehlen einem im Gehirn das Serotonin und/oder das Noradrenalin. Wenn man die Pillen schluckt, dann wird alles wieder gut. Mann, wir Menschen sind doch mehr als reine Chemie. Da ist doch was dahinter. Da hat doch schon früher was nicht geklappt im Leben."

Der nächste Text, verfasst von einem „Uhu 2" lautete: „Na, das nenn ich klug geredet. Das wissen wir doch alle, dass was dahinter steckt. Aber was bitte? Warum klappt die Chemie im Kopf nicht mehr? Mein Psychiater hat gesagt, das ist endogen. Na super. Dann kann ich nichts dagegen machen. Bis zu meinem Tod darf ich das Zeug schlucken. Weißt du, was mir ein Kumpel gesagt hat? Ich sei eigentlich ein Drogenjunkie. Also bitte, wie kommt man da raus?"

Jetzt meldete sich jemand zu Wort, der sich, wie passend, Mirakulix nannte. „Ich weiß nicht, ob Du Dich noch erinnern kannst an das Flugzeugunglück, als in der Nacht vom 31. Mai zum 1. Juni 2009 ein Airbus A 330-200 vor der brasilianischen Küste mit 228 Passagieren an Bord ins Meer abstürzte.

Was das mit einer Depression zu tun hat? Das werde ich noch erklären. Ich will an Hand vom Absturz dieses Flugzeuges etwas über die Ursachen einer Depression sagen."

Franz dachte nach. Er konnte sich an dieses Flugzeugunglück beim besten Willen nicht erinnern. Vielleicht hatte er damals auch gar nichts davon mit bekommen. Franz las weiter.

„Der Flug AF 447 der Air France startete planmäßig in Rio de Janeiro und sollte nach Paris führen.

Der Airbus flog über dem offenen Meer in eine Gewitterzone. Das Flugzeug geriet in heftige Turbulenzen. Wahrscheinlich als Folge von Vereisungen wurden den Piloten im Cockpit von den

Messgeräten widersprüchliche Daten angezeigt. Wegen den widersprüchlichen Datenangaben schaltete sich der Autopilot aus. Der Kapitän war zu diesem Zeitpunkt nicht im Cockpit. Die beiden Copiloten waren offensichtlich überfordert. Sie leiteten einen Steilflug ein. Dabei ignorierten sie während mehrerer Minuten das akustische Warnsignal, das auf ein Überziehen des Flugzeuges hinwies. Ein Überziehen bedeutet, dass das Flugzeug in eine solche Steillage gerät, dass es nicht mehr von der durch die Geschwindigkeit des Flugzeuges unter den Flügeln hindurch strömenden Luft getragen wird. Als der Kapitän anordnete, auf einen Sinkflug zu gehen, war es zu spät. Es war zu einem Strömungsabriss gekommen.

Das Flugzeug fiel wie ein Stein aus 11 Kilometern Höhe ins Meer. Kleinere Teile und einige Leichen blieben auf der Meeresoberfläche. Der Rumpf des Flugzeuges sackte mitsamt den anderen Insassen auf den Grund des an dieser Stelle 4000 Meter tiefen Ozeans.

Das alles wissen wir heute. Zunächst war nur die schreckliche Tatsache gewiss, dass das Flugzeug verschwunden war. Eine erste Suchaktion setzte ein. Dabei wurden einige Überreste des Flugzeugs und auch Tote gefunden. In weiteren Suchaktionen, die Unsummen verschlangen, wurde nach dem gesunkenen Flugzeug gesucht. Als es geortet worden war, folgten noch drei weitere Suchaktionen, bis der Flugschreiber und der Voice Recorder aus viertausend Metern Tiefe geborgen worden waren. Nun ließen sich die letzten Minuten des Fluges durch die aufgezeichneten Daten der Messgeräte nachvollziehen. Auch die letzten Worte der Copiloten und des Flugkapitäns, der noch versuchte einzugreifen, konnten abgehört werden. Die Ursache des Absturzes wurde klar. Die Copiloten waren in der Situation des von Turbulenzen geschüttelten Flugzeugs mit dem ausgeschalteten Autopiloten überfordert und reagierten falsch. Es stellte sich heraus, dass sie im Flugtraining nicht auf eine solche Situation vorbereitet worden waren. Sie wussten deshalb nicht, wie sie zu handeln hatten.

Im allgemeinen Sprachgebrauch nennt man den Flugschreiber und den Voice Recorder einfach die Blackbox. Jede Passagiermaschine muss so eine Blackbox mit sich führen. Sie zeichnet alles auf, sodass, wenn man sie gefunden hat und auswertet, jeder Unfall nachvollzogen werden kann.

Es führen aber nicht nur Flugzeuge eine Blackbox mit sich. Auch jeder Mensch hat im übertragenen Sinn in sich so eine Blackbox, die alles aufzeichnet. In unserem Gehirn wird alles gespeichert, was geschieht. Es ist und bleibt alles präsent, auch wenn wir keinen bewussten Zugriff darauf haben. Es ist alles da in dieser Blackbox in unserm Kopf. Was und wann auch immer in unserem Leben geschehen ist, das bleibt aufbewahrt.

Und damit komme ich jetzt zum Problem der Depression. Ein depressiver Mensch ist irgendwann, sehr wahrscheinlich schon in seiner frühen Kindheit, in eine Gewitterzone geflogen. Das war und ist so wenig seine Schuld, wie die der Piloten des Fluges AF 447. Die Piloten hatten den Auftrag über den Atlantik nach Paris zu fliegen. Dazu war ein bestimmter Kurs vorgegeben. Sie konnten sich den Kurs nicht aussuchen. Wir Menschen kommen auf die Welt mit dem Auftrag und der Notwendigkeit, aus der

Hilflosigkeit des Kindseins in die Welt der Erwachsenen hinein zu wachsen. Das ist wie ein Flug über den Atlantik. Um heil über das Meer zu gelangen, ist es notwendig, dass es zu keinen extremen Wettersituationen kommt. Aber immer wieder geschieht es Kindern, dass Erwachsene, dass Menschen, die wie Riesen für die Kinder sind, zu Gewitterzonen werden. Das können Mütter und Väter sein. Das können Verwandte sein. Viele Kinder erleiden körperliche und seelische Gewalt in ihrem Umfeld. Nicht immer sind es offensichtliche Missbrauchstäter. Häufig ist es nur der Mangel an Akzeptanz, an Anerkennung und an geliebt werden.

Für viele Kinder sinkt die emotionale Umgebungstemperatur in den Minusbereich. So wie die Flugsonden von Flug AF 447 vereisten, genau so kann es auch beim Menschen geschehen. Wenn die emotionale Umgebungstemperatur als unter dem Minuspunkt befindlich gefühlt wird, was für das Kind bedeutet, dass es tiefe Ablehnung fühlt oder Gewalt erfährt, dann vereisen die Wahrnehmungssonden des Kindes. Die Daten werden widersprüchlich. Die Seele des Kindes gerät in Verwirrung. Er hört vielleicht verbal, wir lieben dich und wollen nur das Beste für dich. In seiner Seele aber erlebt es das Gegenteil. Wer hat nun recht? Immer die Eltern. Das Kind entscheidet sich immer dazu, dass die Eltern, dass die Erwachsenen Recht haben. Also muss sich das kleine Kind dazu entscheiden, dass es, weil es das Gegenteil fühlt, besser gar nichts fühlt. Das ist die Vereisung.

Kein Kind aber kann sein Leben vorher trainieren. Keinem Kind ist es gegeben, den Flug über den Ozean des Lebens zu planen. Es wird ihm vorgegeben. Führt sein Flug in eine Gewitterzone und geschieht mit ihm, was mit dem Flug AF 447 geschah, dass nämlich in Folge der Kälte in der Außenwelt die emotionalen Antennen vereisen, scheinbar gefühllos werden, dann gibt es in den Turbulenzen, in dem Schreckensszenario einer Gewitterzelle nur noch eins. Hochziehen! In einem Gewitter herrschen heftige Auf- und Abwinde. Blitze zucken durch ein verdunkeltes Firmament. Der Donner grollt. Und schwere Hagelkörner schlagen an die noch dünne Außenhaut des jungen Lebens.

Der Autopilot schaltet sich dann aus. Das einfach in der Gegenwart Sein, das für ein Kind gilt, das Leben im Hier und Jetzt, in dem alles von sich aus mit Selbstverständlichkeit und Heiterkeit geschieht, das gibt es in einer Gewitterzelle des Lebens nicht mehr. Es greift der Notmechanismus. Der ist wie ein schlecht ausgebildeter Copilot. Der Copilot zieht das Ich steil nach oben, weg von dem Auf und Ab und den Turbulenzen der Gefühle hinein in den nicht fühlenden Verstand.

Für manche Menschen geht das einigermaßen gut aus. Sie werden „Verkopft". Sie werden zu sogenannten rational veranlagten Menschen, die alles vernünftig sehen und sich nicht viel mit Gefühlen abgeben. Dass sie an einem Mangel leiden, das wird ihnen selten bewusst.

Aber nicht bei allen geht das Hochziehen des Lebensfluges gut. Bei den später depressiven Menschen geht das nicht gut aus. Es kommt zu einem Strömungsabriss. Die Gefühle und die Erinnerung daran fallen wie ein Stein ins Meer des Unbewussten, ein paar tausend Meter tief. Und von dort aus wirken sie weiter.

Mit einer aufwendigen Suchaktion könnte nun jeder Depressive seine Blackbox heben und die Ursache des emotionalen Strömungsabrisses suchen. Die Blackbox in seinen seelischen Tiefen enthält die Information, wie es zu dem Absturz kam. Hat man die Blackbox gehoben und geöffnet, dann ließen sich der oder die Auslöser der Depression finden. Man könnte darüber reden. Aber allein darüber Reden nützt nichts. Man muss auch fühlen, was man damals nicht gefühlt hat. Das tut verdammt weh. Darum bleibt die Blackbox meist in den seelischen Tiefen ungeöffnet. Aber es liegt nicht nur am befürchteten Schmerz. Man muss auch die richtige Hilfe finden, jemanden, der einem beim Ablesen und Abhören der Blackbox hilft.

Solange man lebt, lässt sich die Blackbox aus den Tiefen bergen und die Gewitterfronten des Lebens, die in ihrer Unerträglichkeit zum Absturz führten, lassen sich mit Verstehen impfen, wie man Gewitter mit Silberjodid impft, damit sie abregnen und so nicht mehr bedrohlich werden können.

Bleibt die Blackbox zu, dann besteht die Gefahr, dass auch die Depression bleibt.

Es hilft nichts. Es gibt nur zwei Wege. Sich mit dem Medikament über Wasser halten, oder ins Wasser eintauchen und die schmerzlichen Erfahrungen herauf holen. Der zweite ist jedenfalls der anstrengendere Weg aber der erfolgreichere und bessere."

Der Dialog auf der Plattform ging weiter. Jemand, der sich „Mandy" nannte, ließ sich darüber aus, was das für ein Unsinn sei, einen Flugzeugabsturz mit einer Depression zu vergleichen. Franz machte die Seite zu und ging auf den Balkon seiner Wohnung hinaus. Er dachte nach. Hatte er nicht auch so eine

Blackbox in seiner Seele? Hatte nicht jeder Mensch so eine Blackbox in sich? Franz entschied sich dazu, das anzunehmen.

Er erinnerte sich an seine Kindheit in Schwarzenberg. Einmal hatte er vom Vater ein paar Schläge auf den Hintern bekommen. Aber sonst? Gott sei Dank, Franz dachte wirklich „Gott sei Dank!", einen Strömungsabriss hatte es in seiner Kindheit nicht gegeben. Das war ihm erspart geblieben. Es musste irgendetwas, vielleicht nur einmal, vielleicht auch öfter im Leben dieses Grimm gegeben haben, das zum emotionalen Absturz geführt hatte. Und jetzt hielt er sich mit dem Medikament über Wasser.

Damit stand Franz wieder vor dem gleichen Fragezeichen wie am Anfang seines Nachdenkens. Warum gab es für Grimm keine Erlösung durch den Erlöser, an den Grimm glaubte? Für Franz passte das nicht zusammen.

Es war diese offene Frage, die Franz veranlasste, Ja zu sagen, als er von Grimm zum Tee eingeladen wurde.

*

Jeremias Vinzenz Grimm kam in Wien als Sohn des Gotthelf Grimm und der Rose Grimm, geborene Kardos zur Welt. Seine Mutter war, wie schon der Name sagt, eine Ungarin. Sie war aus Budapest. Dort hatte auch sein Vater gelebt. Der Urgroßvater von Grimm war 1860 von Wien nach Budapest ausgewandert, wo er eine florierende Handelsgesellschaft gründete. Er wurde so wohlhabend, dass er sich nicht nur in Budapest, sondern auch in Wien ein Haus erwerben konnte.

Am Anfang des 20.Jahrhunderts kamen einige Deutsche aus Hamburg nach Budapest. Sie brachten von dort die Pfingstbewegung mit. Der Großvater von Jeremias Grimm, Viktor Grimm, lernte die Bewegung kennen und schloss sich ihr an. Es entstand eine kleine Pfingstlich geprägte Gemeinde, in der Viktor Grimm ein Ältester wurde. Die Familie blieb dem Pfingstlichen Glauben treu. Als der Vater von Jeremias Grimm nach Wien übersiedelte, schloss er sich in Wien einer dortigen Pfingstgemeinde an. Er wurde um so entschiedener ein Pfingstler, umso mehr der Druck im Nationalsozialismus zunahm.

Jeremias wuchs im Glauben seiner Eltern auf. Das war einfach eine Selbstverständlichkeit. Das blieb es auch, solange er in die Schule ging. Dann kam er in die Lehre zu den Österreichischen Bundesbahnen. Die Bahn aber war eine Bastion der roten Reichshälfte in Österreich. Sie war fest in der Hand der Sozialisten. Es ist ein Rätsel, warum der Vater seinen Sohn Jeremias dahin schickte. Vielleicht dachte er, es werde bei seinem Sohn sein wie bei ihm. Je mehr der Druck gegen den christlichen Glauben im Dritten Reich wuchs, umso überzeugter war sein Vater von der Richtigkeit seines Glaubens.

Bei Jeremias war das nicht so. Er arbeitete mit einem Gesellen zusammen, der über seinen Glauben lachte und ihm erklärte, dass es wissenschaftlich bewiesen sei, dass der Mensch vom Affen abstammt. „Der christliche Glaube ist ein Blödsinn und nur für alte Weiber, die in die Kirche rennen." Das sagte er wörtlich. Am Anfang widersprach Jeremias. Aber dann wurde er kleinlaut. Was konnte man gegen die

Wissenschaft sagen? Es war ja nicht nur Anton, der Geselle, der so dachte. Das waren alle Sozialisten in der Schlosserei, Männer, die über die Religion dachten, dass sie nur dazu da sei, das Volk zu unterdrücken. Der eine oder andere dachte schon, dass es einen Gott gab, aber sicher nicht den christlichen Gott, den sie von der Kanzel predigten und der ein Machtinstrument der Reichen war. „Die Kirche und die Reichen, die stecken unter einer Decke." Das sagte der Meister.

Der Samen begann zu keimen. Es kam zu Auseinandersetzungen mit Vater und Mutter. Sie waren erschüttert von den Gedanken ihres Sohnes und versuchten ihm zuzureden. Aber es nützte nichts. Als Jeremias achtzehn war, verkündete er seinen Eltern, dass er diesen ganzen christlichen Unsinn nicht mehr glaube. Jetzt war auch er überzeugt, dass der Mensch vom Affen abstammt.

Jeremias erklärte sich zum Agnostiker. Der Mensch kann nichts wissen. Vielleicht gibt es einen Gott. Aber wenn, dann ist und bleibt er uns unbekannt. Mit dieser Überzeugung lebte Jeremias von nun an. Er lebte nicht schlecht damit. Und doch merkte er manchmal, dass er nicht so war, wie die anderen in der Schlosserei oder die Freunde in der Freizeit. Das eine war, dass er sich mit Mädchen schwer tat. Das andere war, dass es für ihn eine Grenze gab. Eine Grenze beim Saufen und bei den schmutzigen Witzen, eine Grenze, die die anderen ohne Wimpernzucken überschritten, während ihm unwohl wurde und er daran nichts mehr lustig fand.

Einmal wollten sie ihn sogar mit ins Bordell nehmen. Es kam gar nicht soweit, dass er sich entscheiden konnte, ob er wollte oder nicht. Er konnte nicht. Sogar ihr spöttisches Reden störte ihn nicht. Es kam nicht an ihn heran. Er war irgendwie unter den Kollegen nicht richtig drin und auch nicht draußen. Aber er empfand sich trotzdem nicht im Niemandsland.

Für ihn war es wichtig, im Beruf weiter zu kommen. Er wollte Lockführer werden. Er machte die Schulung und dann kamen die Lehrfahrten. Es geschah bei der dritten Lehrfahrt. Eine Lehrfahrt, das bedeutete, dass er nicht allein vorne in der Lokomotive war, sondern dass ein erfahrener Lokführer bei ihm war. Aber Jeremias stand im Führerstand, als es geschah. Er fühlte sich für den Zug verantwortlich.

Sie, der Lehrbegleiter und Jeremias Grimm, fuhren den Schnellzug Wien - Bregenz, der um 16 Uhr 53 in Bludenz sein sollte. Sie hatten den Arlbergtunnel hinter sich gelassen und fuhren nun nach einem kurzen Halt in Langen die Westrampe der Arlbergstrecke hinab. Gleich nach Langen kam der Blisadonatunnel. Der Tunnel endete mit einer Linkskurve. Durch die Kurve war keine weit voraus schauende Sicht möglich.

Vor dem Westportal des Tunnels geschah es. Auf den Gleisen stand eine Gestalt. Sie stand da und kam auf Jeremias zu. Nein, in Wahrheit bewegte sie sich nicht. Die Lokomotive und in ihr Jeremias rasten auf die Gestalt zu. Jeremias leitete sofort die Vollbremsung ein. Aber das war nur ein Reflex, ein zum Scheitern verurteilter Versuch, das zu verhindern, was sich nicht mehr aufhalten ließ.

In der Lok war nichts zu spüren, als es geschah. Als der Zug endlich stand, ging Jeremias an die Stelle zurück, wo es passiert war. Ihm wurde übel. Darauf war er nicht vorbereitet gewesen.

Die Lokomotive, in der sich Grimm befand, als es geschah, war ein Triebwagen der Baureihe 1670, die in Bludenz stationiert waren. Aber es sollte noch dauern, bis sie in Bludenz waren. Zuerst folgte nach dem Unglück der Sprechverkehr mit der Fahrdienstleitung in Bludenz. Dann kam das Warten auf die Rettung und den Arzt. Es war an dieser Stelle schwierig, an den Gleiskörper und damit an den Ort des Unglücks zu kommen. Die Reisenden in den Waggons wurden ungeduldig. Grimms Lehrbegleiter, der zweite Lokführer, beruhigte die Fahrgäste. Jeremias selbst befand sich in einem Zustand einer seltsamen Teilnahmslosigkeit. Das alles war für ihn nichts anderes als ein schlechter Film. Der Regie war ein Fehler passiert und der würde bald behoben werden. In einem Moment, als er nur dastand und wartete, nahm er wahr, dass seine Hände leicht zitterten. Und dann fühlte er kalten Schweiß auf der Stirn. Aber es war ihm, als sei er das nicht selber.

In der Nacht kamen die Fragen. Er lag in Bludenz in einem Bett, in dem er schon oft gelegen war und fühlte sich zugleich fremd in dem bekannten Raum. Warum? Diese Frage quälte ihn. So wie der junge Mann dagestanden war, mit dem Gesicht zur Lokomotive und sich nicht bewegt hatte, war es wahrscheinlich Selbstmord gewesen. Aber sicher war es nicht. Wenn es ein Unfall war? Was war eigentlich besser, ein Unfall oder ein Selbstmord? Aber warum sollte das eine besser sein wie das andere? Doch nur wenn es ein Weiterleben gab.

Vor fünf Jahren hatte Jeremias Grimm aufgehört an das ewige Leben zu glauben. Das war ab da für ihn die Sache seiner Eltern und aller christlichen Spinner. Mit dem Tod war man tot. Ein einfaches Erlöschen. Was sonst? Nun aber in dieser Nacht in Bludenz sah Jeremias den jungen Mann erneut auf sich zurasen. Mit dieser schmalen wie versteinert wirkenden Gestalt mitten auf den Gleisen raste die scheinbar längst erledigte Frage auf ihn zu: War das nun das Ende oder nicht?

Er war sich seiner Antwort nicht mehr sicher. Wenn es nicht das Ende war, was dann? Würde es einen Unterschied machen, ob es ein Selbstmord oder ein Unfall war, würde das für das Sein in der anderen Welt einen Unterschied machen? Jeremias erinnerte sich an die Meinungen in der Gemeinde seiner Eltern. Ein Selbstmörder ist ein Mörder und ein Mörder kommt in die Hölle.

Jeremias wälzte sich schlaflos im Bett und ohne sich dessen bewusst zu sein, rief er laut und deutlich:"Nein!" Es wurde für ihn klar, daran klammerte sich Jeremias in dieser Nacht, wenn es denn eine Hölle gab, dann hatte niemand das Recht, von jemandem zu behaupten, dass er in die Hölle komme. Auch über einen Menschen, der den Freitod wählte, konnte und durfte niemand den Stab brechen. Aber, so dachte Jeremias, es gab ja weder den Himmel noch die Hölle. Menschliche Hoffnungen. Sonst nichts.

Und wenn doch? Jeremias wurde deutlich, dass er wissen wollte, warum der junge Mann gestorben war. Ich muss es wissen, dachte Jeremias. Ich muss es wissen. Dieser Entschluss machte ihn ruhiger. Und dann schlief er endlich ein. Sein Schlaf war kurz und unruhig und er träumte, dass er mitsamt der Lokomotive über eine Brücke fuhr und die Brücke stürzte ein. Als er im Traum in die Tiefe stürzte, in eine bodenlose schwarze Tiefe, da wachte er auf und dunkle Furcht griff nach ihm.

Am Morgen war nur so viel gewiss, dass ein junger Mann auf den Schienen den Tod gefunden hatte. Bei den Worten: „Tod gefunden" bäumte sich etwas in Jeremias auf. Er hätte schreien können. Hatte der junge Mann wirklich den Tod gesucht und ausgerechnet vor dem Blisadonatunnel gefunden? Den Tod finden. Warum gerade dann, wenn er, Jeremias, im Triebwagen stand und das Bremsen nichts mehr half?

Man fand bei der Leiche keinen Ausweis. Die Nachforschungen ergaben, dass es sich bei dem Toten um den neunzehnjährigen Jakob Stemer aus Wald am Arlberg handelte. Er hatte einen Abschiedsbrief hinterlassen. Liebeskummer. Das letzte Buch, das er gelesen hatte, war Werthers Leiden gewesen.

Jeremias blieb in Bludenz. Nach und nach erfuhr er mehr. Als er die Todesanzeige las, war es ihm, als griffe eine kalte Hand nach ihm. Das lag nicht daran, dass er auf dem Foto das Gesicht wieder erkannte, das er für Sekunden gesehen hatte, ehe es geschah. Das lag auch nicht am Text der Todesanzeige. *Gott, der allmächtige, hat unseren lieben Sohn...* Warum ist Gott immer schuld, dachte Jeremias noch und dann las er das Geburtsdatum von Jakob Stemer. In diesem Augenblick griff die kalte Hand nach ihm. Es war sein eigenes Geburtsdatum. Nur die Jahreszahl stimmte nicht. Vier Jahre jünger war dieser Jakob. Aber am selben Tag und im selben Monat geboren. Ein Kind des Mai.

Jetzt war es März. Es war ein wolkenverhangener Märztag, als die Beerdigung stattfand. Jeremias war nach Wald am Arlberg gefahren. Er wollte und musste dabei sein. Noch immer war das Warum nicht gelöst. Nasse Schneeflocken fielen vom Himmel und legten sich auf Kranz und Sarg. Jeremias stand irgendwo abseits. Eigentlich gehörte er nicht dazu. Aber es war da etwas, das ihn immer näher zum Grab und zu den gebeugten Eltern Jakobs zog. Sein Blick kreuzte sich mit dem Blick von Jakobs Vater. Er sah in ratlose Augen, in denen eine Hoffnung für immer erloschen war. Er sah ein nicht Verstehen können. Und er sah etwas, wofür er keinen Namen hatte. Jeremias suchte nach den Worten für das, was er sah. Irgendetwas wetterleuchtete in seiner Erinnerung.

Das plötzliche Erkennen traf ihn wie ein elektrischer Schlag. So hatten die Augen seines Vaters ausgesehen, als er ihm sagte, dass er nichts mehr mit Jesus zu tun haben wollte. Konnte das sein? Täuschte er sich nicht? Jeremias wusste, dass er sich nicht täuschte. Das war derselbe Blick. Und nun erinnerte er sich wieder an die Worte seines Vaters. „Du hattest das Glück, das Leben schon als Kind kennen zu lernen und nun wählst du den Tod."

Die Beerdigung nahm ihren Gang. Schwere Flocken fielen vom Himmel. Auf den schwarzen Hüten der Männer bildeten sich weiße Ränder. Der Pfarrer warf eine Schaufel Erde ins offene Grab. Jeremias nahm seine Umgebung nur noch wahr wie durch einen Schleier. Damals hatte er den Blick seines Vaters nicht an sich heran gelassen. Jetzt, Jahre danach, bohrte er sich in seine Seele. Und ihm fielen Worte der Bibel ein. Die Bibel. Das war das Buch schlechthin im Hause seiner Eltern gewesen. Er hatte so viel davon gehört, bis er nichts mehr davon hören wollte. Jetzt stiegen die Worte des Apostels Paulus in ihm auf: *„Ja, Gott hat euch zusammen mit Christus lebendig gemacht. Ihr wart nämlich tot – tot aufgrund eurer Verfehlungen und wegen eures unverschnittenen, sündigen Wesens. Doch Gott hat uns alle unsere Verfehlungen vergeben."*

Die Trauernden begannen zum Grab zu gehen und Weihwasser auf den Sarg zu sprengen. Jeremias reihte sich gedankenlos in die Schlange der Anstehenden ein. Er war potestantisch-freikirchlich aufgewachsen. Noch nie hatte er an einer katholischen Beerdigung teilgenommen. Er verstand nicht, was das sollte, das Wasser ins offene Grab zu spritzen. Aber er stand in der Reihe und wartete, bis auch er am offenen Grab stand und dann tat er, was die Trauernden vor ihm getan hatte.

Als er in die Grube blickte, erinnerte er sich, was er seinem Vater entgegen geschleudert hatte. „So, geistig tot bin ich? Ha! Ich merke aber gar nichts von meinem tot sein. Ich fühle rein gar nichts davon." In dem Augenblick, als sich seine Hand über dem Grab befand und die Tropfen des Wassers in die offene Grube fielen, wurde ihm der Unsinn bewusst, den er zu seinem Vater gesagt hatte. Jeremias verharrte einen Moment bewegungslos und wie erstarrt. „Was für ein unglaublich dummer Gedanke! Habe ich denn damals wirklich nicht nachgedacht", fragte er sich.

Als seine Hand über dem Grab war und unter ihm der Sarg mit der Leiche Jakobs, da war ihm klar geworden, Tote fühlen nichts. Was für eine Binsenweisheit! Aber Tote fühlen wirklich nichts, dachte er. Wenn Tote nichts fühlen, dann konnte er auch nicht fühlen, dass er geistig tot war. Wenn man lebte, dann konnte man seine Lebendigkeit spüren und man konnte das Sterben fühlen. Aber war man endlich tot, dann war es mit dem Fühlen vorbei.

Bis zu diesem Augenblick am Grab hatte er sich von seinen Freunden und Bekannten gestärkt gefühlt, den Freunden und Bekannten, die er hatte, seit er nichts mehr mit dem Glauben seiner Eltern zu tun haben wollte. So wie er hielten sie den religiösen Quatsch für überflüssig. Er hatte nur noch solche Freunde, die im Heute und Hier der materiellen Welt lebten und sich keine großen Gedanken machten.

Am Grab des Jakob Steurer wurde ihm klar, dass sich geistig Tote zwar gegenseitig in ihrer Ablehnung von Gott und Jesus Christus bestärken konnten. Aber das bewies gar nichts. Wer nicht fühlte, wie es um ihn stand, der konnte nicht wissen, in welchem Zustand er war. Nicht zu fühlen, dass man kein Leben hatte, das bewies nicht, dass es kein Leben gab. Das bewies nur, dass die geistigen Sinne erloschen waren.

Jeremias fühlte nicht, dass ihm Gott fehlte. Bisher hatte er daraus den Schluss gezogen, dass es Gott nicht gab. Er wusste jetzt, dass das ein Trugschluss war. Das offene Grab mit dem Sarg in der Tiefe redete eine klare Sprache. Tote fühlen nicht.

Jeremias verließ den Friedhof und fuhr nach Bludenz zurück. Er befand sich in einer inneren Ratlosigkeit. Ihm war eine Gewissheit aus der Hand genommen worden und er hatte nichts dafür erhalten außer Fragen.

Am nächsten Morgen hatte sich das Wetter gebessert. Zwischen den Wolken zeigte sich ein strahlend blauer Himmel. Dort, wo die Sonne hervor brach, wurde es augenblicklich warm. Jeremias entschloss sich, noch einmal nach Wald zu fahren.

Der Friedhof hüllte sich heute in seine sprichwörtliche Friedhofsstille. Eine Krähe flog darüber hin und krächzte. Jeremias stand allein am Grab des Jakob Stemer. Er musste eine Antwort finden. Zum ersten Mal seit Jahren wandte er sich an Gott. „Gott, wenn es dich wirklich gibt, dann hilf mir. Wenn es dich gibt und ich kann das erkennen, dann will ich mich auf dich wieder einlassen."

Mit einer erschreckenden Klarheit sah er sich wieder in dem Triebwagen. Er sah die Gestalt auf den Gleisen und er sah, wie sie unweigerlich näher kam und er spürte mit einem fast körperlichen Schmerz den Moment, als die Lokomotive auf den Körper traf. Für einen Augenblick erlosch für Jeremias das Tageslicht. Er fühlte sich in eine Finsternis stürzen. Etwas Eisiges umklammerte sein Herz und dann tauchte ein Licht auf.

Und dann war es vorbei. Jeremias stand auf dem Friedhof von Wald am Arlberg, die Sonne brach durch die Wolken und schmolz den Schnee. Jeremias wusste jetzt die Antwort. Er musste in sein Leben zurück gehen und sich fragen, wo und warum er Gott verlassen hatte. Das und genau das würde er tun. Er war dazu entschlossen. Wenn er sein Weggehen von Gott nachvollziehen würde und dabei vielleicht sogar Symptome entdecken konnte, die so etwas wie ein geistiges Sterben waren, dann gab es ein geistiges Leben und dann gab es Gott.

Gerade wollte er den Friedhof verlassen, als, er erinnerte sich an die Gestalt, die Mutter des Jakob Stemer auf das Grab zu kam. Sie ging gebückt zum Grab und legte dort ein paar Blumen nieder. Dann besprengte sie das Grab mit Weihwasser. Jeremias war stehen geblieben und die Frau stand auch still. Endlich grub sie umständlich in ihrer Manteltasche und brachte dann ein Taschentuch hervor mit dem sie sich über die Augen fuhr. Als sie das Taschentuch wieder einstecken wollte, wendete sie sich ein wenig und ihr Blick fiel auf Jeremias. Sie stutzte.

„Sie sind der Lokführer?" sagte sie fragend.

Jeremias nickte. Schuldgefühle und das Verlangen nach Flucht stiegen in ihm auf. „Wieso…?"

„Weil doch der Karl auch bei dem Begräbnis war. Der arbeitet doch in Bludenz bei der Bahn. Und der hat sie gekannt. Sie waren ja auf dem…" Ganz plötzlich schossen der Frau Tränen in die Augen. Sie unterbrach sich und atmete heftig. Mit einer entschlossenen Bewegung fuhr sie sich über die Augen und fuhr fort: „Als wir den Buben begraben haben. Da waren Sie auch da. Und der Karl hat es uns gesagt. Und darum kenn ich sie wieder."

Eine Pause trat ein. Die Frau holte das Taschentuch wieder hervor und wischte sich die Augen trocken. Prüfend sah sie Jeremias an. In Jeremias wurde das Schuldgefühl immer größer. Er fühlte sich, als habe er ihren Sohn absichtlich umgebracht.

„Ich wollte Jakob nicht…"

Die Frau unterbrach ihn heftig. „Nein, nein! Sie können doch nichts dafür. Der Karl hat uns erklärt, wie das so ist, wenn man den Arlberg herunter kommt, wie lang der Bremsweg ist und so. Um Gottes Willen! Sie nicht auch noch! Mein Mann und ich, wir haben es schon schwer genug. Wir haben nichts gemerkt. Gar nichts. Wir hätten es doch merken müssen und etwas tun müssen." Sie konnte nicht mehr an sich halten und fing laut an zu weinen. Als sie sich wieder beruhigt hatte, redete sie weiter. „Der Jakob hatte sich verliebt. In die Elisabeth. Aber die Elisabeth wollte ihn nicht. Sie wollte als Entwicklungshelferin nach Afrika. Und danach, so hat sie ihm gesagt, geht sie vielleicht zu den Frohbotinnen."

Was die Frohbotinnen sein sollten, verstand Jeremias nicht. Es musste jedenfalls etwas sein, was diese Elisabeth daran gehindert haben würde, sich nach Afrika auf den Jakob einzulassen.

Die Frau hatte eine kleine Handtasche um den Arm gehängt. Sie öffnete die Tasche und holte ein kleines, schmales, grünes Buch hervor. „Es steht alles da drin. Das ist sein Tagebuch. Da schauen sie!" Sie öffnete das Buch an einer Stelle, wo zwischen den Blättern eine Rechnung vom örtlichen Gemischtwarenladen steckte. „Da lesen sie selbst!"

Jeremias nahm das Buch und las, „24. Februar. Elisabeth hat mir heute gesagt, dass sie nach Togo geht. Dort ist eine katholische Station, eine Mission und eine Schule und Werkstätten. Dorthin geht sie. Ich habe ihr gesagt, dass ich auf sie warten werde. Da hat sie mir gesagt, dass ich nicht auf sie warten soll. Sie geht nachher zu den Frohbotinnen. Sie will für Gott leben. Ich habe ihr gesagt, dass ich sie liebe. Aber sie hat nur gelacht und hat gesagt, „Andere Mütter haben auch schöne Töchter!" Sie versteht mich nicht. Aber wenn Gott so grausam ist und mir die Elisabeth nicht geben will, dann will ich nicht mehr leben. Elisabeth, ich liebe dich, nur dich!!! und ich werde es dir mit meinem Tod beweisen."

Jeremias ließ das Buch sinken Was für eine furchtbare Art, die Liebe beweisen zu wollen. „Und die Elisabeth?" fragte er.

„Die war auch bei der Beerdigung. Das war das Mädchen, das so viel geweint hat. Er hat ihr gesagt, dass er ohne sie nicht leben will. Aber sie hat das nicht ernst genommen. Nur, der Jakob war immer schon ein sehr stiller und eigensinniger Junge. Man hat ihn manchmal gar nicht gespürt, so still war er. Nur, wenn er sich etwas in den Kopf gesetzt hat, dann konnte man ihm das nicht mehr austreiben. Aber das hat die Elisabeth nicht wissen können. Jetzt macht sie sich Vorwürfe. Drum habe ich zu ihnen gesagt. Sie nicht auch noch. Bitte, sie nicht auch noch. Jetzt hat der Bub sich…"

Die Frau griff wieder nach dem Taschentuch. Aber sie verwendete es nicht. Ihre Stimme wurde plötzlich entschlossen. „Der Herrgott hat das zugelassen. Wir müssen die Last tragen. Mein Mann und ich. Das ist genug." Sie griff entschlossen nach dem Tagebuch, das Jeremias immer noch in der Hand hatte und steckte es wieder in die Handtasche. Es war, als wolle sie damit sagen, das war mein Kind und das ist immer noch mein Kind. Und darum gehören die Probleme, die das Kind macht, mir. Nur mir.

„Gehen sie!" sagte die Mutter von Jakob Stemer zu Jeremias. „Gehen sie. Sie haben keine Schuld. Gegen das Schicksal und den Herrgott kann man nichts machen."

Jeremias spürte, dass er fortgeschickt wurde, richtig fortgeschickt. Aber da war noch eine andere Botschaft. Und diese Botschaft berührte in wie ein heller Strahl. Der Kegel eines bisher unbekannten Lichtscheins grub sich tief in alte, lang vergessene

Dunkelheiten. In seinem Elternhaus war fast alles Sünde gewesen. Überall lauerten das Vergehen und der Teufel, der einen verführen wollte. Und oft geschah die Sünde ohne eigenes Wissen. Erst durch die Unterweisung der Eltern erfuhr der kleine Jeremias, dass er schon wieder schuldig geworden war.

Hier auf dem Friedhof von Wald am Arlberg sprach ihn eine fremde Frau von einer Schuld frei, die begonnen hatte, ihn nieder zu drücken. Er hatte nicht um einen Freispruch gebeten. Er hätte es nicht gewagt, weil er ihn nie erwartet hätte. Unvermutet und wie ein Strahl aus der Welt des reinen Lichts trafen ihn die Worte der Frau: „Sie haben keine Schuld!"

Jeremias verließ den Friedhof. In seiner Seele war etwas berührt worden, das wie der Keim eines neuen Lebens in ihm wuchs. Er trug von dem Ort, wo die Toten lagen, eine Hoffnung in sich fort.

*

Jeremias wurde nach dem Unglück beurlaubt. Eine Krisenintervention gab es zu der Zeit noch nicht. Er bekam den Rat, er solle doch in Wien zu einem Psychiater gehen und ein paar Gespräche führen. Jeremias folgte dem Rat und ging zu einem Dr. Swoboda, der Facharzt für Neurologie und Psychiatrie war. Der Arzt erinnerte Jeremias in seinem Aussehen an Fotos von Sigmund Freud. Er trug einen Bart von der derselben Art, wie ihn auch Sigmund Freud getragen hatte.

Es stellte sich heraus, dass der Arzt nicht nur so aussah, wie Sigmund Freud, sondern dass er auch ein Psychoanalytiker der Freudschen Schule war. Als Jeremias auf sein christliches Elternhaus zu sprechen kam, merkte er die kritische Haltung von Dr. Swoboda gegen jede Art von Religion. Das kam ganz leise und unterschwellig daher. Aber es stand im Raum. Für diesen Dr. Swoboda schien die Religion nur ein Ballast für die Seele zu sein, eine Fessel der Unfreiheit und ein Irrweg für den Menschen. Das wurde nicht ausgesprochen. Niemals. Dr. Swoboda hütete sich. Aber es gelang ihm nicht, seine innere Haltung vor Jeremias zu verbergen.

Genau hier geschah das, was sein Vater von seinem Sohn erwartet hatte, als er ihn zur Eisenbahn schickte. In Jeremias erwachte der Trotz. Als der erst erwacht war, verteidigte er vor sich selbst den Glauben seiner Eltern, den Glauben seiner Kindheit, den Glauben überhaupt.

Eines Abends begann er mit Gott zu reden, wie er als Kind mit Gott geredet hatte. Er merkte es nicht einmal. Erst als er aufstand, um sich ein Glas Wasser zu holen, wurde ihm bewusst, dass er gebetet hatte. „Nun gut, Jesus, dann bist du wieder da!", sagte er halblaut vor sich hin.

So war sein Glaube auf leisen Sohlen wieder gekommen. Er ging wieder in die Gemeinde. Und dann ließ er sich taufen. Als er nass aus dem Wasser kam und zu seinem Vater ging, umarmte ihn sein Vater. Es war befremdend ungewohnt. Körperliche Nähe war in seiner Kindheit kaum vorgekommen. Verwirrt sah er in den Augen seines Vaters etwas, das er weder vorher gesehen hatte, noch später jemals wieder sah. Sein Vater hatte Tränen in den Augen.

Jeremias wurde ein aktives Gemeindemitglied und ein überzeugter Pfingstler. Und wie viele Mitglieder in der Gemeinde, war er vom nahen Ende der Welt überzeugt. Und er war überzeugt, dass alle Menschen verloren waren, die nicht zum Glauben an Jesus Christus kamen.

Der Weg zurück zu seinem Beruf als Lokführer gestaltete sich mühsamer, als der Weg zurück zum Glauben der Kindheit. Die schlimmsten Momente kamen, als er wieder in der Lok stand und in das Dunkel des Blisadonatunnels eintauchte. Qualvolle Minuten wartete er auf das Ende des Tunnels. Als er wieder ins blendende Tageslicht fuhr, schlug eine Welle der Angst in ihm hoch. Er erwartete, dass da wieder ein Mensch stehen würde, wieder eine Gestalt, die sich nicht bewegte und der er nicht ausweichen konnte. Als nichts geschah und als der Zug weiter Tal auswärts fuhr, fühlte er Schwäche in den Beinen. Noch immer klopfte sein Herz mit harten Schlägen in der Brust. Aber er wusste, er hatte es geschafft. Er hatte es jetzt endgültig geschafft. Er war Lokführer und würde es bleiben.

In Bregenz lernte er Ruth kennen. Er ein Wiener, sie eine Vorarlbergerin. Manchmal verstand sie ihn nicht, wenn er in den Wiener, genauer in den Hernalser Dialekt verfiel. Und er verstand sie nicht, wenn sie in ihrem Dialekt redete. Aber ihre Herzen verstanden sich. Wo es zunächst hakte, das war der gemeinsame christliche Glaube, der alles andere als ein gemeinsamer war. Er war ein eifriger Pfingstler und sie eine gute Katholikin. Für einen Pfingstler galten die Katholiken als nicht errettet und für eine gute Katholikin waren die Pfingstler Sektierer. Einer hatte sich vor dem Glauben des anderen zu hüten.

Aber auch diese Kluft überwanden ihre Herzen. Sie lernten sich gegenseitig zu achten und in ihren Überzeugungen zu schätzen. Jeremias blieb Pfingstler und war für Ruth kein Sektierer und sie blieb katholisch und er gewann die Überzeugung, dass seine Frau dennoch gerettet war.

Sie heirateten und bekamen einen Sohn. Der Sohn lebte inzwischen in Kanada. Jeremias und Ruth liebten sich immer noch, als er in die Pension kam. In Vorausschau auf alte und gebrechliche Tage suchten sie gemeinsam nach einer Wohnung mit Lift und fanden die passende genau da, wo sie auch Franz Kaufmann fand.

So wohnten Jeremias Vinzenz und Ruth Grimm Franz Kaufmann gegenüber.

*

Franz Kaufmann hatte sich von Jeremias Grimm zum Tee einladen lassen. Sie vereinbarten freitags um sechzehn Uhr. Aber dann wurde Franz in der Firma aufgehalten. Er kam erst eine halbe Stunde später und stand mit ein paar Blumen, die er noch schnell gekauft hatte, vor der Tür von Grimms. Er klingelte.

Ruth Grimm öffnete ihm. Seine Entschuldigungsversuche, weil er zu spät kam, unterbrach sie sofort. Sie war von einer warmherzigen Art, die Franz als Kontrast zu der Strenge des Jeremias Grimm empfand.

Die Wohnung der Grimms wirkte auf Franz wie ein Antiquitätenladen. So viel alte Sachen, angesammelt in einer einzigen Wohnung, das hatte er kaum einmal gesehen. Die meisten Möbel waren wohl aus dem Biedermeier. Dazu passend hingen ein paar, natürlich, wie er sogleich dachte, nicht echte Spitzwegbilder an der Wand. Franz wurde gleich ins Wohnzimmer geführt. Dort hing ein Poster an der Wand. Es war irgendein Wasserfall mit viel Grün auf der Seite. Er sah nicht so aus wie ein Wasserfall in den Alpen. Franz urteilte, dass der Fall irgendwo eher in Südamerika von den Felsen stürzte. Auf dem Urwalddickicht neben dem Wasserfall stand groß: *Wer an mich glaubt, aus dessen Leibe werden Ströme von lebendigem Wasser fließen.* Und klein stand dabei: *Joh 7,38.* Franz vermutete, dass der Satz ein Versprechen von Jesus war. Irgendwie war ihm so. Er wandte sich von dem Spruch weg und sah auf Jeremias Vinzenz Grimm. Und die Frau Häusle fiel ihm ein. Da war in seinem Innern wieder dieses Fragezeichen.

Sie setzten sich zum Tee und plauderten zuerst übers Wetter und dann andere unverfängliche Themen. Der Blick von Franz fiel auf das vom Boden bis zur Decke reichende Bücherregal. Es war ein hoher Raum. Um nach oben zu kommen, brauchte man wie auf den Spitzwegbildern fast eine Leiter.

Franz fragte, ob er neugierig sein dürfe. „Selbstverständlich!" antwortete Grimm. Neben den Bänden des Brockhaus fiel sein Blick auf ein sehr alt und zerlesen wirkendes Buch. Der Titel lautete: *Die Predigten Martin Luthers, 1. Band.*

„Das ist wohl viel gelesen worden", sagte er. „Darf ich?"

Franz schlug das Buch wahllos auf und las: *3. Sonntag der Passionszeit. Das heutige Evangelium handelt, wie ihr hört, vom Teufelaustreiben. Und es hat die Meinung wie vor acht Tagen, dass man durch Reue, Buße und Beichte sich wollte bessern und den Teufel austreiben.*

Das war starker Tobak. Franz steckte den Finger in die Seite, klappte das Buch wieder zu und wandte sich an Grimm. „Das sind ja Predigten, die vor fast fünfhundert Jahren gehalten wurden. Die haben doch heute keine Gültigkeit mehr, nicht wahr!"

„Im Gegenteil", widersprach Grimm. „Sie sind heute noch genau so aktuell wie damals."

Franz klappte das Buch wieder auf und las laut: *„Das heutige Evangelium handelt, wie ihr hört, vom Teufelaustreiben. Und es hat die Meinung wie vor acht Tagen, dass man durch Reue, Buße und Beichte sich wollte bessern und den Teufel austreiben.* Wollen sie sagen, dass das noch aktuell ist?"

Grimm sah Franz durchdringend an. „Ja natürlich ist das noch aktuell, heute mehr denn je."

„Sie glauben also allen Ernstes an den Teufel und nicht nur das, sie wollen ihn auch austreiben?"

„Ja. Denn ich möchte nicht unter seiner Herrschaft stehen."

Franz hatte etwas Ärger in der Stimme. „Wir leben doch im 21. Jahrhundert, Herr Grimm!"

„Ach, nennen sie mich doch einfach Jeremias.", sagte er, streckte Franz seine Hand entgegen und machte zugleich eine Bewegung zum Tisch hin. Es blieb Franz nichts anderes übrig, als sich ebenfalls mit seinem Vornamen vorzustellen und sich wieder zu setzen. Das Buch hatte er immer noch in der Hand.

Jeremias stellte mit ruhiger Stimme fest: „Das 21. Jahrhundert ändert nichts an Tatsachen, die außerhalb unseres scheinbar fortschrittlichen Denkens sind. Die geistige Welt schert sich nicht darum, welches Jahrhundert wir Menschen gerade zählen."

„Aber, entschuldigen sie, lieber Jeremias, der Teufel und auch Gott, das sind doch nur menschliche Projektionen."

Ruth, die Frau Grimms, brachte den Tee. Jeremias rührte bedächtig in der Tasse. Ohne Franz anzusehen, sagte er, „Dann ist der Mensch eine Fehlentwicklung. Fehlkonstruktion darf ich ja nach ihrer Meinung nicht sagen. Eine Fehlkonstruktion, das würde ja einen Konstrukteur voraussetzen, nein nur eine Fehlentwicklung in der Geschichte der Evolution. Die ist aber schon sehr schief gelaufen. Wenn sie von sich selbst und der Menschheit so gering denken wollen, bitte."

Er machte eine Pause und fuhr dann fort. „Wenn sie so freundlich wären über den Tellerrand ihres gegenwärtigen Kulturkreises hinaus zu schauen, dann würden sie entdecken, dass ihr Atheismus nur eine Randerscheinung in der Geistesgeschichte der Menschheit ist. Das Durchgängige und Normale ist, dass der Mensch von der Existenz einer geistigen Welt überzeugt ist. In welche Kultur auch immer sie schauen, sie werden sehen, dass der Tod des Menschen als ein Übergang in eine andere Welt gesehen worden ist. Auch wenn der Monotheismus zunächst eine Ausnahme war, die Verehrung von Gottheiten und der Glaube an ein Fortleben nach dem Tod war, soweit man die Menschheitsgeschichte zurückverfolgen kann, immer schon da. Der Mensch ist nun mal ein Bürger zweier Welten. So ist er geschaffen und das weiß er im Grunde seines Herzens."

Franz sah sich natürlich gezwungen zu kontern. Er redete von archaischem, mythischem und magischem Denken und spürte dabei, dass er Jeremias in keiner Weise beindrucken konnte. Es war so, als redete er von etwas, das Jeremias einst gekannt aber schon lange hinter sich gelassen hatte. Diese Unberührtheit von den Argumenten, die Franz hervorbrachte, begann Franz zu ärgern. Er merkte, dass er sich in Hitze redete.

Plötzlich streckte Jeremias seine knochige Hand gegen Franz aus und berührte dabei mit seinem ausgestreckten Zeigefinger fast seine Brust. „Sie werden", sagte er mit einer an Absolutheit nicht mehr zu übertreffenden Stimme, „Gott noch persönlich kennen lernen und dann werden sie, das, was sie jetzt gesagt haben, selbst als Unsinn abtun."

Jetzt war Franz wirklich ärgerlich. Nicht nur, dass Grimm den Vornamen Jeremias trug, den Namen eines alttestamentlichen Propheten, jetzt führte er sich auch noch auf wie ein Prophet und wollte ihm voraussagen, dass er noch an Gott glauben würde. Er? Was für ein verrückter Gedanke! Mit dem Glauben hatte er endgültig abgeschlossen, als er von Schwarzenberg nach Bregenz umgezogen war.

Franz wusste einfach nicht, was er darauf sagen sollte. Und dann war da in den Augen dieses Jeremias ein Leuchten, das Franz für den Bruchteil eines Augenblicks ganz winzig erscheinen ließ und ihn einschüchterte.

Es herrschte für einen Moment ein beklemmendes Schweigen am Tisch. Zum Glück bot

Ruth jetzt ein Stück Kuchen an und so entspannte sich die Situation wieder.

Jeremias nahm wieder das Wort. „Sie werden glauben, dass ich von Kindesbeinen bis heute immer ein Gläubiger war. Aber so war es nicht. Ja, meine Eltern waren sehr gläubig. Und so bin ich halt aufgewachsen mit diesem Glauben. Jesus und die Gemeinde, das war sehr wichtig. Mein Vater war Ältester in der Gemeinde. Er war eigentlich wenig zu Hause. Daheim war die Mutter. Sie schon. Aber mein Vater nicht. Für die Familie hatte er eigentlich nur am Sonntagnachmittag Zeit. Sonst gab es immer etwas zu tun für ihn."

Jeremias rührte gedankenverloren in seiner Tasse und sah dabei mit einem seltsamen Blick vor sich hin. „Wenn ich es genau bedenke, mein Vater war nur für Erziehungsmaßnahmen da. Das konnte er. Wer seinen Sohn liebt, der züchtigt ihn, das war seine Rede. Ich denke, ich habe meinen Vater mehr gefürchtet als geliebt. Und irgendwann fand ich auch Gott nur noch zum Fürchten. Als ich sechzehn war, erklärte ich mich – zunächst heimlich - zum Atheisten. Gott? Nein, den gibt es nicht. Für diese Überzeugung hatte ich mich entschieden. Es gab schon ein paar offene Fragen. Aber die ließ ich nicht an die Oberfläche kommen. Das ging alles ganz gut, bis…

Für meine Eltern war das natürlich nicht gut. Sie fanden das schrecklich. Der Vater war ein Ältester in der Pfingstgemeinde und der Sohn weigerte sich bei allem, was mit dem Glauben zu tun hatte, mitzumachen. Nein, ich wollte von dem allen nichts mehr hören. Bibel lesen. Kindergottesdienst. Die böse Welt. Die Geretteten. Erlösung durch das Blut von Jesus Christus. Bloß nicht.

Andererseits. So ganz wie die anderen meines Alters war ich auch nicht. Ich fand eine Disco zu laut. Und den Mädchen gegenüber war ich schüchtern.

Nun, ich will das alles überspringen. Ich war noch in der Ausbildung als Lokführer. Wir fuhren den Schnellzug von Wien nach Bludenz. Auf der Arlbergrampe gibt es mehrere Tunnels. Der fragliche Tunnel war nicht gerade. Man kam in einer Kurve aus dem Tunnel.

Da stand er." Jeremias fuhr sich mit der Hand über die Stirn. Es war, als wolle er eine Erinnerung fort wischen, die sich dennoch nicht vertreiben ließ. „Da stand dieser Jakob Stemer aus Wald. Ich hatte das Gefühl, dass er auf mich zukam. Aber so war es natürlich nicht. In der Lok war nichts zu spüren, als es geschah. Als wir endlich standen, ging ich an die Stelle des Unglücks zurück. Ich will ihnen und auch mir ersparen zu sagen, was ich dort sah. Ich habe es monatelang vor mir gesehen."

Jeremias stand auf und ging ans Fenster. Aus dem Fenster blickend und von Franz abgewandt redete weiter. „Es war Selbstmord. Dieser Freitod hat mich dazu gebracht, neu nachzudenken. So fand ich den Glauben meiner Kindheit wieder."

Es entstand eine Pause. Jeremias ging seinen Gedanken und Erinnerungen nach. Franz war betroffen. Er dachte an das, was wohl in Jeremias vorgegangen sein mochte und jetzt vorging. Dann kam er für sich zu einem Schluss, den er in das Schweigen hinein aussprach: „Wenn es einen Gott gibt, dann muss dieser Gott mir, bei Gott, nicht mit dem Tod kommen. Wenn es einen Gott gibt, dann muss Gott mich durch die Liebe überzeugen."

Manchmal sind laut ausgesprochene Gedanken mehr, als sie im Moment erscheinen. Es kann sein, dass jemand mithört, mit dem man gar nicht rechnet. Franz Kaufmann rechnete jedenfalls nicht mit der Möglichkeit, dass seine Forderung eine Antwort erhalten würde.

*

Franz Kaufmann war ein Wälder. Wälder sind gastfreundlich. Wenn ein Wälder eingeladen wird, dann macht er eine Gegeneinladung. Bei einem Wälder ist die Einladung für den Nachmittag keine Einladung zum Tee. Das ist selbstverständlich eine Einladung zum Kaffee. Franz sah sich also vierzehn Tage später veranlasst, bei Grimms zu klingeln und sie zum Kaffee einzuladen.

Ruth öffnete auf sein Klingeln und wehrte die Einladung zunächst ab. „Ach das ist nett von Ihnen, Aber das müssen sie doch nicht. Und wissen sie, wir trinken keinen Kaffee. Wir beide nicht."

Franz hörte sehr wohl, dass die Ablehnung nur halbherzig war und wiederholte sie. „Ach, einen Tee werde ich auch noch zu Wege bringen", meinte er und hatte damit die Zustimmung von Ruth gewonnen, wobei sie noch einwandte, sie müsse noch Jeremias fragen, ob es ihm auch passe. Es passte. Und so waren Ruth und Jeremias am Samstagnachmittag bei Franz.

Grimms kamen mit einer Flasche Wein, was Franz sehr aufmerksam fand. Und sie hatten sogar eine Flasche von der Sorte ausgesucht, die Franz mochte. Das sagte er Jeremias auch.

„Das war nicht schwer", schmunzelte Jeremias, „ich bin doch kürzlich neben ihnen gestanden, als sie ihre leere Weinflasche in den Container entsorgt haben. Ich habe einfach dieselbe gekauft."

Franz sagte sich, dass er diesen Jeremias wohl noch nicht genügend kannte und wegen dessen seltsamen Missionseifers vielleicht falsch einschätzte. Aber da war ja noch dieses Buch. Die Predigten Luthers. Sie hatten das letzte Mal nicht mehr darüber gesprochen. Aber im Kopf vom Franz war immer noch dieses Wort: *Teufelaustreiben*! Das war doch Mittelalter!

Die Wände in der Wohnung von Franz waren voll von Fotos von seinem Bergsteigen. Einige mal war er auch selbst auf so einer Aufnahme zu sehen, teils waren nur Berge abgebildet. Jeremias steuerte sogleich auf eine der Aufnahmen zu. „Das sind ja sie", rief er erstaunt aus. „Nein, das wäre nichts für mich. Ich bin nicht schwindelfrei. Sind sie überall da oben gewesen? Was frage ich! Natürlich! Wenn sie da oben waren auf so einem herrlichen Gipfel, haben sie da nie an Gott gedacht, an den Schöpfer, der das alles gemacht hat?"

Dieser Jeremias ist schon wieder bei seinem Thema, dachte Franz. Gut, dann werde ich auch gleich loslegen. Aber dann besann er sich. Er war der Gastgeber und musste zuerst den Tee machen und die Kuchenstücke auftischen. Erst als das geschehen war, fing er mit dem Buch von Luther an.

„Wir haben das letzte Mal nicht mehr über diese Lutherpredigten weiter geredet. Da steht das vom Teufelsaustreiben. Wissen sie, wie viele Menschen im Hexenwahn hingerichtet wurden? Man schätzt die Zahl auf vierzig bis sechzig Tausend. Etwa achtzig Prozent davon waren Frauen. Es muss ihnen doch den Magen umdrehen bei dem Wort Teufelsaustreibung! All die armen Menschen, die gefoltert wurden, um von ihnen Geständnisse zu erzwingen, dass sie es mit dem Teufel hatten. Wie kann man da noch den Gedanken an Teufelsaustreibung fassen! Das geht doch nicht!"

Jeremias rührte wieder wie beim letzten Mal in seinem Tee. Der Teelöffel schabte über den Boden der Tasse. „Sie verwechseln da einiges", sagte er ohne aufzublicken. „Wenn sie gelesen hätten, was Luther gepredigt hat, dann hätten sie entdeckt, dass in seinen Gedanken keine Spur von Gewaltanwendung zu finden ist. Er meinte, dass wir Christen durch den Glauben und das Wort Gottes den Teufel aus unserem Leben austreiben. Wir bei uns, nicht bei anderen! Aber das ist grundsätzlich ihr Problem, lieber Franz, sie hören etwas und urteilen schon. Wirklich geprüft haben sie den christlichen Glauben noch nicht. Prüfen sie! Sie haben sich selbst zum Opfer eines vorschnellen Urteils gemacht."

„Sie hätten Pfarrer werden sollen", entgegnete Franz. „Aber wenn das von mir aus auch anders gemeint war. Es bleibt die Tatsache, dass sie an den Teufel glauben."

„Ich glaube nur an Gott", entgegnete Jeremias. „An den Teufel glaube ich grundsätzlich nicht. Dann wäre ich schön betrogen. An den Teufel glaubt ein Satansanbeter. Ich bin nur überzeugt, dass es ihn gibt. Punkt."

„Also doch das finstere Mittelalter!" warf Franz unwillig ein.

„Das eben nun genau nicht. Kommen sie doch in unsere Gemeinde. Da werden sie sehen, wie viele junge, moderne Menschen von ihrem Glauben begeistert sind."

Franz war auf einen Gegenzug aus und wie beim Schach, wenn man nicht lange nachdenkt, sondern nur den scheinbaren Vorteil sieht und dann zieht und sich so ins Matt manövriert, so konterte Franz ohne zu denken. „Das schaue ich mir an!"

Erst als Jeremias und Ruth wieder gegangen waren, wurde ihm klar, was er versprochen hatte. Er hatte doch tatsächlich zugesagt, mit Jeremias in diese komische Sekte, diese Pfingstgemeinde in Lindau zu gehen. War er denn von allen guten Geistern verlassen?

*

Es gelang Franz einen Monat lang, die Sache vor sich her zu schieben. Am Sonntag nach der Einladung war strahlendes Wetter. Franz machte eine Schitour. Am Sonntag darauf wurde in Schwarzenberg der Geburtstag seines Vaters gefeiert. Es war ein großes Familienfest, denn es war ein runder Geburtstag. Am darauf folgenden Wochenende war wieder schönes Wetter, also wieder ein Grund, um in den Bergen zu sein und nicht in Lindau. Doch dann setzte sich ein Tief über der oberen Adria fest und die Wetteraussichten waren mehr als schlecht. Es begann schon am Donnerstag zu schütten. Es regnete am Freitag und so sollte es die nächsten Tage weiter gehen. Franz entschloss sich, die Sache hinter sich zu bringen. Er nahm die Einladung in den Gottesdienst für den Sonntag an.

Die Wolken hingen tief und regenschwer über dem Rheintal und dem See, als sie am Bodenseeufer entlang nach Lindau fuhren. Das entsprach ganz der Stimmung, in der sich Franz befand. Er wäre gern in die entgegengesetzte Richtung Süden gefahren. Stattdessen saß er auf dem Rücksitz eines alten VWs eingepfercht zwischen einem Ehepaar, das er nicht kannte, und fuhr nach Lindau Reutin, wo sich die Räumlichkeiten der Gemeinde befanden. Franz fiel auf, dass weder das ihm unbekannte Ehepaar noch die Grimms ein Wort über den Glauben verloren. Sie wollen mich wohl schonen, sagte er sich.

Der Versammlungsraum der Gemeinde war in einem Anbau einer aufgelassenen Brauerei. An der Tür standen zwei Leute, die jedem die Hand schüttelten, der herein kam. So geschah es auch mit Franz. Es war ihm unangenehm. Das war nach seiner Meinung eine bestellte Freundlichkeit. Die Frau, die ihm die Hand kräftig schüttelte, die tat ja so, als sei sie hocherfreut, dass er, Franz, endlich auch erschien. Ich bin doch nicht der Bundespräsident, dachte er für sich.

Jeremias steuerte zielgerichtet auf die dritte Stuhlreihe zu. Dort saß schon jemand, eine junge Frau. Franz sah sie von hinten. Ihre langen blonden Haare fielen ihm auf. Jeremias deutete Franz, er solle sich daneben setzen. Die junge Frau drehte sich zu ihm und sah, da er noch stand, zu ihm hoch. Franz sah in ein freundlich lächelndes Gesicht und in wunderbare dunkle Augen.

Da geschah es. Es war wie ein Erdbeben in seiner Brust. Eine Naturgewalt. Sein Blick versank in diesen dunklen Augen und mit seinem Blick verlor sich seine Seele an sie, die junge Frau, die er noch gar nicht kannte. Es geschah ihm einfach und es war unumkehrbar.

Sie, die eben mit einem einzigen Blick ein Herz erobert hatte, ahnte von dem allen nichts und streckte ihm fröhlich die Hand entgegen. „Hallo, ich heiße Susanne."

Franz fühlte sich auf einmal wie ein kleiner Junge. Er wusste nicht, was er tun sollte. Die Gefühle in seiner Brust überschwemmten ihn. Er kam sich ungeschickt und linkisch vor. Er streckte ihr auch die Hand entgegen und sagte, „Ich bin der…"und dann war für einen Augenblick sein eigener Name weg. Gott sei Dank, jetzt hatte er ihn wieder. „Franz."

Susanne war das Zögern in der Stimme von Franz nicht aufgefallen, denn er hatte sich in diesem Moment gesetzt. „Ich habe dich hier noch nie gesehen", sagte sie, „bist du neu in dieser Gegend? Seit wann kennst denn du Jesus?"

Was soll ich da bloß sagen, fragte sich Franz. Dann entschloss er sich zur Wahrheit. „Ich wohne in Bregenz. Der Jeremias hat mich mitgenommen. Jesus? Jesus kenne ich noch nicht." Was war das wieder, warum sagte er, noch nicht? Warum hatte er nicht einfach gesagt, Jesus kenne ich nicht? Warum fügte er dieses Noch da ein? Was war nur mit ihm los?

Susanne sah ihn nachdenklich an. Sie fand ihn sympathisch. Aber er kannte Jesus nicht. „Schade, da hast du aber bis jetzt ganz schön was versäumt", stellte sie fest.

Franz wollte fragen, warum er da etwas versäumt hatte, denn das leuchtete ihm am allerwenigsten ein. Wie konnte man etwas versäumen, wenn man Jesus nicht kannte? Doch der Gottesdienst begann und so musste er die Frage auf später verschieben.

Das Singen war so ähnlich, wie wenn sie in Schwarzenberg einen Jugendgottesdienst gehabt hatten. Bei der Predigt sprach der Pfarrer, er sah überhaupt nicht aus wie ein Pfarrer, er war ganz normal gekleidet, er sprach über einen gewissen Naäman, einen syrischen General, der im Jordan gesund wurde. „Wir denken manchmal sehr eng", sagte der Pfarrer, „aber Gott hat seine Gnade nicht nur für sein Volk, für uns Gläubige. Gott ist auch gnädig mit Menschen, wo wir es gar nicht vermuten. Jesus hat gesagt, dass Gott die Sonne scheinen lässt über Gerechte und Ungerechte. Gott hält sich nicht an unser Muster. Unser Denken, das ist manchmal kleinkariert, ohne dass wir es merken."

Kleinkariert? Franz dachte an seine Schwarzenberger Heimat. Da war es ihm manchmal kleinkariert vorgekommen. Kleinkariert? Er selbst hatte hier die Leute um sich, ohne sie zu kennen, im Vorhinein als Sektierer eingestuft. Aber der Pfarrer redete gar nicht so. War er vielleicht selbst kleinkariert und hatte ein Vorurteil? Vor allem, die Frau, die neben ihm saß, nur eine Handbreit von ihm entfernt, er konnte einfach nicht von ihr denken, dass sie etwas Sektenhaftes an sich hatte, etwas schräges, abgesondertes, Abgespaltenes. Das Gegenteil war der Fall. Sie spaltete nicht ab, sie zog an. Wer solche Augen hatte, der war ein Magnet, ein tiefer Abgrund, in dem kein Unwesen, kein Drache, sondern ein himmlisches Glück wohnte. Franz saß da, oder er stand auf, wenn alle aufstanden, aber vor allem spürte er die Nähe von Susanne neben sich mit einer, von ihm mit einer solchen körperlichen Intensität noch nie gekannten Dichte. Manchmal vergaß er, wo er war und war nur noch Gefühl.

Wäre sie nicht neben ihm gewesen, dann wäre er einmal und nie wieder in diesen Gottesdienst der Pfingstler gekommen. Denn nach der Predigt, tönte von hinten eine Männerstimme: „So spricht Gott der Herr Zebaoth, sucht mich und ihr werdet mich finden. Wenn du mich mit Ernsthaftigkeit suchst und mich finden willst, dann werde ich mich dir offenbaren. Suche mich und lass dich nicht abbringen davon. Dann werde ich dir Vater sein und du mir mein Kind." Noch einmal, wäre die ihm fremde und doch so nahe Frau nicht neben ihm gewesen, Franz hätte sich nicht nur gewundert, er hätte das nicht akzeptiert. Da unterstand sich jemand zu reden, als wäre er Gott selbst. Und dann wurde es noch seltsamer. Irgendjemand begann zu singen. Einfach so. Es hörte sich weder Deutsch noch englisch an, eher arabisch. Dann fiel eine zweite Stimme ein und dann noch jemand und dann sangen sie alle. Aber sie sangen nicht einfach eine Melodie und sie sangen nicht in einer Sprache. Es waren verschiedene Melodien und verschiedene Laute. Jedoch, aus der Vielstimmigkeit ergab sich ein Ganzes. Es klang zusammen wie bei einer Symphonie. Auch Jeremias neben ihm sang. Und auch Susanne sang. Mit geschlossenen Augen und gehobenen Händen tanzte ihr Sopran mit Leichtigkeit zu heiteren Höhen, sich nie verlierend, immer in Entsprechung zur Gesamtheit der Melodien und doch in einem ganz eigenen Franz faszinierenden Klang. Franz wusste nicht, was das war. Aber die Stimme von Susanne, tanzend und schwebend im Chor, berührte ihn, ähnlich wie ihr Anblick ihn berührt hatte. Es berührte ihn und war ihm zugleich völlig fremd.

Nach dem Gottesdienst, das war so üblich, gab es noch Kaffee. Ein älterer Herr hatte gestern Geburtstag gehabt. Seine Frau brachte mehrere Kuchen angeschleppt. Franz erinnerte sich an den Gottesdienst mit der Frau Häusle. Ganz auf einen anderen Planeten war er doch nicht geraten. Und doch!

Um den Geburtstag feiernden Mann stand eine Gruppe von Gratulanten. Auch Susanne eilte hin, kam aber gleich wieder zurück, um Franz zu fragen. „Na, wie wars?"

Franz wusste nicht, was er sagen sollte. Er hätte Susanne für sein Leben gern nach den Dingen gefragt, die er nicht verstanden hatte. Aber dann müsste er eingestehen, dass er in diesem Gottesdienst einige Mal völlig daneben gestanden war, dass er sich nicht auskannte und weniger wusste wie ein Volksschüler in, sagen wir mal, der zweiten Klasse. Vielleicht gehörte er in den Kindergarten. Es passierte ihm schon wieder, dass er sich neben ihr so unsicher fühlte. Susanne überging ihre eigene Frage und stellte stattdessen fest: „Und Jesus kennst du nicht, nicht wahr?"

Vor eineinhalb Stunden hätte Franz selbstsicher erklärt, dass er mit Jesus nichts anzufangen wusste. Jetzt schüttelte er nur stumm den Kopf. Er wollte auf keinen Fall etwas Falsches sagen. Er wollte nichts sagen, das sie veranlassen würde, von ihm weg zu gehen. Wenn sie nur dastand und sich mit ihm unterhielt.

„Ich kenne Jesus halt vom Religionsunterricht und der Kirche. Bei mir daheim in Schwarzenberg, wo ich herkomme, da hängt in jedem Wohnzimmer ein Herrgott und an jeder zweiten Wegkreuzung steht ein Kreuz."

„Wow", unterbrach ihn Susanne, „du bist aus dem Bregenzer Wald und dann auch noch aus Schwarzenberg, wo jedes Jahr im Angelika Kaufmann Saal die Schubertiade stattfindet. Toll! Du bist ja ein Glückspilz, aus so einer schönen Gegend zu stammen!"

Endlich. Jetzt war das Thema harmlos. „Und mir gefällt Lindau sehr gut. Die Insel. Das ist doch eine wunderschöne Stadt."

„Was hast du für einen Beruf?" fragte sie ihn.

Er antwortete. „Ich bin Techniker, Seilbahntechniker."

„Und ich bin Lehrerin!"

Mensch, dachte er, und ich wäre gern dein Schüler, aber nur im Einzelunterricht.

Es war, als hätte sie seine Gedanken erraten. Sie sagte: „Und Jesus kennst du nicht. Da wird es höchste Zeit, dass du etwas nachholst. Nimm das Neue Testament und fang es an zu lesen!"

Franz wandte ein: „Und wenn ich es nicht verstehe? Ich habe übrigens kein neues Testament. Das aus dem Religionsunterricht habe ich nicht mehr."

Susanne sah ihn einen Augenblick an. Er gefiel ihr. Es reizte sie, jetzt ein Angebot zu machen. Sollte sie wirklich? Ok. dachte sie, wenn er zudringlich wird, dann kann ich immer noch aussteigen. „Na, wenn du was nicht kapierst, dann bekommst du Nachhilfe. Das kann ich ja. Und was das angeht, dass du kein Neues Testament hast. Du wirst es nicht glauben. So was kann man kaufen. Gleich hier in der Gemeinde bei dem Büchertisch da hinten."

So kam es, dass Franz mit einem schmalen, schwarzen Buch, einem Neuen Testament in seiner Tasche, nach Hause fuhr.

*

Zu Hause legte er das Buch auf das Regal im Wohnzimmer. Er holte eine CD mit Klaviermusik von Chopin aus dem CD Ständer und legte sie auf. Seine Mutter war in Schwarzenberg im Kirchenchor. Sie hatte aber nicht nur Lieder für den Gottesdienst gesungen. Die Mutter liebte auch klassische Musik. Daheim hatte er sie oft hören müssen, wenn Mutter das Radio einschaltete. Und mit der Zeit hatte er auch ein Ohr für diese Musik bekommen.

Wenn er nachdenken wollte, dann legte er eine CD mit Klaviermusik auf. Und jetzt musste er nachdenken. Dringend. Er musste mit sich klar kommen. Er hatte sich verliebt. Alles dazu trieb ihn, mit Susanne was anzufangen. Aber da war die Erinnerung an Isolde. War er nicht am Anfang auch ganz weg gewesen von ihr? Wie war diese Susanne wirklich? Und dann dieser komische Gottesdienst. Er hatte mit Susanne gar nicht mehr gesprochen über dieses seltsame Singen.

Je länger er nachdachte, umso mehr Bedenken kamen ihm. Es war auch eine Angst dabei, Susanne könnte gar nichts von ihm wissen wollen. Vielleicht hatte sie schon einen Freund und der war nicht in dem Gottesdienst gewesen, weil er da nicht mitkonnte. Vielleicht gab es auch einen anderen Grund. Es war wohl besser... Ja, was war denn nun besser? Er wusste es nicht. Schließlich war er so weit, dass er sich vornahm, am nächsten Sonntag nicht nach Lindau zu gehen, sondern auf einen Berg, auf die Schesaplana. Jetzt musste es günstig sein für eine Firngleitertour.

Unter der Woche rief Franz den Tobias in Schwarzenberg an und sie verabredeten sich, dass sie sich am Sonntagmorgen in Dornbirn treffen wollten. Gemeinsam fuhren sie mit dem Auto von Franz ins Brandnertal bis Schattenlagant. Sie waren um Acht in der ersten Seilbahn, die zum Lünersee hinauf fuhr. Der Tag war wolkenlos. Es war der erste Sonntag im Juni. Am Morgen hatte es auf der Bergstation der Seilbahn in zweitausend Meter Höhe noch Minusgrade. Dann aber begann die Junisonne zu heizen. Der Schnee wurde immer weicher. Franz und Tobias schwitzten. Neunhundert Höhenmeter. Dann waren sie auf dem Gipfel.

Sie schüttelten sich mit den Worten „Berg Heil!" die Hände und ließen sich beim Gipfelkreuz nieder. Franz trank von seinem herauf getragenen Tee und kaute an einem Landjäger. Er hätte allen Grund gehabt, sich an der Aussicht zu freuen. Sonst hielt er immer Ausschau nach den Gipfeln, schaute ob es klar genug war, dass man den Ortler sah oder die weiß glänzende Kette der Berninagruppe oder im Norden den Bodensee. Franz saß beim Gipfelkreuz und sah die Berge vor sich und sah sie nicht. Stattdessen sah er ein Gesicht vor sich, eine junge Frau mit blonden Haaren und wunderbaren dunklen Augen. Susanne.

Tobias fiel auf, dass Franz schweigsamer war als sonst. „Probleme?" fragte er.

„Ich weiß nicht", antwortete Franz.

„Du wirst doch nicht etwa verliebt sein?", bohrte Tobias weiter.

„Spinnst du jetzt ganz", wehrte Franz ab. „Und wenn, dann geht dich das nichts an."

„Aha", Tobias grinste, „und wie heißt der Typ, der dir den Kopf verdreht hat?"

„Su…Tobias, ich will wirklich nicht darüber reden. Das ist alles ein wenig kompliziert."

„Kompliziert", Tobias dehnte die Worte. „Normaler Weise ist die Liebe immer ganz einfach, brutal einfach", sagte er spöttisch. „Darum bin ich heute mit dir auf der Schesa und nicht bei der Lisbeth. Weil es so einfach ist. Aber du hast recht. Reden wir nicht darüber. Fahren wir lieber runter. In der Totalphütte gibt es ein Bier."

Sie legten die Firngleiter an und fuhren auf dem Gipfelplateau ein paar Meter nach Süden. Franz entschloss sich, noch ein Stück weiter nach Süden zu gehen, dahin wo der Schnee an dem nach Osten abfallenden Steilhang noch von keiner Spur zerschnitten war.

Er stand am Rand der Wechte, spannte sich kurz und sprang dann die eineinhalb Meter von der Wechte hinab in den Hang. Als er die Schneedecke berührte, riss der Schnee in einer Breite von etwa dreißig Metern und begann zu gleiten. Mitten in dieser Bewegung war Franz. Auf Schiern wäre er vielleicht noch seitlich hinaus gekommen. Aber mit den Firngleitern hatte er keine Chance. Um Franz herum war Rauschen und Rutschen. Er steckte mit seinen Firngleitern in diesem immer schnelleren abwärts Gleiten, konnte sich nicht mehr auf den Füßen halten, saß im Schnee, ruderte mit den Händen, ruderte und dann stand der Schnee still. Franz steckte bis zum Oberkörper im Schnee. Was heißt Schnee, das war eine schwere, verdichtete Masse. Alles, was von Franz aus dem Schnee ragte, das konnte er bewegen. Was von ihm im Schnee steckte, das war wie eingemauert. Der Schnee gab keinen Millimeter nach.

Franz versuchte mit den Händen den Schnee wegzuscharren. Er hatte beim Herabgleiten seine Handschuhe verloren und die Finger begannen ihn sogleich zu schmerzen. Der Schnee war grobkörnig und riss die Haut auf. Da war ja noch Tobias! Irgendwo seitlich über ihm musste Tobias sein. Er wartete. Und während er wartete traf ihn die Erkenntnis.

Das war eine Warnung. Eingemauert. Er hatte sich in seinem Leben eingemauert und war vor dem Neuen davon gelaufen. Er war feig gewesen. Jetzt steckte er fest im Schnee, weil er so blöd gewesen war, in den Hang zu springen. Er hätte es wissen müssen. Am letzten Wochenende hatte es am Bodensee geschüttet. Es war eine Kaltfront gewesen. Natürlich hatte es hier heroben geschneit. Er war einfach blind in den Neuschnee gesprungen, ohne zu denken, dass der keine Verbindung mit dem Altschnee haben konnte. Warum traue ich mich hier, wo es fast ins Auge gegangen wäre, fragte sich Franz. Warum springe ich nicht in Lindau einfach hinein?

Eingemauert im Schnee auf fast dreitausend Metern Höhe hörte er die Stimme wieder: „So spricht Gott der Herr Zebaoth, sucht mich und ihr werdet mich finden. Wenn du mich mit Ernsthaftigkeit suchst und mich finden willst, dann werde ich mich dir offenbaren. Suche mich und lass dich nicht abbringen davon. Dann werde ich dir Vater sein und du mir mein Kind." Hatte das ihm gegolten? Vielleicht. Aber er konnte sich nicht vorstellen, dass es einen Gott geben konnte, der sich um die Menschen kümmerte. Zugleich aber empfand er das, was ihm eben geschah, als Warnung. Das war ein Widerspruch. Wer warnte ihn da? Wer? Vielleicht wirklich Gott?

Tobias kam bei ihm an. „Also da hast du noch einmal Schwein gehabt. Springt einfach in diesen steilen Hang rein. Wenn es dich zugeschüttet hätte. Bei dem Betonschnee. Na Servus." Er zog seine Firngleiter aus und verwendete den einen als Schaufel. Mit dem anderen scharrte Franz um sich herum und so kam er wieder frei.

„Ist wirklich alles ok.", fragte Tobias, als Franz wieder auf den Beinen stand. „Ja alles", antwortete Franz. „Bis auf meinen rechten Handschuh. Der ist weg."

„Da kannst du Gott danken", sagte Tobias. „Aber fahr du voraus. Vielleicht ist doch was und du merkst es erst beim Fahren."

Aber Franz merkte nichts. Nichts tat ihm weh. So tranken sie auf der Totalphütte doch noch ihr Bier, verhandelten noch einmal, was passiert war und Tobias erklärte Franz noch einmal, dass er Gott danken müsse, dass ihm wirklich gar nichts geschehen war.

*

Franz blieb bei seinem Entschluss, in das Abenteuer mit Susanne und dem, was sie glaubte, zu springen. Am nächsten Sonntag fuhr er nach Lindau. Dabei wäre das Wetter durchaus so gewesen, dass ans Bergsteigen zu denken war. Aber nein, er hatte sich entschlossen.

Wieder gab es die Begrüßung am Eingang zu dem Saal. Jetzt kannte er das schon. Ruth und Jeremias begrüßten ihn und auch das Ehepaar, das von Bregenz nach Lindau mit ihm im VW gewesen war. Aber so viel er sich die Augen auch ausschaute, von Susanne keine Spur. Sie war nicht da und sie kam nicht.

Es war für ihn ganz selbstverständlich gewesen, dass sie da sein würde. Etwas anderes konnte er sich nicht vorstellen. Sie war gläubig und sie gehörte zu dieser Pfingstgemeinde. Da musste sie da sein. Franz hatte als Katholik im Religionsunterricht in Schwarzenberg gelernt, dass es eine schwere Sünde war, am Sonntag nicht in die Kirche zu gehen. Als ihm die Kirche unwichtig wurde, war im die Einteilung seines Tuns in leichte, schwere und auch Todsünden ebenfalls egal. Aber Susanne glaubte ja. Also musste das eine schwere Sünde für sie sein, wenn sie am Sonntag nicht in den Gottesdienst kam. So dachte Franz. Als er mit seinen Überlegungen so weit gekommen war, blieb nur noch ein Schluss übrig. Susanne war krank geworden. Das beunruhigte ihn erst recht. Jetzt war keine Grippezeit. Was hatte sie? Vielleicht ein Unfall? Er stellte sich die schrecklichsten Dinge vor.

Für Franz wurde die Zeit des Gottesdienstes zu einer Kummerstunde. Er saß da und stand da und versuchte beim Singen sogar die Arme hoch zu heben – nur um nicht aufzufallen – denn es war ihm, als müsse ihm jeder die Sorge ansehen, die er im Herzen trug. Der Predigt hörte er nur mit halbem Ohr zu. Heute ging es um einen Blinden, der durch Jesus wieder sehen konnte. Der Pfarrer redete viel vom geistigen blind Sein und der Gnade, sehen zu können. Unter geistigem Blindsein, konnte sich Franz nichts vorstellen. Er hätte gern Susanne gesehen.

Als der Gottesdienst zu Ende war, hätte er gern nach Susanne gefragt. Aber das wollte er nicht. Es konnte auffallen. Doch zum Glück fing Jeremias an, von Susanne zu sprechen. „Das letzte Mal, bist du ja neben Susanne gesessen. Heute ist sie leider nicht da. Wahrscheinlich muss sie wieder bei ihrer Großtante in Scheidegg sein. Der muss man unter die Arme greifen. Die ist schon achtundachtzig. …"

Franz hörte nicht mehr richtig zu. „Sie muss bei ihrer Großtante in Scheidegg sein", wiederholte er für sich. Das bedeutete, sie war nicht krank. Sie war nicht krank! Franz hätte vor Dankbarkeit über diese Nachricht Jeremias am liebsten die Hand geschüttelt, so als habe Jeremias Susanne gerade geheilt. Er war echt erleichtert.

Trotzdem wurde es kein schöner Sonntag. Jetzt, wo er sich entschlossen hatte zu springen, war sie nicht da gewesen. Mit dem Entschluss zu springen, hatte er auch aufgehört, sich gegen sein Gefühl zu wehren. Er sehnte sich nach ihr.

Dann kam am Nachmittag auch noch ein Gewitter. Er hätte nun froh sein können, dass er nicht in die Berge gegangen, sondern nach Lindau gefahren war. Aber das Gewitter verstärkte nur noch seine trübe Stimmung.

*

Susanne, die mit Nachnamen Kuhn hieß, war tatsächlich in Scheidegg bei ihrer Großtante Friederike. Tante Friedl, wie sie von der ganzen Familie genannt wurde, konnte sich zwar noch den Haushalt machen, brauchte dabei aber doch Hilfe. Die bekam sie reihum von der großen Familie. Für diesen Sonntag hatte Susanne versprochen, Tante Friedl unter die Arme zu greifen. Susanne putzte in der Wohnung und machte sich dann über die Bügelwäsche her.

Tante Friedl saß am Tisch und war bei ihrem Lieblingsthema. Vor ihr lag die Sudetendeutsche Zeitschrift. „Es war und ist eine Ungerechtigkeit", sagte sie und klopfte mit ihrer zerbrechlich wirkenden Hand auf die Mahagoniplatte des Tisches. „Wenn du wüsstest, was wir alles besessen haben und wie schön dieses Teplitz damals war. Das war deutsch, seit Jahrhunderten deutsch. Und dann hat man uns zu Tschechen gemacht. Schrecklich. Dabei ist es uns am Ende noch gut gegangen. Das verdanken wir meinem Vater, deinem Urgroßvater Fritz. Du weißt doch, Fritz hatte nur ein Bein…"

Susanne kannte die Geschichte ausführlich. Sie hatte sie als Kind gehört und jetzt musste sie sich alles wieder einmal anhören. Ihr Urgroßvater stammte aus Teplitz. Das gehörte damals zu Österreich. Darum diente er in der k. und k. Armee. Er war Offizier und kämpfte im 1. Weltkrieg in der Schlacht von Rawa Ruska. Dort wurde er verwundet und nicht nur er. Die Schlacht in der Nähe von Lemberg endete mit einer unglücklichen Niederlage des österreichischen Heeres. Für die Familie war das ein Glück, das war die Meinung von Tante Friedl. Verwundet und nur noch mit einem Bein musste ihr Vater nicht in den 2. Weltkrieg. Er blieb in Teplitz und sah genau hin, was passierte. Als der SS-Obergruppenführer Reinhard Heydrich 1942 ermordet wurde und die Deutschen grausam Rache übten und das Dorf Lidice dem Erdboden gleich machten, als sie fast zweitausend Tschechen als Vergeltung erschossen, da sagte Fritz Kuhn zu seiner Frau Ludmilla: „Wenn der Tag kommt, an dem sich die Tschechen dafür rächen können, dann werden sie es tun." Schon früh, als die Siegesmeldungen von der Front bei genauem Hinsehen Anzeichen einer Niederlage waren, traf Fritz Kuhn Vorbereitungen. Vor dem Eintreffen der Roten Armee flohen sie nach Bayern und kamen schließlich an den Bodensee. Auch das war kein Zufall. Urgroßvater Fritz hatte vorgesorgt.

Das alles kannte Susanne. Sie sollte Urgroßvater Fritz dankbar sein. War sie auch. Soweit man das jemandem gegenüber sein kann, von dessen Klugheit und guten Taten man nur vom Hörensagen weiß. Jetzt beschäftigte sie sich gerade mit einer Bluse von Tante Friedl und versuchte die Spitzen zu glätten. Sie hörte Tante Friedl nicht zu. Ihre Gedanken schweiften in eine ganz andere Richtung. Es war Sonntagmorgen und Susanne fragte sich, ob der junge Mann, dieser Franz, dieser Wälder mit dem süßen Dialekt, wieder in den Gottesdienst gekommen war, oder ob sie ihn nie wieder sehen würde. Sie dachte immer wieder einmal an ihn. Und jedes Mal, wenn sie an ihn dachte, dann begann sie zu beten. Das geschah einfach in ihr. Sie tat es auch jetzt. „Herr, ich bitte dich für ihn. Hilf ihm, dass er kapiert, dass du wirklich real bist und ein guter Gott bist."

Susanne machte eine Pause und stellte das Bügeleisen ab. Betete sie jetzt nur wegen ihm, oder tat sie das auch wegen sich? Sie war sich nicht sicher. Am Mittwoch hatten sie ihren Hauskreis gehabt und da hatte Marion zu ihr gesagt: „Du hast dich ja ziemlich ausführlich und lang mit dem Typ unterhalten, der beim Gottesdienst neben dir gesessen ist. Soll ich mir da was denken?"

Das war eine gute Frage. Hatte sie sich selbst dabei etwas gedacht? Sie hatte ihm das Angebot gemacht, ihm zu helfen. Aber das musste sie als Christin tun. Das war doch ihre Pflicht. Und doch, wenn sie ehrlich war, dann hatte sie ihn echt sympathisch gefunden. Aber für Susanne war klar, da würde noch mehr sein, wenn sie von Jesus grünes Licht bekommen würde. Jetzt stand die Ampel jedenfalls auf Rot. Für Susanne war Tamara ein warnendes Beispiel. Damals hatte sie sich geschworen, dass ihr das nicht passieren würde.

Tamara liebte Jesus und war überall dabei in der Gemeinde. Nach dem Abi wollte sie Medizin studieren. Dann lernte sie Florian kennen. Alle nannten ihn Flo. Flo war ein echt cooler Typ. Immer gut drauf. Tamara verknallte sich Hals über Kopf in Flo. Ihr zuliebe kam er in die Gemeinde. Aber er war nicht gläubig und er wurde nicht gläubig. Für Tamara war vorehelicher Sex ein absolutes Tabu. Für Flo war Sex ein Vergnügen und ganz normal. Langsam verschoben sich die Gewichte und zwar zu Gunsten von Flo. Dann brauchte es nur noch eine Flasche Sekt – Tamara trank nie und vertrug darum keinen Alkohol – und dann war Flo am Ziel. Tamara, die überhaupt nicht an Verhütung gedacht hatte, wurde schwanger. Flo aber wandte sich, nachdem ihm die Eroberung gelungen war, einem neuen Ziel der Begierde zu.

Tamara kam weiter in die Gemeinde, manchmal mit dem Baby, manchmal konnte sie es auch bei ihrer Mutter lassen. Wenn sie mit dem Kind in der Gemeinde war, dann waren Tamara und ihr Kind für Susanne wie die großen Plakate an der Autobahn, die vor dem Rasen warnten. Einmal zu schnell fahren und es konnte zum Unfall kommen. Darum, als Marion Susanne fragte, *Soll ich mir da was denken?,* war ihre schnelle Antwort, „Ich halte nichts vom Rasen!" Mit dieser Antwort konnte Marion nichts anfangen und Susanne musste es ihr erklären. Dadurch kamen sie auf Tamara zu sprechen und das war Susanne mehr als nur recht gewesen.

Susanne schreckte aus ihren Gedanken auf. Tante Friedl stampfte mit dem Stock auf den Boden. „Kind, du hörst mir ja gar nicht zu. Anna Maria, das gehört sich doch nicht!" Heute hieß sie wieder einmal wie ihre Cousine. Tante Friedl wusste alles über die Vergangenheit. Die Gegenwart wurde von ihr mehr und mehr entweder vergessen oder durcheinander gebracht.

„Ich bin die Susanne!", stellte Susanne richtig.

„Die Susanne? Ach. Das macht auch nichts."

Susanne fing an zu lachen.

„Warum lachst Du?" fragte Tante Friedl.

„Weil es Dir nichts ausmacht, dass ich die Susanne bin."

„Ach Papperlapapp! Übrigens deine Großmutter väterlicherseits hat auch Susanne geheißen." Mit dieser Erinnerung war Tante Friedl wieder in der Vergangenheit. „Wenn ich an deine Großmutter denke. Sie war erst siebzehn, als sie aus Böhmen gejagt wurde. Sie war aus Kubohütten. Der Ort wurde 1728 von einem Deutschen, von einem Glasmacher gegründet. Es war alles Deutsch."

„Ja, Tante Friedl", wandte Susanne ein. „Es war. Damals ist Unrecht geschehen von allen Seiten. Von den Deutschen aber zuerst."

Das hätte Susanne nicht sagen sollen. Das empörte Tante Friedl. „Zuerst geschah das Unrecht mit dem Deutsch-Österreich aufgezwungenen Friedensvertrag von Saint-Germain. Da gingen Böhmen und Mähren an Tschechien."

Susanne fand eine Ausrede, um in der Küche zu verschwinden. Dieses Europa, dieses christliche Europa, dachte sie, mit seinen Kriegen und Schlachten und der Unterdrückung von ganzen Völkern. Ihr fielen Worte von Jesus ein: *Denn ein Volk wird sich gegen das andere erheben und ein Reich gegen das andere.* Das war die Realität Europas seit Jahrhunderten. Kürzlich hatte Susanne einen hohen katholischen Würdenträger gehört. Sie wusste es nicht so genau, es war ihr auch gleichgültig, sie glaubte, es war ein Kardinal gewesen. Der hatte von der Rechristianisierung des Abendlandes gesprochen. Wann war das Abendland je christlich gewesen? „Ach Jesus, du hast es nicht leicht mit uns!", seufzte Susanne. Sie entschloss sich, mit Tante Friedl einen kleinen Ausflug zu machen und schlug vor, nach

Lindenberg an den Waldsee zu fahren. Tante Friedl musste nicht lange gebeten werden.

Sie fuhren zum Waldsee. Die Tante wollte ein paar Schritte gehen. Also gingen sie um den See. Der Weg um den See, der hatte gerade die Länge, die Tante Friedl noch schaffte. Während sie den See umrundeten, verdunkelte sich der Himmel von Westen her immer mehr. Die letzten Schritte zum Hotel am See mussten sie sich beeilen, was Tante Friedl nicht leicht fiel. Kaum hatten sie das schützende Dach erreicht, begannen große Tropfen vom Himmel zu fallen.

*

Franz nahm das schmale, schwarze Buch zur Hand. Wenn er Susanne wiedersah, dann musste er im Neuen Testament gelesen haben. Er schlug den Anfang auf und las: *Der Stammbaum Jesu Christi*

1 Verzeichnis der Vorfahren von Jesus Christus, dem Sohn Davids und dem Sohn Abrahams:

2 Abraham war der Vater Isaaks, Isaak der Vater Jakobs, Jakob der Vater Judas und seiner Brüder.

3 Juda war der Vater von Perez und Serach; ihre Mutter war Tamar. Perez war der Vater von Hezron, Hezron der Vater von Ram,

4 Ram von Amminadab, Amminadab von Nachschon, Nachschon von Salmon

5 und Salmon von Boas; die Mutter des Boas war Rahab. Boas war der Vater Obeds; Obeds Mutter war Ruth. Obed war der Vater Isais,

6 Isai der Vater des Königs David. David war der Vater Salomos; Salomos Mutter war die Frau des Urija.

7 Salomo war der Vater von Rehabeam, Rehabeam der Vater von Abija, Abija von Asa,

8 Asa von Joschafat, Joschafat von Joram, Joram von Usija,

9 Usija von Jotam, Jotam von Ahas, Ahas von Hiskija,

10 Hiskija von Manasse, Manasse von Amon und Amon von Joschija.

11 Joschija war der Vater Jojachins und seiner Brüder; damals wurde das Volk nach Babylon in die Verbannung geführt.

12 Nach der Zeit der Verbannung folgte Schealtiel, der Sohn Jojachins. Schealtiel war der Vater von Serubbabel,

13 Serubbabel der Vater von Abihud, Abihud von Eljakim, Eljakim von Azor,

14 Azor von Zadok, Zadok von Achim, Achim von Eliud,

15 Eliud von Eleasar, Eleasar von Mattan und Mattan von Jakob.

16 Jakob war der Vater von Josef, dem Mann der Maria. Sie war die Mutter Jesu, der auch Christus genannt wird.

17 Insgesamt sind es also von Abraham bis David vierzehn Generationen, von David bis zur Verbannung nach Babylon wieder vierzehn Generationen und von der Verbannung nach Babylon bis zu Christus noch einmal vierzehn Generationen.

Dann las Franz weiter und musste lesen, dass Josef gar nicht der Vater von Jesus war. Franz machte sich so seine Gedanken. Dieses erste Kapitel genügte. Da würde Susanne einige Fragen beantworten müssen. Dass es da eine vernünftige Erklärung gab, das bezweifelte er. Diese Zweifel verstärkten sich noch bis zum Sonntag.

Als er Susanne dann wieder sah, war ihm, als hätte er sie eine lange, lange Zeit nicht gesehen. Wieder erging es ihm wie beim ersten Mal. Ihre Augen! Das war ein Ozean, in dem er versank.

Nach dem Gottesdienst kam wirklich ihre Frage. „Na, hast du gelesen im NT?"

Er nickte. „Ja, den Anfang. Ein Kapitel. Kennst du das?"

„Es gibt viele Anfänge in der Bibel. Von was für einem Anfang sprichst du?"

„Halt vom Anfang, von ganz vorne!"

„Ach so. Du meinst das Matthäusevangelium. Aber das ist schon ein wenig dürftig. Ein Kapitel!"

„Dazu habe ich Fragen genug."

„So? Gut, später. Da musst du halt warten. Ich möchte hier noch mit ein paar Bekannten reden."

Franz wartete. Er hätte gern irgendwo in einer Ecke gewartet und von dort aus nichts anderes getan, als zur Susanne hinzuschauen. Aber das war ihm nicht vergönnt. Jeremias zog ihn zum Büchertisch und hielt ihm ein Buch vors Gesicht.

„Das solltest du unbedingt lesen", sagte er nachdrücklich. Das Buch trug den Titel: *Und sie werden nicht mehr da sein.* Franz konnte sich absolut nicht vorstellen, was mit diesem Titel gemeint sein konnte. Wer würde nicht mehr da sein? Handelte das Buch vielleicht vom Aussterben seltener Tierarten?

„Das ist ein Buch über die Entrückung", klärte ihn Jeremias auf. Jetzt war Franz so klug wie zuvor. Entrückung. Dieses Wort hatte er noch nie gehört.

Zu seinem Glück kam jetzt Susanne und rettete ihn vor dem Zwang, ergründen zu müssen, was die Entrückung war. Er war überrascht, als sie den Vorschlag machte, zu ihr nach Hause zu gehen. Franz konnte es nicht verhindern, dass ihm Gedanken durch den Kopf schossen, die nicht in einen christlichen Versammlungsraum gehörten. Er musste für einen Moment, ehe es ihm gelang, diese Gedanken zu unterdrücken, irgendetwas Verräterisches in seinen Augen gewesen sein. Susanne stutzte kurz. Dann sah sie ihn ernst an.

„Ich habe dir versprochen, mit Dir über den Glauben zu reden! Ich will dir Fragen beantworten. Von etwas anderem war nicht die Rede!"

Franz fühlte sich ertappt wie ein Schuljunge. Er schüttelte den Kopf. „Natürlich, ich weiß schon, dein Glaube, euer Glaube. Nein, ich will sonst wirklich…" Franz brach ab. Es war ihm ganz grundsätzlich zuwider zu lügen. Und jetzt hätte er es fast getan. Er wollte sagen, „mich interessiert nur dein Glaube, sonst nichts". Eigentlich interessierte ihn nur die Susanne und der Glaube gar nicht. Aber das war auch wieder nicht wahr. Es war da schon etwas. Er wollte verstehen, wie so eine tolle Frau wie die Susanne an diese alte, verstaubte Religion glauben konnte. Das wollte er wissen.

„Ich wohne oben in Streitelsfingen", sagte Susanne. „Am besten ist es, du fährst einfach hinter mir her. Da oben ist zwar nicht viel Platz zum Parken, aber es geht."

Susanne wohnte im Dachgeschoss eines in den 70er Jahren errichteten Mehrfamilienhauses. Die kleine Wohnung von Susanne lag nach Süden. Vom Fenster des Wohnzimmers aus hatte man einen atemberaubenden Blick auf den Bodensee. Doch den beachtete Franz nicht. Als er in die Wohnung trat, da hatte er das eigenartige Gefühl, schon hier gewesen zu sein. Er ging durch die Tür und fühlte sich zu Hause.

Es fielen noch ein paar belanglose Worte. Susanne bot Franz etwas zu trinken an und dann forderte sie ihn auf: „Also leg los, Franz."

Franz schlug das Neue Testament auf. „Nun diese Abstammung von Jesus. Erstens, wozu soll das gut sein? Zweitens ist sie falsch. Drittens ist das mit der Entstehung von Jesus eher ein Märchen."

„Wieso ist die Abstammung von Jesus falsch?", fragte Susanne.

„Na, da steht doch *Verzeichnis der Vorfahren von Jesus Christus, dem Sohn Davids und dem Sohn Abrahams:* So steht das da. Und überschrieben ist es auch noch mit *Der Stammbaum Jesu Christi.* Also ich habe mich da durch die Namen durchgelesen. Am Schluss war ich dann beim Josef. Und dann lese ich, dass der gar nicht der Vater von Jesus ist. Was ist das bitte für ein Buch? Das soll das Wort Gottes sein? Soll ich aufhören zu denken?"

„Im Gegenteil", entgegnete Susanne, „Du wirst dein Hirnschmalz anständig anstrengen müssen. Du hast jetzt, was normal ist, als ein Mensch des 21. Jahrhunderts gedacht. Der Text, den du gelesen hast, der ist aber ein bisschen älter wie wir beide zusammen. Wenn du den verstehen willst, dann musst du in das Denken und die Zeitumstände der Zeit eintauchen, in der das geschrieben wurde." Susanne stand auf und ging zum Fenster. Aber sie sah nicht hinaus, sondern zu Franz. Sie lehnte sich ans Fensterbrett und redete weiter. „Wie ich mich bekehrt habe, da hab ich gelernt, das Buch da, das du in der Hand hast, das ist das Wort Gottes und beim Lesen solle ich mich immer fragen, was will Gott mir sagen? Ich habe in Weingarten an der Pädagogischen Hochschule studiert. Und da gab es zum Glück einen Jesuiten." Susanne lachte kurz auf. „Das darf ich ja gar nicht allen sagen. Wenn ich in der Gemeinde sagen würde, dass ich von einem Jesuiten etwas gelernt habe, dann würde so jemand wie der Jeremias für mich um Befreiung beten. Aber ich habe es trotzdem von Pater Anselm. *Frage nicht zuerst, was will Gott mir durch den Text sagen, sondern frage dich, was hat den Autor veranlasst, das zu schreiben und was wollte er demjenigen sagen, der der Adressat des Schreibers war? Erst danach kannst du für dich deine Lesart heraus holen.* Das hat mir Pater Anselm gesagt. Also dann wollen wir mal."

Susanne kam wieder an den Tisch zurück. Sie tat, als bemerke sie nichts. Aber sie merkte es sehr wohl. Franz verschlang sie geradezu mit seinen Blicken. Es hätte ihr eigentlich unangenehm sein müssen. Abgemacht war eine Unterrichtsstunde in christlichem Glauben. Seltsamer Weise war es ihr nicht unangenehm. Franz himmelt sie an. Ja das war das richtige Wort. Er himmelte sie an. Und sie genoss es. Was ist bloß mit mir los, dachte sie. Sie betete still: „Jesus mache ich einen Blödsinn? Wenn es eine Dummheit ist, dann mache es mir bitte klar." Sie horchte in sich hinein. Sie fühlte eine leichte, süße Heiterkeit in sich. Gut, dachte sie, dann mache ich einfach weiter.

„Matthäus, der das geschrieben hat, war kein Bregenzer Wälder, sondern ein Jude. Ein Wälder ist man, weil die Eltern schon Wälder waren und weil man im Wald geboren ist und lebt. Ein Jude ist man, weil man beschnitten ist und die Thora befolgt. Durch die Beschneidung und den Glauben wird man ein Jude und dadurch zu einem Nachkommen von Abraham, Isaak und Jakob. Der Apostel Paulus, der auch ein Jude war, hat geschrieben, dass alle, die glauben, Nachkommen Abrahams werden. Kapiert?"

„Langsam", bat Franz. „So ganz habe ich das noch nicht. Wenn das so ist, dann braucht es die Liste ja erst recht gar nicht."

Der Einwand gefiel ihr. Er denkt wirklich darüber nach, dachte sie. „Ja, das war die eine Seite. Die andere ist, dass ein Kind, wenn es angenommen, wird, dann bekommt es nach jüdischem Verständnis nicht nur einen Vater, sondern auch dessen Stammbaum. So denkt ein Jude. Als Josef Maria und das Kind zu sich nahm, das heißt als Josef vor der Gesellschaft Jesus als sein Kind anerkannte, da bekam Jesus die ganze Familie und die Abstammung von Josef mit. Das ist im Judentum so. Als Kind von Josef, auch als, wie wir sagen würden, adoptiertes Kind, galt für Jesus ganz offiziell der Stammbaum von Josef."

Franz schüttelte den Kopf. „Gut, dann haben die halt damals so getickt. Aber wenn es eh klar war, dass Jesus den Stammbaum von Josef bekommt, dann wäre das eher ein Grund ihn gar nicht erst aufzuschreiben."

Er denkt wirklich nach, dachte Susanne. „Jesus, das ist ein Kandidat für dich. Hol ihn dir!", betete sie leise.

„Du denkst jetzt richtig und falsch. Wenn es scheinbar keinen Grund gibt, den Stammbaum aufzuschreiben, dann müsstest du dich jetzt fragen, warum hat Matthäus ihn doch aufgeschrieben. Es muss eine Tatsache geben, die du noch nicht kennst."

„Und das wäre?", warf Franz ein.

„Erstens, Matthäus will klar machen, Jesus ist der Messias. Er ist der König. Er ist der Christus. Er ist der Herrscher, auf den die Juden gewartet haben. Von diesem Herrscher haben die Juden erwartet, dass er ein Nachkomme von David ist. Das musste Matthäus also klar stellen. Jesus Christus hat einen lupenreinen jüdischen Stammbaum. Die Frage ist: warum war das so wichtig?

Darum: Die Heimat von Jesus war Nazaret. Das Johannesevangelium zitiert einen Juden, den Natanaël, mit der Frage: *Aus Nazaret? Kann von dort etwas Gutes kommen?* Die Frage hatte ihren guten Grund. Nazaret lag in Galiläa. Dieses Galiläa war alles andere als ein jüdisches Kernland. Es bestand aus einem Völkergemisch." Susanne machte eine Pause. „Wahrscheinlich hast du keine Ahnung von der jüdischen Geschichte."

Franz musste zugeben, dass sie recht hatte.

„Also, ich erkläre dir das vielleicht ein andermal. Aber dieses Galiläa war lange Zeit gar nicht jüdisch. Erst um etwa einhundert dreißig vor Christus wurde es von den Juden erobert und judaisiert. Das heißt, es wurde in Galiläa eine Zwangsbeschneidung durchgeführt. Jetzt waren auf einmal alle Juden. Es hätte also sein können, dass die Vorfahren von Jesus eigentlich Aramäer oder Phönizier oder Nabatäer oder was weiß ich was waren. Die Juden, die das Evangelium von Matthäus lasen, die kannten ihre Geschichte und wussten das und Matthäus wusste das auch. Das allein war ein Grund, am Anfang einen Stammbaum hinzuschreiben um für die rechtgläubigen Juden festzuhalten, Jesus war kein zwangsassimilierter Jude, er war seiner Abstammung nach wirklich Jude.

Dann gab es noch einen Grund, die Herkunft Jesu zu betonen. Nach jüdischer Tradition musste ein rechtmäßiger König ein Nachkomme Davids sein und der Hohepriester ein Nachkomme Aarons. Galiläa war von dem Hasmonäer Johannes Hyrkan erobert worden. Die Hasmonäer heißen in der Bibel übrigens Makkabäer. In der katholischen Bibel steht die geschönte Geschichte der Makkabäer. Die Hasmonäer oder Makkabäer hatten sich zuerst gegen die griechische Herrschaft erhoben und das Land unabhängig gemacht. Um einhundert dreißig eroberte Johannes Hyrkan, wie gesagt, Galiläa. Sein Sohn nannte sich Aristobul I. Er erhob sich selbst zum König und nahm auch das Amt des Hohen Priesters an."

Hast du schon von Qumran gehört?"fragte sie Franz.

„Na klar. Also so ganz…"

„Das war der Grund, warum Qumran entstand. Die konservativen Frommen konnten das nicht akzeptieren. Sie wandten sich von Jerusalem ab und zogen sich ans Tote Meer in die Wüste zurück. Dieser Aristobul war nicht aus dem Geschlecht Davids und kein Nachkomme Aarons. Also hatte er sich in den Augen der konservativen Rechtgläubigen unrechtmäßig diese beiden Ämter angeeignet.

Das war auch noch in der Erinnerung der Leser des Matthäus. Also wollte Matthäus klarstellen, Jesus ist aus dem Hause David."

„Das ist scheinbar doch ein wenig komplizierter, als ich dachte, die Bibel mit Verständnis zu lesen", sagte Franz nachdenklich.

„Amen", bekräftigte Susanne. „Was die Verwandtschaft von Jesus angeht", fuhr sie fort, „Maria, die Mutter von Jesus, war verwandt mit Elisabeth. Und von dieser Elisabeth heißt es im Lukasevangelium, dass sie aus dem Geschlecht Aarons war. Das war das Priestergeschlecht. Josef war aus dem Königsgeschlecht. Aus der Verwandtschaft mit Elisabeth lässt sich schließen, dass Maria, die Mutter Jesu, aus dem Priestergeschlecht war. Und Jesus ist König und Priester."

„Das ist ja wie im Bregenzerwald", rief Franz aus, „wenn du die richtige Verwandtschaft hast, dann hast du auch die richtigen Beziehungen und bringst es zu etwas!"

Susanne fing an zu lachen. „Fehlt nur noch, dass du aus Jesus einen Wälder machst. Aber", und sie wurde auf einmal ernst, „noch besser wäre, wenn du entdecken würdest, dass Jesus die Wälder liebt."

An diesem späten Vormittag machte Franz zwei Entdeckungen. Ihm wurde klar, dass er ein paar Jesusgeschichten kannte. Jesus und die Kinder. Jesus und ein Blinder. Und Jesus am Kreuz. Aber das war alles weit weg. Es war nicht wirklich. Es war für ihn wie die Sagen. Irgendetwas Wahres war an jeder Sage. Aber es geschah genau so viel Unmögliches in einer Sage. Ihm fiel die Sage von dem Verräter aus dem dreißigjährigen Krieg ein, der jede Nacht neu nach dem Schatz graben musste, den er für seinen Verrat versprochen bekommen hatte. Aber, so viel er auch grub, um ein Uhr in der Nacht stürzte die Grube wieder ein und er musste in der nächsten Nacht wieder beginnen. So waren für ihn die Jesusgeschichten. Etwas Wahres war dran. Aber wörtlich nehmen durfte man sie nicht. Darum war der Stammbaum von Jesus Wasser auf seine Mühlen gewesen. Er fühlte sich bestätigt. Aber Susanne grub ihm das Wasser ab. Sie grub es ihm gründlich ab. Was sie zu ihm rüberbrachte, das war, dass dieser Jesus eine ganz reale und historische Persönlichkeit gewesen war. Da waren Fakten. Jesus war ein wirklicher Mensch in einer sehr schwierigen Zeit gewesen.

Das andere war, dass Susanne von Jesus redete, als ob er jetzt noch leben würde, hier und jetzt. Dass Jesus ein wirklicher Mensch gewesen war, eine bestimmte Persönlichkeit in einer ganz bestimmten Zeit, darüber konnte man mit Franz reden. Das konnte er sich denken und damit konnte er sich beschäftigen. Aber Jesus hier und jetzt, das klemmte. Es war so ungewohnt, dass es ihm fast peinlich war. Natürlich hatte er gehört und als Kind auch geglaubt, dass Jesus auferstanden war. Aber dann war er in den Himmel aufgefahren. Er konnte das Glaubensbekenntnis auswendig. Er hatte es ja im Religionsunterricht lernen müssen. ... *aufgefahren in den Himmel; er sitzt zur Rechten Gottes, des allmächtigen Vaters;* ... Für Susanne war Jesus da. Das kam deutlich bei ihm an. Das verstand er nicht. Er sah auch keine Notwendigkeit, das zu verstehen. Und er hütete sich, sie zu fragen. Er spürte deutlich, dass sie sich noch nicht so nahe gekommen waren, dass er sie auf Herz und Nieren fragen konnte.

Da war auch noch etwas anderes in ihm. Er spürte, dass sich etwas in ihm sträubte, es sträubte sich gegen diesen Jesus, von dem Susanne redete. In ihm war ein Zwiespalt. Franz fühlte die ganze Zeit in diesem Wohnzimmer in Streitelsfingen seine tiefe Zuneigung zu Susanne. Ich liebe sie, dachte er. Noch lieber, als über den Glauben zu reden, hätte er sie in die Arme genommen und geküsst. Das war nicht drin. Das hatte sie ihm deutlich gemacht. Mit ihr über den Glauben zu sprechen, das war die einzige Möglichkeit, um mit ihr zusammen zu sein. War er nur deswegen am Glauben interessiert? Ja und Nein. Er war tatsächlich nicht am Glauben an sich interessiert, Er wollte den Glauben von Susanne verstehen, einfach ihren Glauben. Weil er sie mochte, wollte er auch ihre Gedanken nachvollziehen können. Er wollte es wirklich verstehen. Es war sein ehrlicher Wunsch. Am liebsten hätte er es ganz einfach gehabt. Hinein schauen in ihr Gehirn und ihr Herz und es dann wissen. Aber es gab eben auch noch diese andere Seite, dieses Etwas in ihm, das sich wehrte. Dieses Etwas in ihm hätte es gern gehabt, wenn Susanne missionarisch geworden wäre und irgendeinen Ansatz gemacht hätte, ihn überreden zu wollen. Ein wenig Druck von ihr. Diese eine Seite wünschte sich den Druck, dann hätte er dagegen aufbegehren können. Er hätte Gegendruck machen können. Aber Susanne tat das nicht. Nicht einmal im Ansatz. Damit nahm sie ihm eine Waffe aus der Hand, die er zur Verteidigung seiner Weltanschauung gern eingesetzt hätte, den argumentativen Angriff auf das Christentum.

Das Christentum stand überhaupt nicht zur Debatte. Es ging um Jesus, der in einem Nest Namens Nazaret aufgewachsen war und deswegen von Anfang an gegen einen schlechten Ruf kämpfen musste. Mann, dachte sich Franz, das ist ja wie bei mir Zuhause gewesen. Da gab es echte Wälder und unechte. Die Zugereisten waren keine echten Wälder. Dieser Jesus war wirklich ein Mensch gewesen und hatte gegen alles Menschliche kämpfen müssen. Das wurde Franz an diesem Sonntagmorgen deutlich.

Franz sah auf die Uhr. Es war schon halb zwei. „Darf ich dich zum Essen einladen?"

Seine Frage überraschte sie. Nein eigentlich durfte sie das nicht überraschen. Er hatte sie ja so angesehen. Susanne wurde klar, wenn ich jetzt ja sage, dann könnte das mehr werden. Franz wollte scheinbar, dass das mehr wurde. Sie dachte an Tamara. Im nächsten Augenblick wurde ihr klar, dass sie damit Franz mit Flo verglichen hatte. Sie schämte sich fast. Susanne wusste nicht, woher diese Gewissheit kam. Aber dieser Franz war ein anständiger Mensch. Sie war davon überzeugt. Trotzdem. Er glaubte nicht an Jesus. Das war eine Mauer, eine Mauer und ein Wassergraben und ein Stacheldrahtverhau. Zugleich musste sie sich eingestehen, dass sie ihn sympathisch fand. Er war echt nett.

„Gibt es denn niemand, der auf dich wartet", fragte sie ihn.

Franz schüttelte den Kopf.

„Du wirst doch wohl eine Freundin haben?", hakte sie nach. Im selben Augenblick biss sie sich auf die Lippen. Genau das hätte sie nicht fragen dürfen. Das gehörte nicht zur Nachhilfe im christlichen Glauben.

Franz schien auf diese Frage geradezu gewartet zu haben. Mit größtem Eifer und Bereitwilligkeit erklärte er Susanne, dass er vor Jahren eine Freundin gehabt hatte und jetzt solo war, wirklich solo.

„Du musst mich aber mit der Einladung nicht bezahlen", wandte Susanne ein. Sie suchte irgendwelche Ausflüchte. Sie wollte keine Entscheidung treffen. Noch nicht. Warum musst du so ein Tempo machen, dachte sie.

Er sah sie an. Franz sah sie nur an. Sie konnte seinem Blick nicht widerstehen. „Also gut!", sagte sie. „Ich möchte mich bloß noch ein wenig richten."

Während Franz wartete, trat er ans Fenster. Unter ihm lag Lindau, das in die glänzende Fläche des Bodensees hinein ragte. Links war die Bregenzer Bucht zu sehen und dahinter die Vorarlberger Berge. Er konnte von hier den runden Rücken des Bödeles erkennen und er erinnerte sich daran, wie oft er da drüber gefahren war. Im Süden glänzte der letzte Schnee auf den Schweizer Bergen. Ein Dampfer zog eine Furche in den See. Franz sah das alles. Sein Herz jedoch, das dachte mit Freude und Bangen an die Frau, auf die er jetzt wartete. Er hatte die letzten zwei Stunden mit Susanne genossen und er freute sich, dass das Zusammensein mit ihr noch nicht zu Ende war. Sie hatte seine Einladung angenommen. Sie hatte sie wirklich angenommen. Aber was würde danach kommen? Franz hatte zur Kenntnis nehmen müssen, dass ihr Glaube ihr mehr bedeutete, als er sich hatte vorstellen können. Er konnte es sich im Grunde immer noch nicht vorstellen. Er konnte nicht begreifen, dass einem der Glaube so wichtig war, dass man von einer Person in der Vergangenheit, einer Person, die vor zweitausend Jahren gelebt hatte, so redete als sei sie heute noch lebendig. Was fand Susanne nur an diesem Jesus? War da vielleicht mehr als er bis jetzt mit seinem nüchternen Technikerverstand begriffen hatte? Vielleicht. Was ihn in diesem Moment mehr beschäftigte und was sich sein Herz vor allem wünschte, das war, dass mehr werden würde aus diesen Unterweisungen im Glauben, nicht mehr im Glauben, sondern mehr in der Beziehung zur Susanne.

Sie kam herein. Nun trug sie eine rote Bluse und knappe Jeans. Franz hätte gern gesagt: „Wow, siehst du gut aus!" Aber das ging leider nicht. So etwas durfte man einer Lehrerin nicht sagen, auch wenn man ein wenig älter war wie die Lehrerin. Das wäre zu eindeutig gewesen. Er beschränkte sich auf einen bewundernden Blick.

Susanne überlegte, wohin er sie wohl einladen würde. Mit dem Bregenzer Wald verband sie bodenständiges Essen, so genannte gute Hausmannskost. Also erwartete sie so etwas von Franz. Sie sah schon einen Teller vor sich, bei dem das Schnitzel auf beiden Seiten über den Tellerrand hing und daneben dampften Pommes. Da würde sie sich lieber mit einem Fitnesssalat bescheiden. „Und", sagte sie, „wohin willst du zum Essen gehen?"

„Ich weiß nicht, ob du asiatisch magst. Aber ich würde das Thaihouse vorschlagen."

„Oh", sagte sie spontan, „ich glaube, ich muss noch einiges lernen über dich."

„Dazu würde ich dir gern die Möglichkeit geben." Als er das gesagt hatte, tat es ihm leid. Wenn ein Reh auf der Lichtung ist, soll man es nicht scheu machen, dachte er.

Susanne tat so, als habe sie nichts gehört. „Du hast echt meinen Geschmack getroffen. Thaihouse. Super. Es ist, als hätte dir jemand verraten, was ich gern mag."

Jetzt grinste Franz. „Auch ein Heide kann eine Inspiration haben."

*

Sie fanden einen freien Tisch vor dem Lokal. Nach kurzem Warten bekamen sie die Speisekarten und begannen sie zu studieren. Er las laut: „Gäng Phet Muh. Scheibchen vom Schweinefleisch in rassiger roter Chilipaste mit Kokosrahm, Paprika, Thai-Basilikum und Bambussprossen."

„Das ist aber scharf", warf Susanne ein.

„Ich weiß!"

„Aha! Du hast es auch schon gegessen?"

„Ja. Also wir beide schon", stellte Franz fest. „Dann hätten wir uns hier ja schon begegnen können. Schade!"

„Was, Schade?! Es wäre also schade gewesen, wenn wir uns hier schon einmal beggnet wären", sagte Susanne mit scheinbarer Entrüstung.

Franz war verdutzt über ihre Interpretation. Aber dann sah er denn Schalk in ihren Augen. Sie lachten beide herzlich.

Die Sonne schien auf den Platz. Ein paar hungrige und dreiste Spatzen flatterten um sie herum. Die Spannung, die in Susannes Wohnung zwischen ihnen gewesen war, war verflogen. Sie flatterte davon wie die Spatzenschar, als sie von irgendetwas erschreckt wurden. Franz fühlte sich rundum wohl und auch Susanne genoss jetzt ganz ohne Vorbehalte und Bedenken die Einladung von Franz. Sie erzählte von ihrem Beruf als Lehrerin, von den Kindern und dann auch vom letzten Sonntag und der Zeit mit der alten und schon mehr in der Vergangenheit als in der Gegenwart lebenden Tante Friedl. Franz hatte bisher angenommen, dass Susanne eine Lindauerin war, oder zumindest aus der Nähe stammte. Nun erfuhr er, dass ihre Großeltern Sudetendeutsche gewesen waren. Die Eltern lebten in Ravensburg. Als Susanne die Stelle als Lehrerin in Lindau bekommen hatte, da hatte sie nach langem Suchen die Wohnung oben in Streitelsfingen gefunden, die Wohnung mit dem wunderbaren Blick auf den Bodensee.

„Ich wollte an den Bodensee. Weil, der Bodensee, der ist wichtig für mich", sagte Susanne.

Franz hätte gern gefragt, warum der See für Susanne wichtig sei. Aber er hatte den Eindruck, dass er an etwas rühren würde, das jetzt noch nicht dran war. Deswegen schwieg er. Aber er nahm sich vor, die Frage nicht zu vergessen und irgendwann, ja, irgendwann würde er sie fragen.

Nach dem Essen schlenderten sie vom Reichsplatz, wo sie gesessen hatten, an den See. Franz wollte Susanne noch zu einem Eis einladen. Aber sie wehrte lachend ab und fragte ihn, ob er sie mästen wolle.

Von der nicht weiten Kirche wehte der Wind einen Glockenschlag herüber. Susanne sah auf die Uhr. „Au weh, jetzt ist aber Schluss", stellte sie fest. „Ich muss noch Vorbereitungen für die Schule machen. Ich muss hinauf."

Franz brachte Susanne nach Streitelsfingen hinauf. Sie gab ihm, was für ihn ganz unerwartet kam, einen flüchtigen Kuss auf die Wange, sagte „Danke!" und verschwand im Haus.

Von der Haustür bis zum Auto hielt sich Franz die Wange, da wo ihre Lippen seine Haut berührt hatten und er nahm sich vor, sich das nächste Mal noch gründlicher zu rasieren.

*

Die folgende Woche ging rascher vorbei, als es Franz lieb war. Aus dem Labor in Linz war ein Testbericht gekommen, der festhielt, dass sich die Umlenkrollen zu schnell abnützten. Das bedeutete, dass die Konstruktion der Rollen geändert werden musste. Die Rollen waren für eine Cityseilbahn geplant. Der Eröffnungstermin stand schon fest. Jetzt wurden in seiner Abteilung Pläne gezeichnet und wieder geändert. Die neuen Modelle wurden in Computersimulationen getestet und wieder verworfen. Franz war auch den ganzen Samstag in der Firma, denn sie hatten die optimale Lösung immer noch nicht gefunden. Die Anfrage, auch am Sonntag an den Lenkrollen zu arbeiten, stieß bei ihm auf Widerstand.

Dabei wäre er vor ein paar Wochen nicht dagegen gewesen. Denn pünktlich zum Wochenende traf eine Kaltfront auf die Alpen und, was ungewöhnlich für diese Jahreszeit war, es schneite bis auf zweitausendfünfhundert Meter herunter. Es war kein Wetter zum Bergsteigen. Aber in die Berge wollte er auch nicht. Sobald der Druck der Arbeit nachließ, dachte er an Susanne. Und an den Abenden, obwohl er recht ausgebrannt war, las er das Markusevangelium.

Als Franz am Sonntagmorgen den Gemeindesaal betrat, merkte er, dass heute eine andere Stimmung herrschte. Es waren mehr Leute da. Einige unterhielten sich angeregt. An der Tür stand der Pastor. Franz hatte inzwischen gelernt, dass man hier nicht Pfarrer sagte, sondern Pastor. Herbert Steinbach schüttelte Franz die Hand. „Ich glaube, wir kennen uns noch nicht", sagte er.

„Franz Kaufmann", stellte sich Franz vor.

„Ach", sagte der Pastor, „doch nicht der Franz, der von der Susanne Glaubensunterricht bekommt?"

Wie schnell läuft hier die stille Post? Das fragte sich Franz.

„Die Susanne, das ist eine tolle Schwester", stellte der Pastor fest. „Das ist ein Glücksgriff für dich."

Wenn du wüsstest, dachte Franz. Was heißt hier Glücksgriff? Sie ist eine Traumfrau. Aber im Griff habe ich sie nicht. Und was heißt hier Schwester? Um Gottes Willen! Franz dachte wirklich um Gottes Willen. Bloß nicht Schwester! Dabei sah er sich die Augen aus nach Susanne. Aber sie war nirgends zu sehen. Sie wird doch nicht wieder in

Scheidegg sein, fragte er sich besorgt. Sie hat zu mir doch gesagt. Bis nächsten Sonntag.

Da tauchte sie auf. Sie war in der Teeküche gewesen. Susanne strahlte ihn an und er strahlte Susanne an. Es war ein kurzer Augenblick eines nicht bewussten Einverständnisses.

Der Gottesdienst begann.

Der Pastor war jetzt vorn und nahm das Mikrofon in die Hand. „Ich freue mich", sagte er, „dass ich heute Anne Withestone aus den USA bei uns begrüßen darf. Sie lebt in Fort Lauderdale, dem Venedig von Amerika. Sie ist aus Florida zu uns nach Deutschland gekommen, um uns Ermutigung zu schenken. Einige von euch kennen sicher das Buch, das sie geschrieben hat. *The Holy Spirit And You. There Are No Limits.* Auf Deutsch: *Für den Heiligen Geist in dir gibt es keine Grenzen.* Anne Withestone wird heute zu uns sprechen. Wir freuen uns schon darauf."

Der Gottesdienst ging normal weiter. Dann war Anne Withestone dran. Sie hatte einen Dolmetscher bei sich, einen Studenten aus Berlin. Franz war gespannt. Aber nicht lange. Anne Withestone hielt in der einen Hand das Mikrofon. Mit der anderen Hand teilte, rührte und zerschnitt sie die Luft. Sie zeigte zum Himmel, auf den Boden und auf die Zuschauer. Auch Franz kam einmal dran. Er fühlte sich regelrecht angebohrt. Dabei erklomm die Stimme von Anne Withestone ungeahnte Höhen und sank dann wieder in ein kaum hörbares Raunen hinab. Franz bekam eine Schilderung von Himmel und Hölle, Gut und Böse und der Macht des Heiligen Geistes, der in uns wohnt und auch uns ungeahnte Möglichkeiten eröffnet. Und das alles geschah doppelt. Zuerst auf Englisch und dann auf Deutsch. Anne Withestone sagte immer wieder: *If you are in touch with the Holy Spirit, you are in touch with the life.* Der Student übersetzte: *Wenn du in Kontakt bist mit dem Heiligen Geist, dann bist du in Kontakt mit dem wirklichen Leben.* Wie kommt der zu dem Wort „Wirklich", fragte sich Franz. Dabei wurde ihm immer ungemütlicher. Konnte es sein, dass dies hier doch der falsche Dampfer war? Wie das da vorne ablief, das war in den Augen von Franz einfach schräg.

Nach dem Gottesdienst wollte er so schnell wie möglich ins Freie kommen. Aber das war gar nicht so einfach. Vor dem Ausgang hatte sich eine Menschentraube gebildet. Viele hatten sich das Buch *Für den Heiligen Geist in dir gibt es keine Grenzen* gekauft oder kauften es gerade und wollten nun ein Autogramm von Anne Withestone im Buch haben. Und die stand direkt vor dem Ausgang. Also staute es sich.

Endlich hatte es Franz geschafft. Es regnete und der Regen netzte sein Gesicht. Franz atmete tief durch. Erst jetzt dachte er wieder an Susanne. Er drehte sich um und sah, dass sie direkt hinter ihm war. Franz sah sie fragend an. Wieder war das stillschweigende Einverständnis da, wie am Anfang des Gottesdienstes. Sie gingen zum Auto.

„Rauf zu mir", sagte sie. Schweigend fuhren sie nach Streitelsfingen. Das dauerte nur ein paar Minuten. Aber diese Minuten waren für Franz sehr dicht. Noch immer schweigend gingen sie in Susannes Wohnung.

Erst als sie saßen, fragte Susanne: „Und wie wars?"

Franz sagte es mit einem Wort. „Schrecklich."

„Was war schrecklich?"

„Alles", stellte er entschieden fest.

„Kannst du nicht genauer werden", hakte sie nach.

„Diese Art, wie sich diese Anne Withestone aufgeführt hat."

„Das war halt Amerikanisch", wandte sie ein.

„Von mir aus war es Amerikanisch oder Italienisch oder Spanisch und was weiß ich was. Ich bin ein Wälder. Ich bin ein Alemanne. Wir Alemannen sind für knappe Gesten und wenige Worte. Seit der Völkerwanderung sind wir hier. Es hat vor der ersten Jahrtausendwende ein alemannisches Herzogtum Schwaben und das alemannische Königreich Hochburgund gegeben. Wir sind mit unserer Art gut gefahren. Genau reden und nicht zu viel. Aber diese Withestone hat nicht versucht mit vernünftigem Reden zu überzeugen, sondern mit ihrem Theater da vorn. Nein, das ist nichts für mich."

Franz hatte sich richtig in Fahrt geredet und für einen Alemannen schon viele Worte gemacht. Was er verschwiegen hatte, das war, dass in den Napoleonischen Kriegen ein Franzose im Bregenzerwald hängen geblieben war. Er war dort Vater geworden. Und dieses Kind, das nun ein halber Franzose und nur ein halber Wälder war, also nur noch ein fünfzig prozentiger Alemanne, das fand sich, meist lieber nicht erwähnt, im Stammbaum von Franz.

Susanne überlegte, ob sie zur Verteidigung von Anne Withestone antreten sollte. Aber das wäre nicht ihre Meinung gewesen. „Du hast recht" bestätigte sie Franz. „Das Problem bei einer solchen Art des Vortrags ist, dass man sehr nahe an die Grenze kommt, wo die Verkündigung zur Manipulation oder Suggestion umkippen kann. Das mag dann gut gemeint sein. Aber der Zweck heiligt nicht das Mittel. Und das ist schon manchem christlichen Prediger passiert. Anstelle der Verkündigung des Evangeliums der Freiheit tritt Demagogie, einfach die Technik der Überredung und vielleicht sogar der Einschüchterung. Es ist ein schmaler Grat, auf den man sich begibt, wenn man sich zu sehr ins Zeug legt."

Susanne sagte das ganz ruhig. Aber in ihrem Herzen war sie es nicht. Auch ihr hatte das nicht gefallen. Und sie wünschte sich, dass Franz Erfahrungen machte, die ihm helfen würden, Jesus zu finden und dass er nicht einen Sonntagmorgen erlebte, den er erst verdauen musste.

Franz war von ihrer Zustimmung überrascht und innerlich mehr als heilfroh. Er hatte befürchtet, dass das für sie so nicht nur in Ordnung, sondern etwas Besonderes gewesen war. Amerika! Das Land der unbegrenzten Möglichkeiten. No limits! Natürlich, was denn sonst? Die Bestätigung von Susanne ermutigte ihn, jetzt auch noch etwas zu dem Inhalt der Predigt zu sagen.

„Das, was diese Frau gesagt hat. Ich bin Techniker und verstehe nichts von eurem Glauben. Aber als Techniker verstehe ich etwas von der Übertragung von Kraft. Also ich habe sie so verstanden. In euch Christen ist der Heilige Geist. Das bedeutet, in euch ist eine unbegrenzte Kraft. So weit so gut. Das mag ja so sein. Aber Anne Withestone hat sehr eindringlich darauf hingewiesen, dass die Kraft zwar da ist, dass aber ihr Gläubigen sie in Bewegung setzen müsst. Für ein erfolgreiches christliches Leben müsst ihr die Kraft aktivieren. Gut. Nein eigentlich schlecht. Wenn ich annehme, dass es einen Gott gibt, vielleicht gibt es ihn ja wirklich, ich nehme jetzt einfach mal an, es gibt Gott. Dann muss Gott zumindest mehr Kraft haben wie alle Menschen zusammen. Kapiert?"

„Gott trägt das ganze Universum, nicht nur uns Menschen", warf Susanne ein.

„Von mir aus", antwortete Franz, „aber darum geht es jetzt nicht. Für meinen Gedanken geht es jetzt darum, dass Gott wenigstens so viel Kraft haben muss, wie alle Menschen zusammen. Auf der Welt gibt es sieben Milliarden Menschen. Also hat ein Mensch ein Siebtel von einem Milliardstel an Kraft von der Kraft, die Gott hat, wenn er nur die Kraft hat, wie sie alle Menschen zusammen haben. Ich bin Techniker. Ich muss mich mit der Übertragung von Kraft beschäftigen. Wenn das Verhältnis der Kraftgrößen so ist wie in diesem Fall, dann wirkt die große Kraft auf die kleine. Die große Kraft setzt die kleine in Bewegung und nicht umgekehrt. Gott oder der Heilige Geist sind in diesem Fall von einer so überragenden Größe, dass sie die Bewegung bestimmen. Das ist die Realität. Die große Kraft bewegen zu wollen, das ist schlicht und einfach ein Unsinn. Umgekehrt muss es laufen. Gott bewegt den Menschen." Franz hielt inne. Seine Gedanken stockten. Was hatte er da gerade gesagt? Er hörte seine eigenen Worte noch einmal. „Gott bewegt den Menschen." Hatte er das wirklich gesagt? Wie kam er darauf, so etwas zu sagen?

Susanne stand auf, ging auf ihn zu und ehe er sich versah, bekam er den zweiten flüchtigen Kuss auf die Wange. „Das hast du wunderbar gesagt. Du sagst, du glaubst nicht an Gott. Dabei hast du gerade seine Ehre und Größe verteidigt. Natürlich sind wir von Gott abhängig und nicht er von uns."

Franz stand da und griff sich wieder an die Wange. Er wusste nicht wie ihm geschah. Warum gelang es dieser Frau immer wieder, ihn so hilflos zu machen?

In diesem Augenblick, als er deckungslos im Wohnzimmer stand, flog der Pfeil. „Gott ist die größte Kraft im Universum. Er will auch dich bewegen, Dazu wartet er auf dein Ja." Susanne sagte es ganz ruhig, fast wie nebenbei. Aber der Pfeil flog. Der Satz bohrte sich in das Herz von Franz und löste eine Frage aus, die Frage, ob es wirklich jemanden gab, einen großen, einen unglaublich großen Gott, der auf sein Ja wartete. In diesem Augenblick war die Frage nur leise. Darum schob er sie gleich von sich weg. Aber sie saß mit Widerhaken in seinem Herzen und es sollte die Zeit kommen, dass diese Frage unüberhörbar werden würde. In jener Stunde, wenn die Selbstvorwürfe ihn quälen würden und er um das Leben von Susanne bangte, wenn er nicht wusste, ob sie tot oder lebendig war, dann würde die Frage wiederkehren und auf eine Antwort drängen. Jetzt, im Frieden von Susannes Wohnzimmer und noch immer den flüchtigen Kuss der geliebten Frau auf der Wange fühlend, schob Franz die Frage von sich weg.

„Ich konnte auch nicht annehmen, was diese Frau gepredigt hat", sagte Susanne. „Für mich ist es Gott, der das Sagen hat. Ich gehe hinter Jesus her und nicht er hinter mir."

„Da war noch was", sagte Franz.

„Noch was?" Susanne bekam eine steile Falte in der Stirn. Das lag nicht zuletzt an dem Tonfall, mit dem Franz dieses „noch was" etwas zögernd gesagt hatte. „Was denn?"

„An der Tür ist bei der Begrüßung euer Pastor gestanden. Ich habe mich ihm vorgestellt. Da hat er gesagt: „Ach der Franz, der von der Susanne Glaubensunterricht bekommt". Bin ich eigentlich ein offizieller Schüler der Pfingstgemeinde Lindau?"

Susanne sah ihn betroffen an. „Das war wirklich so?" fragte sie ihn, weil sie das nicht glauben wollte.

Franz nickte nur.

Inzwischen hatte Susanne in ihrer Erinnerung gekramt. „Also da werde ich mit Marion noch reden müssen. Ich habe mit Marion gesprochen. Am Telefon. Marion ist etwas Besonderes für mich. Das erzähle ich dir ein andermal. Also die Marion. Wie das dann bis zum Pastor gekommen ist, das weiß ich nicht. Also das mit dem offiziellen Schüler der Gemeinde, das ist Quatsch. Das mit dem Schüler und dem Glaubensunterricht ist auch Quatsch. So läuft das doch nicht zwischen uns." Susanne redete einfach weiter. „Wenn mich jemand so ansieht, wie du mich die ganze Zeit ansiehst…" Nun stockte Susanne doch.

Mit Franz geschah etwas, das ihm seit seiner Pubertät nicht mehr passiert war. Er wurde rot.

Susanne sah, wie er rot wurde und nun war es auch für sie schwierig. „Franz", sagte Susanne, „ich finde dich sympathisch. Wirklich. Aber ich möchte, dass es vorläufig so zwischen uns bleibt. Freunde. So wie Bruder und Schwester.

Mein Gott, dachte Franz, wie beim Pastor, Schwester Susanne. Aber was sollte er dagegen machen? Dann schwang er sich doch zu der Frage auf: „Muss es wirklich dabei bleiben?"

Susanna sah ihn lange und nachdenklich an. Sie stand auf und nahm seine Hand. Eine Welle von Wärme und Zärtlichkeit durchflutete ihn. Susanne hielt seine Hand und hörte gleichzeitig in sich hinein. Deutlich hörte sie in sich das Wort: „Warte!".

„Es muss jetzt so bleiben, wie es ist", sagte sie und ließ seine Hand wieder los.

Franz war die Enttäuschung ins Gesicht geschrieben. Susanne wäre am liebsten zu ihm hin gegangen und hätte ihn umarmt. „Gehorsam ist besser als Opfer." Dieser Satz schoss Susanne durch den Kopf. Also setzte sie sich und wartete, wie es jetzt weiter gehen würde.

Franz ging zum Fenster und sah hinaus. Er musste das verarbeiten. „Es muss jetzt so bleiben wie es ist." Er verstand das nicht. Susanne hatte nicht gesagt, dass sie ihn nicht mochte, sie hatte auch nicht gesagt, dass auf keinen Fall etwas aus ihnen werden würde. Jetzt. Warum musste es jetzt so bleiben? Es war auf jeden Fall jetzt nicht mehr so, wie noch vor fünf Minuten. Er wusste jetzt, dass Susanne es wusste und immerhin das, sie hatte gesagt, dass sie ihn sympathisch fand. Jedenfalls, er wollte es jetzt ganz klar auf den Tisch legen. Franz ging zurück an den Tisch.

„In dem Augenblick, in dem ich dich zum ersten Mal gesehen habe, da habe ich mich in dich verliebt. Es ist so."

In den Augen von Susanne tanzte ein kleines Lächeln. „Seit dem ersten gemeinsamen Sonntag weiß ich das."

„Aber das mit dem Reden über den Glauben. Das mache ich nicht bloß als Trick. Das musst du mir glauben", versicherte Franz.

Susanne lachte. „Selbst wenn es ein Trick wäre, könnte es dir die Hemdsärmel hinein ziehen."

Nun lachte auch Franz. Von nun an war es anders zwischen ihnen.

Susanne wechselte das Thema. „Von wegen Glauben. Hast du im Neuen Testament gelesen?"

„Habe ich. Halt das kürzeste Evangelium, den Markus. Es war verd…, es war sehr streng in der letzten Woche in der Firma. Die Umlenkrollen für die neue Cityseilbahn in Bolivien haben einen zu hohen Verschleiß. Es hat so gut ausgesehen. Jetzt mussten wir die Konstruktion dieser Rollen leicht verändern. Aber wenn du an der einen Stelle anfängst, dann wird das ein Rattenschwanz. Ich bin überzeugt, bis Dienstag haben wir das. Es ist auch höchste Zeit. Sie betonieren schon die Fundamente.

Also ich habe das Markusevangelium gelesen. Es hat mich schon irgendwie berührt. Aber im vierten Kapitel da ist ein dicker Hund. Ein echt dicker Hund. Ihr Christen sagt doch immer, Gott sei ein Gott der Liebe. Aber das ist keine Liebe, das ist Gemeinheit."

Franz holte das Neue Testament hervor. Er hatte in die fragliche Seite ein Foto vom Matterhorn gesteckt. So musste er nicht lange suchen. Franz las vor: *„Als die Zwölf und die anderen, die zum Jüngerkreis gehörten, mit Jesus allein waren, fragten* *sie ihn nach der Bedeutung seiner Gleichnisse. Da sagte er zu ihnen: »Euch ist es von Gott gegeben, das Geheimnis seines Reiches zu verstehen, den Außenstehenden aber wird alles nur in Gleichnissen verkündet. Denn ›mögen sie auch sehen, sie sollen nichts erkennen, und mögen sie auch hören, sie sollen nichts verstehen, damit sie nicht etwa umkehren und ihnen vergeben wird‹.«*

„Das ist doch eine Schweinerei", empörte sich Franz. „Etwas so zu sagen, dass es nur die Eingeweihten und Auserwählten verstehen. Das Wort Schweinerei ist nicht ganz angebracht. Es ist ungeheuerlich. So viel weiß ich auch. Wenn jemandem nicht vergeben wird, dann kommt er nach christlichem Verständnis in die Hölle. Da wird doch behauptet, dass Jesus und damit Gott so redet, dass die eine Gruppe nichts verstehen kann und auf diese Weise in die Hölle kommt. Eine Zweiklassengesellschaft. Warum redest du eigentlich mit mir, Susanne? Ich bin doch klar draußen. Und Gott legt es darauf an, dass es mein Schicksal ist, draußen zu bleiben. Ich soll ja nichts verstehen.

Hast du da eine Antwort?"

Franz rechnete jetzt mit einer Verteidigungsrede von Susanne. Wenn bei den Christen etwas nicht stimmte, dann fanden sie immer irgendeinen Winkelzug und eine Ausrede. Die Antwort, die Susanne gab, kam für ihn völlig überraschend.

„Ich danke dir, dass du mit dieser Stelle kommst. Das ist echt cool. So, wie die Stelle in allen Übersetzungen steht, leider da steht, mag ich sie auch nicht."

„Was heißt, in den Übersetzungen leider da steht? Ist das jetzt für dich Gottes Wort oder nicht?"

„In diesem Fall nicht."

„Wie bitte?"

„Ja also das muss ich dir erklären und das ist ein wenig kompliziert." Susanne stand auf und holte aus ihrem Bücherregal ein blaues Buch. Sie hielt es ihm hin. „Lies den Titel", forderte sie ihn auf. Er las: „Die Gleichnisse Jesu"

„Es ging doch um die Gleichnisse Jesu, dass die so sind, dass sie zum Beispiel von so jemandem wie du, einem Außenstehenden, nicht verstanden werden können. Richtig?"

Franz stimmte zu.

„Der Autor dieses Buches ist Joachim Jeremias." Sie hielt das Buch wieder so, dass auch Franz den Namen lesen konnte. „ Dieser Jeremias ist, oder besser gesagt, war nicht irgendwer. Er war Professor für Neues Testament, einer der besten Exegeten der Verkündigung Jesu."

Franz unterbrach sie. „Bitte, was ist ein Exeget?"

„Das Wort kommt aus dem Griechischen und heißt eigentlich nichts anderes als *Ausleger*", antwortete sie. „Ich bin auch manchmal ein Exeget, wenn ich die Bibel lese und mir Gedanken darüber mache. Jeder Christ, der die Bibel liest, ist auch ein Exeget. Aber man meint im Grunde mit dem Wort diejenigen, die ein Studium an einer Hochschule oder Universität gemacht haben, also einen wissenschaftlichen Ausleger der Bibel. Und unter diesen war Jeremias einer der Besten. Er hat den

Ehrendoktor von vier Universitäten bekommen, darunter auch von Oxford."

„Jetzt hast du ihn genug gelobt. Ich vermute, dieser Jeremias hat also zu dieser Bibelstelle etwas zu sagen", unterbrach sie Franz.

„Ja, aber das ist echt nicht einfach", sagte Susanne. Sie schlug das Buch auf und hielt es ihm hin.

Franz sah hinein. „Au weh, da steht ja jedes zweite Wort in griechischen Buchstaben. Wer soll das den lesen? Frau Lehrer", er sah Susanne mit einem bewusst hilflosen und kindlichen Ausdruck an, „das müssen sie mir erklären."

„Gut, das mach ich doch gern, mein lieber Glaubensschüler", antwortete sie in einem strengen Lehrerton. Dann lachten sie beide. Susanne aber fragte sich, warum komme ich mit diesem Franz selbst bei einem so ernsten Thema zum Lachen? Dann aber wurde sie ernst.

„Also ich will es versuchen. Da gibt es diesen Markus. Er war vielleicht dieser Johannes Markus, der in der Bibel vorkommt. Jedenfalls war er, der Verfasser des Evangeliums, ein Jude. Die Landessprache in Galiläa war damals Aramäisch. In den Städten, sprach man allerdings Griechisch. Wenn man die Schriften, das Alte Testament, im Originaltext lesen wollte, dann musste man auch noch Hebräisch können. Und schließlich gab es noch die Sprache, die im Westen des römischen Reiches gesprochen wurde. Das war Lateinisch.

Im Markusevangelium hast du nur gelesen, dass sie eine Tafel über Jesus angebracht haben, auf der stand: Der König der Juden. Im Johannesevangelium steht, dass die Tafel dreisprachig war, nämlich hebräisch, lateinisch und griechisch. Die Reihenfolge der Sprachen ist nicht zufällig. Hebräisch war die Sprache der jüdischen Führungsschicht in Jerusalem, also die Sprache der religiösen Ankläger, lateinisch die Sprache in Rom und griechisch die Verkehrssprache der Römer und Griechen im Osten des Reiches, also auch für Pilatus. Jesus konnte sicher Aramäisch. Das sprach man in Galiläa. Falls er die Thora und die anderen Heiligen Schriften im Originaltext gelesen hat, konnte er auch noch Hebräisch. In der Synagoge wurde meist aus einer Aramäischen Übersetzung, der Targum, vorgelesen. Ein Mindestmaß an Griechisch musste Jesus so wie alle Galiläer können, sonst hätte er mit den Stadtbewohnern und der römischen Besatzung nicht sprechen können. Nach dem Johannesevangelium unterhält sich Jesus mit Pilatus in einem philosophischen Dialog. Dazu musste er fließend Griechisch können."

„Das gibt ja ein ganz anderes Bild von Jesus. Ich hatte nur den Zimmermann im Kopf. Aber ein Zimmermann, der drei Sprachen kann. Allerhand!"

Susanne fand es an der Zeit, wieder zum Thema zu kommen. „Aber jetzt wieder zu unserem Markus. Oder doch noch weiter zurück. Die Stelle, die dich so aufgeregt hat, ist ein Zitat. Im Original steht sie beim Propheten Jesaja im sechsten Kapitel. Dort endet sie mit den Worten: *und sich nicht bekehrt und nicht geheilt wird.* Merkst du was?"

„Nein", musste Franz zugeben.

„Du hast mir doch vorgelesen *und ihnen vergeben wird.* Merkst du jetzt etwas?"

„Ach so", Franz war ein Licht aufgegangen, „aus geheilt ist vergeben geworden."

„Richtig. Ohne das Buch von Jeremias würde ich denken, Markus hat einfach falsch abgeschrieben, oder er hat sich einfach die Freiheit genommen, ein wenig umzuschreiben. Aber so war es nicht. Markus hat nicht beim Original, also bei der hebräischen Bibel nachgelesen, sondern wo anders. Und da stand *vergeben.*

Ich habe dir doch schon gesagt, dass Palästina zurzeit Jesu vielsprachig war und dass die Landessprache Aramäisch war. Es gab darum eine Übersetzung, auch vom Propheten Jesaja ins Aramäische. Diese Übersetzung, das war die Targum. Aus ihr zitiert Markus die Jesajastelle. Dort steht nämlich *vergeben.* Ich mach den Rest jetzt kurz, denn ich bin keine Sprachwissenschaftlerin, geschweige denn ein Orientalist, wie es Jeremias war. Und von dir weiß ich, dass du etwas über die Kraft verstehst, über das Wirken einer großen Kraft auf eine kleine. Aber Syntax ist glaube ich nicht deine Sache.

Die Stelle, die dich aufregt, hat also eine Wanderung durchgemacht aus dem Hebräischen ins Aramäische und dann ins Griechische der Septuaginta folgend. Im Griechischen haben wir sie jetzt. Aber gültig als Wort Gottes ist das, was der inspirierte Autor sagen wollte. Was in diesem Fall Markus sagen wollte. Zurzeit Jesu wurde diese Stelle aus der Targum völlig anders gelesen. Wenn man dem folgt, was damals verstanden wurde, dann klingt die Stelle etwa so: *Euch ist das Geheimnis des Reiches Gottes geschenkt, denen aber, die draußen sind, wird alles in Gleichnissen gesagt; denn sehen sollen sie, sehen, aber nicht erkennen; hören sollen sie, hören, aber nicht verstehen,"* Susanne hob ihre Stimme und sagte, jedes Wort betonend: *„es sei denn, dass sie sich bekehren und ihnen vergeben wird."*

„He, das ist aber ganz etwas anderes. Das heißt ja, solange ich mich mit Mathematik nicht beschäftige, solange verstehe ich Mathematik nicht. Wenn ich mich aber mit Mathematik beschäftige, dann kann ich es genau so lernen, wie die, die das Einmaleins schon auswendig können." Franz stand auf und ging mit unruhigen Schritten im Wohnzimmer umher. „Aber warum, wenn das so ist, steht das nicht wenigstens kleingedruckt als Fußnote darunter?"

„Das weiß ich nicht", musste Susanne zugeben.

„Wann hat den Jeremias das geschrieben", wollte Franz wissen.

„Wart, da muss ich nachschauen." Susanne sah nach. „1. Auflage 1947", las sie.

„Mensch, da wäre aber genug Zeit gewesen für Fußnoten."

„Ja eigentlich schon. Aber noch eine kleine Anmerkung. Bekehren ist nicht das Gleiche wie Mathe lernen."

„Ok. Gut." Franz hob abwehrend die Hände. „Ich nehme meinen Vorwurf über diese Markusstelle zurück und jetzt habe ich Hunger. Darf ich?" Er sah sie an. Seine Augen bettelten.

„Ich soll wohl jetzt jeden Sonntag mit dir verbringen?"

Franz sah sie an. Er setzte das breiteste Grinsen auf, zu dem er fähig war. „Genau das. Das wäre wunderschön."

Bum, dachte Susanne, das ist aber sehr direkt. Jetzt wurde sie fast verlegen. Fehlt nur noch, dass er mir jetzt gleich einen Heiratsantrag macht. Hoffentlich nicht. Sie hatte das „Warte" deutlich gehört. Sie würde Jesus oder den Heiligen Geist gern gefragt haben, worauf sie warten sollte. Aber sie kannte Gottes Stimme gut genug. Gott gab, wenn er wollte, eine Anweisung. Aber auf die Frage: Warum oder Wozu, da bekam man keine Antwort. Gott wollte, dass man gehorchte ohne lange Begründung.

Jetzt aber wollte sie Franz nicht länger dastehen lassen. Sie sagte: „Ja".

*

Es wurde Abend, bis Susanne wieder in Streitelsfingen war und die Tür ihrer Wohnung hinter sich zumachte. Der Wunsch von Franz war, was diesen Sonntag anging, erfüllt worden. Sie hatten den ganzen Tag miteinander verbracht. Diesmal war er mit ihr nach Wasserburg gefahren. Sie waren im Schloss Hotel gewesen, nicht im Hotel selber, sondern auf der Terrasse. Denn das Wetter hatte ein Einsehen gehabt und die Sonne war heraus gekommen. Die Terrasse war zwischen dem Hotel und dem See. Sie saßen direkt am Wasser. Möwen flogen nahe an ihnen vorüber. Und wieder waren Spatzen da, wie in Lindau. Diesmal waren sie noch dreister. Sie setzten sich fast auf den Tisch.

Franz und Susanne machten einen Spaziergang zum Malerwinkel. So etwa auf halber Strecke dahin fragte Franz: „Wieso weißt du eigentlich so viel? Ich meine, es wird doch nicht jeder in eurer Gemeinde so ein Buch, wie das von dem Jeremias im Bücherregal stehen haben. Vielleicht hat er es sogar im Regal, aber gelesen hat er es wahrscheinlich nicht."

Susanne erinnerte sich, wie unangenehm ihr diese Frage war. Sie zögerte kurz. Aber dann erzählte sie Franz die Geschichte. Es war im ersten Semester gewesen. Der Anfang war wie im Film oder auch wie in so einer seltsamen Werbung. Da hatte sie genau so eine Szene gesehen. Er war einfach in sie hinein gerannt. Statt nach vorne zu schauen, hatte er in dem offenen Buch gelesen, das er in der Hand hielt und war auf dem Gang im dritten Stock einfach weiter gegangen. Susanne dachte bis zuletzt, dass er ausweichen würde. Er tat es nicht. Als sie im letzten Moment auf die Seite wollte, war es zu spät. Sie stießen zusammen. Es war ihm furchtbar peinlich. Nicht lange danach saßen sie unten im Cafe und sie erfuhr, dass er Alexander Grüninger hieß und in Tübingen Theologie studierte. Susanne war noch nicht lange Christin. Sie fand es spannend und aufregend mit Alexander. Er wusste so viel. Und sie wollte viel wissen.

Es war ihr eigentlich durch Tante Friedl aufgegangen. Tante Friedl redete von der Vergangenheit und von den Böhmen, den Mähren und den Tschechen. Eines Tages entdeckte Susanne, dass das lauter Versatzstücke für sie waren, lauter Einzelteile, aber ihr fehlte der Überblick über das ganze Bild. Als sie Christin wurde, da dachte sie ein paar Monate lang, dass sie das ganze Bild verstanden hatte. Aber dann kam jemand in die Gemeinde und sagte, dass er aus Glaubensgründen kein Schweinefleisch esse. Jeremias Grimm erwartete die baldige Entrückung. Zwei ältere Frauen in der Gemeinde bestanden darauf, nur mit einer Kopfbedeckung in den Gottesdienst zu gehen usw. Da begriff Susanne, sie musste es machen, wie sie es schon bei Tante Friedl und ihrer Vergangenheit gemacht hatte, Tante Friedls Vergangenheit war ja auch die ihrer Großeltern gewesen, sie musste sich einen Überblick verschaffen, nicht nur biblische Versatzstücke haben, sondern das ganze Bild begreifen.

Alexander schien ihr wie vom Himmel gesandt. Ihn konnte sie fragen. Und wenn er einmal etwas nicht wusste, dann wusste er, wo er nachschlage konnte oder wie er googeln musste. Sie lernte durch ihn viel. Sie kamen sich immer näher. Aus der Freundschaft wurde mehr. Susanne erinnerte sich. Am Rösslerweiher hatten sie sich zum ersten Mal geküsst. Dass das an einem der ältesten Stauseen Mitteleuropas geschah, das änderte nichts daran, dass sie das später bereuen sollte.

Es war nicht richtig, dass nur Tamara für Susanne ein warnendes Beispiel war. Nicht nur wegen Tamara wollte sich Susanne nicht so schnell auf einen Mann einlassen. Und nicht nur wegen Tamara wollte Susanne einen gläubigen Mann haben. *Drum prüfe, wer sich ewig bindet, ob sich auch Herz zu Herzen findet.* Hatte sie geprüft? Nein. Weil Alexander Theologie studierte, war es für Susanne selbstverständlich, dass er gläubig war. Obwohl, wegen der Erwachsenentaufe hatten sie einige Mal

Auseinandersetzungen. Alexander argumentierte so gut, dass sich Susanne nicht mehr sicher war. Sie war überzeugt, zuerst der Glaube, dann die Taufe. So war die Reihenfolge im Neuen Testament. Aber Alexander argumentierte mit der Gnade Gottes, die auch schon im Kind und für das Kind und wegen der Eltern wirken könne. Susanne war sich nicht mehr sicher. Aber nicht nur auf diesem Gebiet hatte Alexander Argumente. Auch auf einem anderen. Es komme doch auf die Liebe an. Die Liebe lasse sich nicht in menschliche Konventionen pressen. Alexander wollte nicht nur küssen. Auch hier ließ sich Susanne verunsichern. Eines Nachmittags, nicht am Rösslerweiher, sondern im Zimmer von Alexander, geschah, was Alexander angestrebt hatte. Es war vielleicht für Alexander schön aber nicht für sie. Es blieb immer etwas übrig, tief in ihr eine Unruhe. Sie versuchte es nicht zu spüren und nicht zu hören. Aber sie wusste es eigentlich, es war falsch. Und an einem Nachmittag wusste sie es nicht eigentlich, sondern sicher. Sie war zu ihm gegangen und er war noch nicht da. Aus einem Grund, den sie selber nicht wusste, tat sie etwas, was sie sonst nicht tat. Sie öffnete eine Schublade seines Schreibtisches. Die Schublade war voll mit DVDs. Und sie waren alle von der gleichen Sorte. Susanne starrte auf die Fotos auf den Hüllen. Das konnte und durfte doch nicht wahr sein. Nur nackte Haut und das in allen Stellungen. Das war dann das Ende.

    Es war ihr unangenehm, sie fühlte sich unbehaglich, als sie Franz davon erzählte. Sie hatte nur knapp gesagt: „Ich habe Schluss gemacht." Franz war ganz still neben ihr gegangen. Er hatte keine weitere Frage gestellt. Aber sie konnte in diesem Schweigen seine Frage fast körperlich fühlen. Sie wusste, dass er es wissen wollte. Er wollte es wissen, den Grund erfahren, denn ihm konnte das ja auch passieren. Dass sie so einfach Schluss machte, das war für ihn eine Bedrohung.

Gut, er sollte es wissen, obwohl sie sich immer noch beschmutzt fühlte, wenn sie daran dachte. Susanne nahm das Wort in den Mund. „Alexander hat sich Pornos angeschaut am Laufmeter. Das war der Grund." Sie konnte die Erleichterung bei Franz spüren. Aber er sagte nichts. Sie fand das nett von ihm. Dieser Franz ist ein Heide, aber er hat Takt, dachte sich Susanne.

Vom Malerwinkel hatten sie nach Wasserburg hinüber gesehen. Vor ihnen lag die Kirche und auch das Schlosshotel, wo sie am Wasser gesessen hatten. Hinter der Postkartenidylle wären bei klarem Wetter die Berge zu sehen gewesen. Die Wolken der abziehenden Kaltfront hatten sich an die Alpen gelegt. Es war hinter Wasserburg nur grau.

„Schade, dass man die Berge nicht sieht", hatte Susanne gesagt. Das war ein Stichwort gewesen, ein Stichwort von ungeahnten Folgen.

*

Susanne stand unschlüssig im Raum. Marion war ihr in den Sinn gekommen. Sie nahm ihr Handy und rief Marion an. Marion hob nicht ab. Das kam jetzt öfter vor, seit die kleine Julia da war. Marion war zu einer glücklichen Mama geworden. Damit hatte sich viel im Leben von Marion geändert. Früher hatte man gewusst, wann man mit Marion telefonieren konnte und wann nicht. Jetzt wusste man das nie. Aber die kleine Julia war süß. Susanne lächelte, als sie an das Baby dachte.

Das Telefon klingelte. Es war Marion. „Entschuldige aber ich war gerade dabei, Julia zu wickeln. Julia hat heute zum ersten Mal eine rohe Birne gegessen. Du Heiliges Kanonenrohr. Ich habe gar nicht gewusst, dass eine Birne so viel anrichten kann."

Susanne musste lachen. Sie suchte nach Worten, Sie musste mit Marion über diese Sache reden, dass der Pastor Franz so peinlich angeredet hatte. „Du Marion", begann sie, „wieso weiß der Pastor das mit Franz? Heute Morgen hat er zu Franz gesagt: Ach du bist der Glaubensschüler von der Susanne. Ich habe das doch nur zu dir gesagt." Auf der anderen Seite war zunächst Schweigen.

„Oh, das tut mir leid. Ich war letzten Dienstag beim Kaffee der jungen Mütter in der Gemeinde. Du weißt doch, dienstags um neun. Da hat mich die Kerstin gefragt, wer der junge Mann sei, der neben dir im Gottesdienst gesessen ist. Und da habe ich es ihr gesagt. Oh, das tut mit jetzt aber echt leid. Wie kommt der Herbert auch dazu. Sonst ist er doch nicht so…"

Susanne unterbrach Marion. „Es ist schon gut. Ich habe dir auch nicht gesagt, dass du den Mund halten sollst. Aber ab jetzt gilt das. Top sekret. Das ist meine Sache und die vom Franz."

„Soweit seid ihr schon?" Marion machte eine kurze Pause. Susanne wollte gerade zu einer Verteidigung ansetzen, als Marion schlicht und einfach fragte: „Wie lange ist denn heute der Unterricht gegangen?"

„Ja so bis um eins!" Das war nicht gelogen. Über das andere musste sie ja nichts sagen, fand Susanne.

„Und dann ist der Franz nach Vorarlberg oder nicht?"

„Sag einmal, ist das jetzt ein Kreuzverhör?"

„Ihr wart also danach noch weiter zusammen", stellte Marion ganz sachlich fest.

„Ja. Wenn du es wissen willst, bis zum Abend."

Susanne konnte Marion nicht sehen. Es war ein Gespräch am Handy. Aber sie konnte Marion hören. Marion sog hörbar die Luft ein. Sie war eine Weile lang still. Susanne wartete auf das, was jetzt kommen musste.

„Er gefällt dir also."

„Ich weiß nicht", sagte Susanne. Dann besann sie sich. „Du hast recht, er gefällt mir."

„Au weh! Und du hattest dir doch vorgenommen, dich nur auf einen gläubigen, einen auf seinen Glauben getesteten Mann einzulassen."

„Ich lasse mich auch nicht auf ihn ein."

„Aber du verbringst den ganzen Sonntag mit ihm."

Susanne verspürte den Wunsch, Franz zu verteidigen. „Immerhin hat er heute die Ehre Gottes verteidigt."

„Wie bitte das?"

Susanne erzählte Marion, welche Rechnung Franz aufgestellt hatte. Gott als eine Kraft, die mindestens der Kraft aller lebenden Menschen entsprach und der einzelne Mensch als den siebten Teil eines Milliardstel dieser Kraft. Marion musste lachen über diese Rechnung. Dann sinnierte sie: „Vielleicht hat er wirklich eine Ahnung von Gott in seinem Herzen, die nicht ganz zugeschüttet ist. Aber das kannst du ja nicht wissen. Vielleicht kannst du ihn dazu bringen, dass er an Gott glaubt. Aber das ist es doch nicht. Wenn er nicht begreift, dass der Schlüssel Jesus ist, dann wird er dein Herz nie verstehen. Du hast mir doch immer wieder dieses Wort von Schiller gesagt: *Drum prüfe, wer sich ewig bindet, ob sich das Herz zum Herzen findet!* Und jetzt? Du hast mir gesagt, einmal ist dir das passiert, aber kein zweites Mal!"

Susanne unterbrach Marion. „Und genau so ist es auch. Was denkst du von mir. Ich warte."

„Auf was willst du warten? Darauf, dass er sich bekehrt? Vielleicht bist du bis dahin eine pensionierte Lehrerin und brauchst einen Stock zum Gehen."

Der Gedanke gefiel Susanne gar nicht. Sie hütete sich davor, sich ein Leben mit Franz auszumalen. Aber vierzig Jahre zu warten, obwohl das eine biblische Zahl wäre, diese Vorstellung, das war absurd.

„Susanne?" Marion kam die Stille am Telefon verdächtig vor."Susanne? Ich möchte einfach, dass du die Sache siehst wie sie ist. Hat er schon einen Annäherungsversuch gemacht?"

Susanne atmete auf. Das konnte sie ohne Wenn und Aber beantworten. „Nein, in keiner Weise!" Dass ihr Franz gesagt hatte, dass er sich in sie verliebt hatte, das war kein Annäherungsversuch gewesen. Er hatte es gesagt und hatte nicht versucht, sie irgendwie körperlich zu berühren. Er hatte ihre Seele berührt. Das schon. Aber das war kein Annäherungsversuch.

Marion war nicht zu beruhigen. „Dieser Franz, der sieht gut aus. Das muss ich sagen, obwohl ich ihn nur kurz gesehen habe. Und du, Susanne bist eine attraktive Frau. Ich sage das jetzt als Frau, du siehst echt gut aus. Allein um deine Haare habe ich dich schon ein paar Mal beneidet. Ein gut aussehender Mann und eine gut aussehende Frau. Seit sich Adam und Eva Feigenblätter als Schurz zusammen gebastelt habe, haben wir Menschen ein Problem mit diesem Thema. Ich brauche dir das nicht zu sagen. Du weißt es und ich weiß es auch. Unter uns Christen tut man so, als hätten wir das im Griff. Wir haben es genauso gut oder so schlecht im Griff, wie der Rest der Menschheit, der sich um Anstand bemüht. Was es da an Heuchelei gibt, das ist eine Schande. So lange nichts ruchbar wird, Schwamm drüber. Wenn der Deckel einmal hoch fliegt, dann tut man so, als sei das ein Einzelfall, etwas das unter Christen normaler Weise nicht vorkommt, nicht vorkommen darf, etwas das es eigentlich nicht gibt und wenn, dann nur im Fall einer furchtbaren Verirrung. Susanne?"

„Ja, ich höre dir schon zu."

„Unser Glaube an Jesus, das müssen wir uns eingestehen, das ist doch kein wirksames Enthaltsamkeitspulver. Auch wenn man unter uns immer wieder so tut. Bei der körperlichen Anziehung zwischen Mann und Frau, da können jedem und jeder die Sicherungen durchbrennen."

„Marion glaubst du, dass ich das nicht weiß?"

„Ach, ich möchte einfach, dass da für dich nichts schief läuft."

Susanne fand es an der Zeit, die Bombe platzen zu lassen. „Ich gehe am Mittwoch mit Franz nach Koblach in den Klettergarten."

„Wohin gehst du?"

„Nach Koblach in den Klettergarten."

„Wo, um alles dieser Welt, ist dieses Koblach und was machst du in einem Klettergarten?"

„Ich gehe klettern mit dem Franz."

„Ich glaub, ich spinne." Wieder konnte Susanne Marion tief Luft holen hören. „Wenn das so ist, dann hätte ich mir meinen Vortrag sparen können. Wann wird denn die Hochzeit sein?"

„Marion, jetzt bist du gemein."

„Du hast recht, Entschuldigung. Ich werde die Kerstin fragen, wem sie das weiter gesagt hat. Und für euch beide, da hilft nur noch beten. Ich werde beten, dass sich dieser Franz", sie sagte Franz mit einem nicht zu überhörenden aggressiven Tonfall, denn Marion machte sich jetzt wirklich Sorgen um Susanne, „dass er sich wirklich bekehrt. Er soll dir bloß kein Haar krümmen, sonst bekommt er es mit mir zu tun."

Susanne spürte die Sorge von Marion und war ein wenig gerührt. Marion war nur ein halbes Jahr älter wie Susanne, aber seit damals hatte sie mütterliche Gefühle für Susanne entwickelt.

„Danke" sagte Susanne. „Und wie willst du mich verteidigen?" Susanne hörte durch das Telefon, dass die Kleine von Marion anfing zu schreien. Die Birne wirkte wohl immer noch.

„Ach", sagte Marion, „ich muss mich um die Julia kümmern. Und für euch beide werde ich beten. Tschüss."

„Danke und Tschüss", sagte Susanne und drückte auf den Knopf.

*

Susanne erinnerte sich an die Zeit, in der sie Marion kennen gelernt hatte. Damals wohnte Susanne noch in Schachen. An jenem Sonntagmorgen nahm Susanne das Fahrrad und fuhr am Bodensee entlang in Richtung Vorarlberg. Der Sonntagmorgen war fürs Ausschlafen oder Freizeitaktivitäten da. Der Sonntag war für Susanne ein Tag, an dem man relaxen konnte, sonst nichts. Das hatte sie von ihren Eltern gelernt. Der Urgroßvater war noch kirchenverbunden gewesen. Er war sogar Kirchenrat in Teplitz. Mit der Flucht aus Teplitz vollzog sich nicht nur die Entwurzelung aus der Heimat, sondern auch eine Flucht aus allem Kirchlichen. Religion wurde zunächst zur Privatsache und dann zur Nebensächlichkeit. Es begannen die Jahre des Wiederaufbaus. Hier am Bodensee in Lindau hatte es zwar keine nennenswerten kriegsbedingten Zerstörungen gegeben. Doch schon ein paar Kilometer weiter im Westen, in Friedrichshafen, da sah das ganz anders aus. Am 28. April 1944 zerstörte ein Nachtangriff große Teile von Friedrichshafen. Die Erschütterungen waren in jener Nacht bis nach Lindau zu spüren und die Feuersäule der Brände war selbst noch hier, in Schachen, zu sehen.

Das alles war lange vor Susannes Zeit geschehen. Aber sie kannte das aus den Erzählungen ihrer Familie. Dabei war es ihrer Familie mit ihrer Flucht noch besser ergangen wie den anderen, die nach dem Krieg aus Böhmen vertrieben worden waren. Als die Verbrechen in Lidice geschahen, da hatte sich der Urgroßvater an die Zeit nach dem 1. Weltkrieg erinnert. Die glorreiche und siegreiche k. und k. Armee war geschlagen worden und dann war nicht nur Österreich, sondern vor allem Ungarn zerstückelt worden. Und wer dann nicht mehr in den Grenzen des einstigen Vaterlandes lebte, dem konnte Schlimmes geschehen. Nach der verlorenen Schlacht von Stalingrad glaubte Sebastian Kuhn den Siegesmeldungen nicht mehr. In der Zwischenkriegszeit hatte er einige Male Urlaub am Bodensee gemacht. Die Gestade des Bodensees, das war damals die Riviera der Deutschen. Unweit der Villa Alwind in Schachen lebte die Familie Landmann. Dort verbrachte Sebastian Kuhn mit seiner Frau die Urlaubstage am Bodensee. Als er sich nun Gedanken machte über den Ausgang des Krieges und dessen mögliche Folgen, da fragte er bei der Familie Landmann an, ob sie in ihrer großen Scheune nicht Platz hätten für dies und das und ob es nicht einen sicheren Ort gebe für ein paar Wertsachen. Es sei hier im Haus in Teplitz so eng geworden wegen der vielen Bewohner. Den wahren Grund durfte Sebastian Kuhn nicht nennen. Man konnte nicht wissen, die Gestapo war überall. Die Familie Landmann hatte Verständnis. Der alte Landmann dachte sich seinen Teil. Eines Tages, es war noch vor dem Bombenangriff auf Friedrichshafen, sagte er zu seiner Frau: „Der Hitler wird sich noch zu Tode siegen." Ein gutes Jahr später wusste er, wie Recht er gehabt hatte.

Die Familie Kuhn musste in Schachen nicht ganz bei null anfangen wegen der Umsicht von Sebastian Kuhn. Sein Sohn, der Großvater von Susanne, Rudolf Kuhn, teilte das Schicksal seiner Altersgenossen und musste im Jahr neunzehnhundertzweiundvierzig in den Krieg. Er war darum nicht dabei, als die übrige Familie auf abenteuerliche Weise von Böhmen in das bayerische Lindau und den Ortsteil Schachen gelangte. Rudolf Kuhn war zu der Zeit bereits in französischer Gefangenschaft. Auch seine spätere Frau, die er als Junge schon in Teplitz gekannt hatte und die immer noch einen Brief aus seiner Gefangenschaft aufbewahrte, einen Brief, den sie bekommen hatte, bevor die Bahnlinie nach Böhmen zerstört worden war, auch sie war auf anderen Wegen und später an den Bodensee gekommen.

Sie hatten sich gefunden, Rudolf Kuhn und Anette Kolb, beide aus Teplitz. Es war eine schlichte Hochzeit, es war ja das Jahr neunzehnhundertfünfzig. Die Währungsreform war erst ein Jahr her. Anette war schon im fünften Monat schwanger. Vier Monate nach der Hochzeit kam Sebastian Kuhn auf die Welt, der Vater von Susanne. Sie hatten ihn Sebastian getauft, ihm den Namen seines Großvaters gegeben. Als Rudolf neunzehnhundertachtundvierzig aus der Gefangenschaft heimkehrte, wenn man das Heimkehr nennen darf, denn eine wirkliche Heimkehr war nicht möglich, es war immerhin die Freiheit und nicht mehr die Schufterei in Dijon, da wurde ihm klar, was die Voraussicht seines Vaters für die Familie bedeutete.

Sebastian wuchs im Frieden und im wachsenden Wohlstand auf. Die Familie ging jedes Jahr zu den Treffen der Sudentendeutschen Landmannschaft, die im Frühling in Augsburg stattfanden. Dort lernte er Mechthild Blum kennen. So kam es, dass die Familie zwar seit neunzehnhundertfünfundvierzig am Bodensee lebte und dass Susanne bayrisch sprach, bis auf die paar Worte, die sie in Weingarten aufgeschnappt hatte, denn Weingarten liegt in Baden-Württemberg und dass Susanne doch nur Vorfahren hatte, die sich Sudetendeutsch nannten. Für Susanne selbst war das nicht wichtig. Noch unwichtiger wurde es ihr, als sie bewusst Christin wurde. Da begriff sie, dass es noch eine andere Abstammung gibt, die an Wichtigkeit alle Abstammungen übertrifft, die man auf Ahnentafeln festhalten kann. Um das zu verstehen, musste sie an jenem schon erwähnten Sonntagmorgen mit dem Fahrrad am Bodensee entlang fahren.

Nach der Villa Leuchtenberg bog Susanne zum See hin ab. Sie betrachtete beim Vorbeifahren die Villa. Sie war in einem trostlosen Zustand. Es war nun einhundert fünfzig Jahre her, dass die Stiefenkelin von Napoleon I. Bonaparte, das Haus gekauft hatte. In den letzten dreißig Jahren hatte man an dem Haus nichts mehr getan, Es zerfiel mitsamt dem schönen Park und dem kleinen Hafen. Der weiblichen Sandsteinfigur, die auf dem Molo stand, war ein Arm abgebrochen und wo einst wohl ein fürstliches Boot gelegen hatte, schwamm jetzt eine Ente mit ihren Jungen.

Susanne sinnierte über die Vergänglichkeit. Sie missachtete das Fahrverbot auf dem schmalen Weg zum See. Ihre Gedanken standen in scharfem Kontrast zu dem Liebreiz und der Jugend, die Susanne verströmte. Sie war vor Kurzem Achtzehn geworden. Die zerfallende Sandsteinfigur beschäftigte sie. Sie hätte gern gewusst, wer das sein sollte. Vielleicht war es die Göttin Europa, überlegte sie sich. Das könnte sein. Das hätte zu einer Enkelin von Napoleon gepasst. Ist Europa schon so alt geworden, fragte sie sich. Oder ist die ganz Welt schon so alt geworden? Für ein junges Mädchen stellte Susanne an diesem Morgen seltsame Fragen.

Am See angekommen lehnte sie das Fahrrad an einen Baum. Susanne ging die paar Schritte bis ans Wasser und setzte sich auf das Kies. Sie warf einzelne Steine ins Wasser. So gut werfen wie die Jungs und vor allem ihr Bruder, das konnte sie nicht. Sie warf die Steine auch nicht, um eine Weite zu schaffen. Sie warf sie vor sich hin, sah das Aufspritzen, wenn der Stein das Wasser traf, sah die Kreise, die sich bildeten und von den Wellen, die gegen das Land rollten, zerschnitten wurden und versuchte dem Versinken der Steine auf den Grund mit den Augen zu folgen, solange der Stein zu sehen war. Dabei dachte sie weiter. Wir sind wie Steine. Wir werden in das Meer der Zeit geworfen und versinken darin. Irgendwann rollen die Wellen der Zukunft über uns hin und es bleibt nichts von uns übrig. Vielleicht werde ich etwas tun, das man mich nicht vergisst. Aber was? Sie wusste noch nicht einmal, welchen Beruf sie ergreifen würde. Es gab so viele Möglichkeiten. Zuerst musste sie das Abi schaffen. Das war noch Stress genug.

Während sie am Wasser saß, kamen immer mehr Leute an den Strand. Zuerst beachtete sie Susanne nicht. Sie saß etwas abseits von der Ansammlung, die sich bildete. Dann aber fielen sie ihr auf. Es war ein idealer Tag zum Baden. Susanne hatte unter ihrem Top und den Jeans einen Bikini an und ein Handtuch hatte sie auch mit. Darum hatte sie zuerst gedacht, die kommen zum Baden. Aber da waren nicht nur Kinder und junge Leute dabei, sondern auch ältere Menschen. Jetzt wurde sogar jemand in einem Rollstuhl an den Strand geschoben. Ein junger Mann packte seine Gitarre aus. Frauen kamen mit Körben und Taschen. Was wird das, dachte Susanne. Denn nun wurde es ganz seltsam. Vier Mädchen, eine davon mochte genau in ihrem Alter sein, zwei Jungen und ein älterer Mann zogen sich aus. Nicht ganz, sie hatten unter der Straßenkleidung Badezeug an. Doch jetzt stülpten sie sich weiße Tücher über den Kopf, nein nicht Tücher, das waren bodenlange Kleider. Sie standen zu siebt beieinander, die anderen im Kreis um sie her. Der junge Mann mit der Gitarre fing an zu spielen. Sie begannen alle zu singen. Es waren christliche Lieder. Das war am Text zu hören. Sie sangen Halleluja dem Herrn, Komm Heiliger Geist und so ähnliche Lieder. Aber sie sangen nicht nur, sie streckten auch die Arme in die Höhe. Wie auf dem Fußballfeld, wenn die Männer „Toooor!" schreien, dachte Susanne. Welches Tor wollen die wohl treffen, stellte sich Susanne die Frage.

 Das muss irgendeine Sekte sein, sagte sie sich. Sie sah zu dem Mädchen hinüber, das etwa so alt sein musste wie sie und das jetzt in diesem komischen Engelskleid da stand. Sie tat ihr leid. Es war einfach so, wenn sie zu ihr hinüber sah, fand sie sie sympathisch. Irgendwann kreuzten sich ihre Blicke. Über das Gesicht der weiß bekleideten huschte ein Lächeln. Susanne bekam noch mehr Mitleid. Sie sieht echt nett aus, dachte Susanne, wie ist das bloß zugegangen, dass sie in eine Sekte geraten ist? Nun, so etwas konnte ihr nicht passieren. Sie war in einem guten Elternhaus aufgewachsen. Sie war nicht sektengefährdet. Dazu musste man labil sein.

Der Mann, der das Ganze wohl leitete, hob ein schwarzes Buch auf, das er während des Gitarre Spielens auf einen Stein gelegt hatte. Susanne wusste nicht, dass in diesem Buch ein Vers stand, der für sie sehr bald aktuell werden würde. *Das Herz des Menschen plant seinen Weg, aber der HERR lenkt seinen Schritt.*

Was jetzt kam, das war eine Predigt. Ein bisschen ungewöhnlich war das am See. An den See gehörte Baden oder Beach-Volleyball, fand Susanne. Die leichte Brise, die bei diesem schönen Wetter von Osten her wehte, trug jedes Wort zu Susanne hin. Sie hörte nur mit halbem Ohr zu. Doch dann sagte der Pastor, es musste wohl ein Pastor sein: „Wir haben eine unsterbliche Hoffnung, eine Hoffnung, die uns niemand nehmen kann und die sich eines Tages in Wirklichkeit verwandeln wird. Dann werden wir nicht mehr hoffen. Dann werden wir die Erfüllung der Hoffnung erleben. Das gilt vor allem für euch", er nannte jetzt sieben Namen, „heute. Heute zieht ihr Christus als Gewand an, wie es im Galaterbrief steht." Mit dem Anziehen von Christus konnte Susanne nichts anfangen. Das musste ein Bild sein. Aber das Bild sagte ihr nichts. Die Worte von der unsterblichen Hoffnung, diese Worte waren es, die an den Gedanken von Susanne andockten. Über die Sterblichkeit hatte sie soeben nachgedacht. Sie sah wieder die Sandsteinfigur vor sich mit dem abgebrochenen Arm. In der Mitte des Oberarms war der Arm geborsten. War nicht auch in ihr so etwas geschehen? Irgendwann in der Zeit, seit sie aufgehört hatte ein

Kind zu sein und dem heutigen Tag, war die Selbstverständlichkeit der Kindheitshoffnung, die offen war für eine Zukunft, deren Zauber es war, dass sie keinen Horizont kannte, in Trümmer gegangen. Der Arm, der in die Weite zeigte, war nicht mehr da. Wie der Arm der Göttin, die vielleicht die Europa darstellen sollte, in der Tiefe und dem Schlamm des Hafenbeckens versunken war, so war für Susanne etwas versunken, für sie gab es keine unsterbliche Hoffnung. Alles war sterblich.

Der Pastor redete weiter. Immer wieder fiel das Wort Wiedergeburt. Vielleicht, so dachte Susanne, ist das doch eine fernöstliche Sekte. Der Mann ist kein Pastor, er ist ein Guru. Aber für einen Guru gab er nichts her. Kein Bart und kein exotisches Gewand. Der Mann, von dem sich Susanne nicht sicher war, ob er ein Pastor oder ein Guru war, stieg mitsamt seiner Jeans ins Wasser. Jetzt erinnerte sich Susanne. Sie hatte das im Fernsehen gesehen. Ein Film über Israel. Die Taufe von Pilgern im Jordan. Das war eine Taufe, eine Erwachsenentaufe. Also keine Sekte, eine Freikirche. Auch gut. Sie sah, wie der Pastor die weiß Gekleideten einer nach dem anderen unter Wasser tauchte. Er war dabei von Susanne abgewendet. Sie konnte darum nicht hören, was er sagte. Aber sie sah die Gesichter der Getauften, wenn sie aus dem Wasser wieder auftauchten und sah, wie sie glückstrahlend ans Ufer stiegen. Als die Gleichaltrige ins Wasser stieg, sah Susanne gespannt zu. War es Zufall oder Absicht? Ehe sie sich dem Pastor zuwandte, warf sie einen Blick zu Susanne hin. Und dann kam sie aus dem Wasser und in ihrem Gesicht war eine Freude, die so deutlich und überwältigend zu Susanne sprach, dass sich Susanne diese Freude auf der Stelle gewünscht hätte.

Als der letzte der Sieben aus dem Wasser gestiegen war und der Pastor mit ihm, wurden noch drei Lieder gesungen. Danach zogen sich die nass gewordenen um, während einige andere dabei waren, alles für ein Picknick zu richten.

Susanne dachte darüber nach, dass es jetzt wohl an der Zeit war, sich wieder aufs Fahrrad zu schwingen. Sie war jetzt lange genug Zuschauer gewesen. Wieder traf sie ein Blick. Das Mädchen drüben erhob sich und kam schnurstracks auf Susanne zu. Sie blieb vor ihr stehen und streckte ihr die Hand entgegen.

„Hallo, ich bin die Marion."

Susanne musste sich wohl oder übel aufrichten. Sie ergriff die dargebotene Hand. „Und ich heiße Susanne."

„Ach komm doch zu uns rüber. Du sitzt da so allein rum. Bei uns ist doch noch Platz. Und von den Sachen, die wir mithaben, ich kenn das doch, das ist eh wieder viel zu viel. Da ist eine Menge übrig. Ach komm doch, bitte."

Susanne sah zu ihrem Fahrrad hin und nicht in das Gesicht von Marion. „Ich wollte jetzt eigentlich weiter fahren."

„Wartet jemand auf dich?"

„Nö, nicht wirklich."

„Doch!"

„Was doch?"

„Ich, Marion Kandler, warte jetzt auf dich. Ich habe Hunger nach dem Bad im kalten Wasser. Und ich möchte, was ich mithabe, mit dir teilen. Kommst du jetzt mit rüber?"

Dagegen war nichts mehr zu machen. So saß Susanne nun nach ein paar Schritten mitten unter Leuten, die sie im Stillen für sich noch vor ein paar Minuten allesamt als Sektierer bezeichnet hatte. Sie musste eine Reihe von Händen schütteln. „Ich bin die Sybille". „Ich bin der David." So ging es reihum. Susanne konnte sich nicht alle Namen merken. Sie hockte jetzt neben Marion und damit im Kreis der Neugetauften.

Marion bot ihr einen Saft an. „Oder magst du lieber Kaffee? Dort die Martha, die hat sicher wieder zwei Thermoskannen mit Kaffe dabei. Magst du einen?"

Susanne schüttelte den Kopf. „Nein danke, das mit dem Saft, obwohl, ich möchte euch doch nichts…"

Marion ließ sie nicht weiter reden. „Ich habe dir doch gesagt, dass wir sicher wieder viel zu viel dabei haben. Schau, was die alles angeschleppt haben." Tatsächlich bauten die einen jetzt einen Steinkreis, während andere Holz anschleppten. Und um den Steinkreis standen schon Flaschen und Taschen. „Dass sie nicht auch noch ein Spanferkel für die Feier mithaben, das wundert mich eh. So was muss man ja feiern."

Diese Marion wirkt ganz normal, fand Susanne. Wenn sie allerdings daran dachte, wie sie in dem weißen Engelskleid ausgesehen hatte, dann gab es da noch viele Fragezeichen. Marion holte den Inhalt aus ihrem Rucksack. Es war so etwas Ähnliches wie ein Rucksack. „Also jetzt wirklich einen Saft?"

„Ja, bitte!"

„Oje, ich hab nur einen Becher mit. Sybille hast du einen zweiten Becher mit?" Sybille musste verneinen. „Na dann, nimm mal meinen", sagte Marion und hielt ihren Becher Susanne hin. „Ich hol mir einen von den Kaffebechern." Als Marion das getan hatte, packte sie das Essbare aus. „Ich hab es ja gewusst. Meine Mutter hat das heute Morgen eingepackt. Die hat gleich an dich gedacht und für dich mit vorgesorgt, Susanne." Marion hielt Susanne ein Etwas hin, aus dem seitlich Käse, Wurst und Salatblätter heraus hingen. Das ist aber ein riesiger Doppeldecker, dachte sich Susanne. Und ich wollte heute mal nur Jogurt essen wegen meiner Figur. Sie nahm den Doppeldecker an und biss hinein. Er schmeckte super. Naja, dachte sie, esse ich halt nächsten Sonntag nur Jogurt.

Susanne musste von einer freundlichen Frau, die sich als Rosmarie vorstellte, noch ein Stück Schokoladekuchen annehmen. Dann konnte sie wirklich nicht mehr. Der Wind drehte und die Rauchschwaden vom Grillfeuer bissen ihnen plötzlich in die Augen. Sie mussten sich anders setzen. Das wäre eigentlich eine Möglichkeit gewesen, sich abzusetzen. Aber Susanne tat es nicht. Sie war auf einmal in eine Gemeinschaft geraten und fühlte sich darin, als wäre sie schon lange neben Marion gehockt und als würde sie all die Sprüche schon kennen, die Sybille von sich gab. Einen weiteren Spruch von Sybille würde sie gleich kennen lernen. Susanne konnte die Frage nicht mehr länger unterdrücken: „War das bei euch jetzt eine Taufe?"

Nicht nur Sybille hatte ihre Sprüche, David war noch besser. „Ne, wir sind Perlentaucher. Es ging heute drum, wer die Muschel mit der Perle raufbringt, der wird Sieger. Es war so dämlich, jeder hat ne Perle mit hochgebracht. Jetzt sind wir alle Winner und keiner." David lachte über seinen eigenen Witz.

„Also David! Das war doch wirklich eine Frage. Also natürlich war das eine Taufe", bestätigte Marion.

Susanne gab darauf eine Antwort, die ihr selbst ganz harmlos schien. „Ich bin schon als Baby getauft worden."

Jetzt war Sybille am Zug für eine flapsige Antwort. „Und die Erde ist eine Scheibe."

Susanne wusste beim besten Willen nicht, was sie mit diesem Satz anfangen sollte. Wieder musste Marion vermittelnd eingreifen. „Sybille will damit sagen, dass du als Baby nicht getauft worden bist. Deine Aussage, dass du als Baby die Taufe bekommen hast, ist genau so wahr, wie die Aussage, dass die Erde eine Scheibe ist."

Susanne bekam den Verdacht, doch in einer schrägen Truppe gelandet zu sein. „Was soll das, muss ich euch den Taufschein zeigen?"

„Und ich zeige dir eine schöne grafische Darstellung aus dem Mittelalter, wo die Erde als Scheibe drauf ist."

„Das haben die damals eben so geglaubt."

„Eben. Und du glaubst an deine Kindertaufe. Und weil du einen Schein hast, denkst du, das ist wahr."

„Was denn sonst?"

Jetzt begannen alle gleichzeitig auf sie einzureden. Susanne versuchte irgendetwas aus dem Stimmengewirr heraus zu filtern. Als ihr das nicht gelang, hielt sie sich die Ohren zu. Auf einmal, wie durch ein Kommando, verstummten alle. Es war einen Moment still.

„Entschuldigung", sagte Marion, „ich habe dich hier her zu mir eingeladen, weil ich meine Sachen mit dir teilen wollte und jetzt ist das ein Versuch geworden, dich tot zu missionieren. Entschuldige bitte."

„Ist schon ok. Aber wenn ihr mir versprecht, nicht wieder alle gleichzeitig zu reden, dann habe ich jetzt eine Frage, eine Frage an Marion."

„Wir werden alle Schweigen bis auf Marion", versprach Sybille.

„Warum hast du so glücklich ausgesehen, als du aus dem Wasser wieder hochkamst, Marion?"

In Marions Augen leuchtete ein Licht auf. Sie wusste jetzt, warum sie auf Susanne hatte zugehen müssen. Susanne sah das Licht in den Augen von Marion. Sie sah etwas, von dem sie empfand, dass es ihr fehlte. Sie wartete auf die Antwort von Marion. Marion setzte zögernd an. „Ich würde dir das gern mit einem Wort oder einem Satz erklären. Aber so einfach ist das nicht. Es hat mit Gott und Jesus Christus zu tun. Sagt dir das was?"

Susanne schüttelte den Kopf.

„Das habe ich erwartet. Willst du die Antwort wirklich wissen und nicht nur wissen, sondern auch verstehen?"

Susanne nickte.

„Na, dann haben wir beide viel vor uns."
Marion legte ihre Hand auf die Hand von Susanne und wiederholte. „Dann haben wir beide viel vor uns."

*

Susanne stand in Streitelsfingen am Fenster. Sie sah das Erlöschen des Tageslichts. Ein letzter Schein erhellte im Westen den Himmel. Die Taufe am See, in die sie hinein geraten war, das war nun neun Jahre her. In dieser Zeit war viel geschehen und sie hatte viel gelernt. Kurz verweilten ihre Gedanken in der Gegenwart und wanderten zu Franz, dann verloren sie sich wieder in der Vergangenheit. Der Weg zum Glauben an Jesus Christus war für sie ein leichter gewesen. Marion war behutsam und verständnisvoll auf sie eingegangen. Und für sie war es so gewesen, als hätte sie schon immer auf die Botschaft von einem Gott, der mit ausgestreckten Armen da stand, um sie bei sich auf zu nehmen, gewartet. Sie empfand den wachsenden Glauben als eine Heimkehr. Schon bald begann sie zu Jesus zu sprechen. Sie hielt Zwiesprache mit ihm. Es war meist eine einseitige Zwiesprache, ein Monolog, ein sich Ausreden. Aber das war nicht immer so. Manchmal hatte sie den Eindruck, dass in ihr als Antwort Gefühle und Gedanken entstanden. „Herr, ich will dich hören", betete sie immer wieder. „Ich will deine Stimme hören." Allmählich wuchs in ihr die Kunst, zu erkennen, wenn die Gedanken in ihr eine Antwort von Gott waren und das Vertrauen in Jesus, dass er sie an seiner Hand führte, wurde immer tiefer.

Das war nur die eine Seite dieser ersten Zeit des Glaubens. Es gab auch eine dunkle Seite.

„Was bringt dir diese Marion, mit der du neuerdings zusammen bist, eigentlich bei?" fragte sie ihre Mutter eines Tages mit Misstrauen in der Stimme.

„Wir reden über Jesus und die Bibel."

„Was heißt, ihr redet über Jesus und die Bibel. Ist diese Marion eine Zeugin Jehovas?"

„Nein, nein, sie gehört zur Pfingstgemeinde."

„Um Gottes Willen, das ist auch nicht besser. Lass die Finger von dieser Marion."

Das war die Einleitung zu schmerzlichen Erfahrungen, die Susanne in der Familie machte. Die Familie war wie eine Mauer. So oft Susanne dagegen anrannte, sie holte sich eine blutige Nase und Abschürfungen. Ihre Mutter lehnte diese Pfingstler entschieden ab. Sie hatte Pfingstler im Fernsehen gesehen. Das waren einfach Verrückte für sie. Emotional aufgeputscht. Massenpsychose. In dem Film im Fernsehen waren sogar ein paar junge Leute umgefallen. Einfach umgefallen. Susannes Mutter war schockiert. Ihre Tochter und so eine Abwegigkeit!

„Wir haben dich doch zur Vernunft erzogen", beklagte sie sich. „Dies ist ein vernünftiges Haus. Dein Vater und ich sind doch vernünftige Leute. Wir leben am Ende das zwanzigsten Jahrhunderts. Religion ist doch vorbei. Und dann nicht nur Religion, sonder auch noch Verrücktheit. Weißt du, woran ich denken musste, wie ich den Film über diese Pfingstler gesehen habe? An Woodstock. Das ist doch nur ein Ausläufer davon. Chaos pur."

Susanne versuchte zu erklären. Es war nicht möglich. Die Fronten verhärteten sich. Das hatte sie nicht für möglich gehalten. Ihr war ihr Elternhaus als ein tolerantes, weltoffenes Haus erschienen. Religion war einfach kein Thema gewesen. Aber das hieß ja noch nichts. Das bedeutete nur, dass man in der Familie nicht darüber redete. Als sie darüber reden wollte, entdeckte sie, dass diese Toleranz nur galt, so lange alles offen blieb. Toleranz hieß, sich nirgends fest zu legen. Der Glaube ihrer Eltern war, um das zu verstehen, brauchte Susanne einige Zeit und für sich selbst erst Definitionen, ein vager Pantheismus, ein Gott, der in allem war und in dem alles war. Aber Gott als ein Gegenüber, ein Gott der Offenbarung, das war in den Augen ihrer Eltern, ihres Bruders und auch der näheren Verwandtschaft nur menschliche Konstruktion. Darüber hinaus gab es eine absolute Rote Linie für die Toleranz. Diese rote Linie wurde in ihrem Elternhaus überschritten, sobald der Name Jesus fiel. Dann war Schluss mit lustig. Wer allen ernstes an Jesus als den Sohn Gottes glauben wollte, der verlor den Status eines vernünftigen Menschen. Susanne versuchte dagegen aufzubegehren. Aber es war vergeblich. Sie musste erkennen, dass sie bei dem Thema Glaube von ihrer Familie so behandelt wurde, als habe sie über Nacht das Down-Syndrom bekommen. Es war kein Durchkommen. Auf einmal war sie in ihrer eigenen Familie isoliert und ausgegrenzt. Das machte sie nicht an Jesus und ihrem Glauben irre. Aber es verletzte sie sehr tief. Susanne hatte Jesus gefunden und damit ein neues Verhältnis zum Leben, zu ihrem eigenen und dem anderer Menschen, eine neue Beziehung zum Sein der Welt. In ihrer eigenen Familie aber wuchs eine Mauer der

Einsamkeit, eine gläserne Wand, die sie von den Menschen trennte, die ihr bisher am nächsten waren.

An einem Nachmittag war sie in ihrem Zimmer. Susanne lernte. Sie hatte das Radio eingeschaltet. Es kam eine Gedenksendung an Fritz Wunderlich. Der Sprecher kündigte das nächste Lied an, die berühmteste Arie aus dem Evangelimann von Wilhelm Kienzl: „Selig, die Verfolgung leiden..." Bisher hatte Susanne kaum hingehört. Das Radio war nur Hintergrundgeräusch gewesen. Die Worte dieser Ansage drangen in das Bewusstsein von Susanne. Sie ließ das Buch sinken und hörte auf die Musik.

„Selig sind die Verfolgung leiden,

um der Gerechtigkeit willen,

denn ihrer ist das Himmelreich"

Als Fritz Wunderlich den Refrain *„denn ihrer ist das Himmelreich"* wiederholte, öffnete sich eine Schleuse. Susanne warf sich auf ihr Bett. Bäche der Not und des Elends stürzten aus ihren Augen. Der aufgestaute Schmerz, die Enttäuschung und die Trauer um den täglich erfahrenen Verlust von Nähe zu ihrer Familie brachen aus Susanne heraus. Ihr Körper wurde vom Weinen geschüttelt. Sie heulte, so sagte sie selbst später, wie ein Schlosshund. Es dauerte lange und ihr Kopfpolster wurde nass. Sie lag auf ihrem Bett, zusammen gekrümmt in einer Haltung, so wie sich das Embryo im Mutterleib zusammenzieht.

Als sie aufstand und sich die geröteten Augen abwischte, wusste sie, dass sie ihre Familie verlassen hatte. Susanne griff nach der Bibel und schlug das Matthäusevangelium auf, das zehnte Kapitel, davon den fünfunddreißigsten Vers. *Denn ich bin gekommen, um den Sohn mit seinem Vater zu entzweien und die*

Tochter mit ihrer Mutter und die Schwiegertochter mit ihrer Schwiegermutter;... Bis zu dieser Stunde der Trauer in ihrem Zimmer hatte sie nicht wahrhaben wollen, dass diese Worte Jesu auch für sie galten. Jetzt akzeptierte sie es. So war es eben. Sie hatte Jesus gewonnen und dafür ihre Familie verloren. Nun war auch etwas klar und gewiss. Sobald sie ihr eigenes Geld verdienen würde, würde sie sich ein eigenes Zuhause suchen. Das tat sie dann auch. Darum lebte Susanne in Streitelsfingen.

*

Während Susanne in Streitelsfingen ihren Erinnerungen nachhing, nahm Franz in Bregenz das Fahrrad und fuhr an den See. Dieser Tag mit Susanne war für ihn schöner gewesen, als er es sich je zu träumen gewagt hätte. Es war der Tag eines ihm bis dahin unbekannten Glücks. Er hatte sie nicht berührt, sie erst recht nicht geküsst. Es wäre jedoch unwahr, wollte er behaupten, dass er diesen Wunsch nicht gehabt hätte. Aber mit Susanne war einfach alles ganz anders, wie es bisher gewesen war. War mit Isolde das Erotische schneller gewesen, wie die eigentliche Begegnung mit der Person des anderen, so wusste er bei Susanne, jeder zu schnelle Schritt konnte die Beziehung gefährden. Wieder dachte Franz den Satz: Man darf das Reh nicht scheu machen, wenn es auf der Lichtung ist. Aber Franz fand nicht, dass er der Jäger war. Er war vielmehr der, den es hoffungslos erwischt hatte.

Franz sah übers Wasser. Das letzte Licht des Abends spiegelte sich im See. Susanne und Jesus, warum musste das zusammen fallen? Susanne, diese lebendige für Franz hinreißende Schönheit und ein Mann, der vor zweitausend Jahren gelebt hatte. Franz steckte die Hände in die Taschen. Es war eine Bewegung, wie er sie als Kind gemacht hatte, wenn der Vater vor ihm stand und etwas von ihm wollte, was er nicht wollte. Dieser Jesus war sicher eine bedeutende Gestalt, eine Lehrer der Weisheit und der Ethik gewesen. Und er war für seine Überzeugungen gestorben. Aber Sohn Gottes? Wenn es einen Gott gab, dann hatte er sicher keinen menschlichen Sohn. Warum müssen wir Menschen immer so größenwahnsinnig denken, fragte sich Franz. Wenn es einen Gott gab, dann hatte der sicher nichts zu tun mit einem schwachen, sterblich Menschen. Susanne glaubte das Gegenteil. Das hatte er verstanden. Und er war zu sehr in sie verliebt, dass er das bei ihr hätte kritisieren können. Aber er hatte einen nüchternen Verstand. Gott und Mensch, das passte nicht zusammen.

Das Handy in seiner Hosentasche klingelte. Seine Mutter war am Apparat. „Hallo Mama"

„Ja sag einmal, Bub, wo bist denn du die ganze Zeit? Warst du wieder auf einem Berg? Das war doch nix bei diesem Wetter. Seit nach dem Gottesdienst am Morgen hab ich es versucht. Ich soll dich was fragen."

„O, entschuldige Mama. Ich war in Deutschland, weißt du. Da hab ich das Handy abgeschaltet gehabt."

„Ach so, drum. Wir haben nach dem Gottesdienst mit dem Toni geredet. Oder besser gesagt, er hat mit uns geredet. Weißt, droben auf der Klausbergalpe, da wäre zum Heuen. Der Toni hat gemeint, wenn das Wetter passen würde, dann möchte er nächstes Wochenende heuen. Und da hat er uns gefragt, ob wir mit dir reden würden. Ja, hab ich gesagt, das mach ich gleich. Und jetzt habe ich dich den ganzen Tag nicht erwischt. Was machst denn du so lang in Deutschland?"

Das, dachte sich Franz, das sage ich dir nicht. „Ich hab einen Ausflug mit dem Fahrrad gemacht. Am See entlang. Da heraußen hat sich das Wetter vor dem Mittag gebessert. Und da bin ich losgefahren."

„So, so", sagte die Mutter. Es ist eigenartig. Aber Mütter, manche Mütter merken sehr schnell, wenn man etwas vor ihnen verstecken will. Es gibt Mütter, die merken das sogar durchs Telefon. „So, so", wiederholte die Mutter. „Aber hättest du das nächste Wochenende Zeit? Der Toni würde dich schon brauchen." Und dann konnte sie es sich nicht verkneifen. „Oder musst mit dem Rad um den See fahren?"

Es ist so, wie es Franz schon gesagt hatte, die Alemannen kommen mit wenigen Worten aus. Die Wälder kommen mit noch weniger Worten aus. Franz hörte die Frage seiner Mutter ganz richtig. Verflixt, dachte er, das geht sie jetzt aber wirklich nichts an.

„Ja klar habe ich Zeit", sagte Franz. Jetzt eine Ausrede zu erfinden, das ging nicht, dann würde seine Mutter sicher nachbohren und ihm kein Wort mehr glauben. Das nächste Wochenende würde also ein Wochenende ohne Susanne werden. Franz hatte ein Gefühl in sich, als sei er dabei, den ganzen restlichen Sommer zu versäumen.

„Das wird den Toni freuen. Dankschön. Ich werde es ihm ausrichten. Dann bis nächsten Samstag, wenn das Wetter recht tut. Und machs bis dahin gut, Franz."

„Danke Mama, du auch. Und dem Papa auch schöne Grüße."

Franz hatte immer geholfen beim Heuen. Das war eine Selbstverständlichkeit. Es brauchte viele Hände. Wer gesund und stark genug war, der griff zu. So war es in der Verwandtschaft. Franz mochte auch den Toni. Jetzt aber umklammerten seine Hände das Geländer am See. Er hätte den Toni gern gewürgt. Auf einmal wurde ihm das bewusst. Franz erschrak über sich selbst. All die Jahre hatte er beim Heuen geholfen. Und natürlich war das an den Wochenenden gewesen. Dann hatte er, was er vorhatte, was immer es war, auch wenn es eine Bergtour war, halt verschoben. Das war so. Das tat man so. Das war die Solidarität in der Verwandtschaft. Aber diesmal war es anders. Das gibt es doch nicht, dachte sich Franz. Ich würde, wenn es sein müsste, wegen der Susanne sogar meine ganze Verwandtschaft verkaufen. Der Gedanke, dass er dazu fähig sein könnte, das war ihm gar nicht recht.

In dieser Nacht träumte Franz. Das war nicht die einzige Nacht, in der er träumte. Aber meistens waren nach dem Aufwachen nur noch einige Traumfetzen in seinem Bewusstsein. Bis er den letzten Schluck des morgendlichen Kaffees getrunken hatte, war keine Erinnerung an sein Träumen mehr da. Aber an diesem Morgen wachte Franz auf und erinnerte sich an einen Traum. Er hatte den ganzen Traum auch noch nach dem Kaffee im Kopf. Der Traum verschwand nicht.

Franz stand auf einer Wiese und mähte. Es war eine Bergwiese mit hohem Gras, übersät mit unzähligen Blumen. Er mähte und Blumen und Gräser fielen. Im letzten Augenblick sah er, dass Susanne auf einer dieser Blumen saß. Er wollte seine Sense anhalten. Aber es war zu spät. Er schnitt die Blume ab und Susanne fiel ins Gras und war verschwunden. Er suchte und suchte, aber sie war nicht mehr zu finden. Darüber geriet er in Angst. Er hatte Susanne nieder gemäht. Jetzt war sie irgendwo begraben unter dem abgeschnittenen Gras. Da würde sie ersticken. Im Traum scharrte er verzweifelt im Gras, um Susanne zu entdecken. Auf einmal hielt er eine Heugabel in der Hand. Anstatt das Gras zu wenden und so vielleicht die Vermisste zu finden, schwenkte er die Gabel in der Luft herum. Da sah er, dass Susanne auf den Zinken der Gabel umher tanzte. Sie sprang leicht wie eine Feder von einer Spitze der drei zinkigen Gabel zur anderen Spitze. Franz wollte nach ihr langen. Aber er konnte den Holzstiel nicht loslassen. Mit einer Hand langte er nach Susanne. Sein Arm war zu kurz. Er bemühte sich, erreichte Susanne aber nicht. Susanne sprang hin und her auf den Eisenspitzen, die in der Sonne funkelten. Sie tat einen tollkühnen Sprung und verfehlte die Spitze. Susanne stürzte ab. Jetzt war keine Wiese mehr da. Susanne viel ins Wasser. Es spritze hoch auf. Franz wollte sich bücken, um sie heraus ziehen. Doch da tat sich das Maul eines Fisches auf und verschlang Susanne. Franz sprang ins Wasser und bekam den Fisch zu fassen. Er packte ihn fester, um ihn an Land zu werfen. Da begann der Fisch zu sprechen. „Du musst mich essen. Nur dann bekommst du deine Susanne." Im nächsten Augenblick entwand sich der Fisch den Händen von Franz und sprang so weit von ihm entfernt ins Wasser, dass Franz ihn nicht mehr erreichen konnte. Das erschreckte Franz so sehr, dass er erwachte.

Der Traum beunruhigte ihn. Immer wieder unter Tags sah er einzelne Szenen des Traums vor sich. Er verstand den Traum nicht. Es war auch nicht klar, ob man so einen Traum überhaupt verstehen konnte oder musste. Vielleicht oder sogar wahrscheinlich hatte er gar nichts zu bedeuten. Aber Franz war sich nicht sicher, ob der Traum wirklich nichts bedeutete. Das war neu für Franz, etwas zu wissen und dabei nicht zu wissen, ob das, was er wusste von Bedeutung war oder nicht. Das beunruhigte ihn. Er war es seit Jahren gewohnt, die Dinge einzuteilen und zu bewerten. Entweder wichtig oder nicht wichtig. Aber das funktionierte in diesem Fall nicht. Franz hätte den Traum gern vergessen, aber das ging nicht.

*

Am Mittwoch klingelte Franz pünktlich um vier Uhr am Nachmittag, so wie es abgemacht war, an der Tür von Susanne. Als er sie sah, lagen für ihn zweieinhalb lange Tage hinter ihm. Der Traum hatte ihn nicht losgelassen. Die Firma hätte ihn heute auch fast nicht losgelassen. Aber da stand Susanne nun unter der Tür und lächelte ihn an. Wieder überfiel Franz für einen Momente eine unglaubliche Hilflosigkeit. Er kam sich vor wie damals, als er auf Geheiß seiner Eltern das Fräulein Lehrer abholen musste. Das Fräulein Lehrer hatte die Tür aufgemacht. Sie war auch, wie Susanne, ein bildhübsches Fräulein gewesen, und sie hatte ihn angelächelt und gefragt, „Was willst du?". Er war damals neun Jahre alt gewesen. Franz war ein intelligentes Bürschchen und nicht auf den Mund gefallen. Aber auf die Frage vom

Fräulein Lehrer war er ganz verlegen geworden und hatte eine stotternde Antwort gegeben. Genau so stand Franz jetzt wieder da.

Zu seinem Glück ging der Moment schnell vorüber und Susanne merkte nichts von seiner knabenhaften Hilflosigkeit. Sie unterhielten sich während der Fahrt nach Koblach über dies und das. Susanne erzählte, dass sie gestern eine lange Konferenz gehabt hatte. Es ging ja jetzt auf das Schulende zu. Franz erwähnte seinen Arbeitsdruck. Das Problem mit den Umlenkrollen hatten sie, wie Franz erwartet hatte, gestern abschließen können. Eigentlich hätte er heute in der Firma bleiben müssen. Denn jetzt sollten sie an der Arbeit weiter machen, die wegen dieser Rollen liegen geblieben war.

„Eigentlich", warf Susanne ein, „sollten wir gar nicht nach Koblach fahren."

Franz spürte in der Herzgegend einen leichten Stich. „Warum nicht?"

„Weil wir ausgemacht hatten, dass ich dir bei Glaubensfragen helfe. Und jetzt bekomm ich von dir Unterricht in einer neuen Freizeitgestaltung. Das ist nicht gut für die Frau Lehrer, wenn sie Schülerin vom Schüler wird. Das untergräbt das notwendige Autoritätsverhältnis."

Franz war auf der Autobahn. Vor ihm schob sich ein Lastwagen auf die Überholspur. Er musste nach vorn schauen. Aber er musste auch wissen, wie sie das meinte. Er warf einen schnellen Blick nach rechts. Er sah ihr Lächeln. Nun konnte er lachen. Susanne lachte auch.

Am Ortsanfang von Koblach bog Franz in eine enge Seitenstraße ab und blieb am Waldrand stehen. Als Susanne ausstieg, sah sie die Felsen hinter den Bäumen. Franz war jetzt ein ganz anderer. Jetzt war er Bergsteiger. Er holte die Ausrüstung aus dem Kofferraum. Sie gingen die paar Schritte bis zu dem freien Platz vor den Felsen. Jetzt sah Susanne die Höhe der Wand. Ob sie sich nicht zu weit aus dem Fenster gelehnt hatte, als sie gesagt hatte, das wolle sie auch einmal ausprobieren? Sie musste den Kopf zurücklegen, wenn sie mit den Augen den oberen Rand der Wand erreichen wollte. Ihr erschien die Wand kirchturmhoch. Auch war das für sie nichts als eine Felswand. Dort eine Kante, da ein Riss, an einigen Stellen gelb, dann grau bis fast schwarz. Aber das sagte ihr nichts. Einen kurzen Augenblick dachte sie ans Umkehren.

Franz spürte ihre Zweifel. Deutlich standen sie Susanne im Gesicht geschrieben. „Das gehen wir alles ganz langsam an. Du musst nicht gleich von hier unten bis zu den Bäumen da oben hinauf. Jetzt ziehen wir zuerst den Klettergurt an. Schau, das geht so." Franz stieg in den Gurt. Susanne versuchte, es ihm nachzumachen.

„Ich hoffe, das passt dir alles. Vor allem die Schuhe", sagte Franz. „Ich habe es ausgeliehen. Sie hat ungefähr deine Größe."

Welche sie hat meine Größe, fragte sich Susanne. Aber sie stellte die Frage nicht laut. Die Schuhe passten wirklich.

„Schauen wir mal, ob das sitzt." Franz packte rechts und links ihren Gurt. Dabei berührten seine Hände ihre Hüften. Es war ein eigenartiger Moment für sie. Aber dann spürte sie, wie er sie einfach am Gurt hoch hob. Sie schwebte vor ihm in der Luft. Was für eine Kraft dieser Kerl hat, dachte sie. Aber laut gab sie nur einen Protest von sich. „He was soll...?"

Er ließ sie wieder los. „Der Gurt passt", stellte er so sachlich fest, als habe er einen Materialtest in der Firma gemacht. Franz bückte sich und griff nach den Straßenschuhen. „Ich bringe sie ins Auto." Als er zurück kam, sagte er nur „Komm!" zu ihr. „Wir lassen das Seil und die Karabiner derweil hier liegen." Franz ging an die Wand. In der Mitte zog sich ein breites Band von links nach rechts ansteigend in die Wand. Vielleicht fünf Meter darüber war eine weitere Stufe, die so breit war, dass auf ihr sogar Sträucher wuchsen. Franz trat ganz an die untere Stufe heran. Er stellte sich auf den schrägen Felsen und griff mit den Händen an die fast senkrechte Wand vor ihm.

„Den größten Fehler, den ein Anfänger macht", erklärte Franz, „das ist, dass er aus Ängstlichkeit mit dem Oberkörper ganz nah an den Felsen geht. Je näher du an den Felsen gehst, umso weniger Überblick hast du. Und du verlagerst den Schwerpunkt deines Körpers. Je aufrechter du bist, umso mehr Reibung hast du auf den Sohlen. Kapiert? Schau, so ist es falsch." Franz hielt das Gesicht ganz nah an den Felsen. „Und dann noch etwas. Tiroler Stil ist verboten?"

„Was ist Tiroler Stil?"

„Wenn du die Knie nimmst. Niemals die Knie. Das kannst du beim Beten machen, daheim, ihr kniet ja nicht in der Gemeinde. Aber bei mir in Schwarzenberg, da wird in der Kirche gekniet. Du bist nicht katholisch, also werde das ja nicht hier am Felsen. Keine Knie verwenden zum höher kommen." Franz grinste sie an. Wie sie so vor ihm stand im Top und den Jeans hätte er sie lieber umarmt, als im

Klettern unterwiesen. Das stimmte auch wieder nicht. Er hatte eine Hoffnung in sich, eine Riesenhoffnung. Vielleicht würde ihr das wirklich gefallen. Welche Aussichten! Hätte er nicht so eine Hoffnung, dass es ihr wirklich gefallen würde, wäre sie nicht Susanne, dann hätte er sie gleich die ganze Wandlänge hochgejagt. Vogel friss oder stirb. Das hatte er auch schon gemacht. Aber bei Susanne würde er alles tun, dass es ihr gefiel.

„Also wir werden es jetzt mal hier probieren, an diesem Riss entlang, nur diese fünf Meter. Ich klettere zuerst hinauf und sichere dich dann von oben. Wenn ich klettere, dann schau einfach zu. Ich werde langsamer klettern als ich könnte, damit du zuschauen kannst." Franz ging zur Ausrüstung zurück und Susanne folgte ihm.

„Schau dir den Riss jetzt noch einmal im Abstand an", sagte er und band Susanne und sich ans Seil. Er gab ihr einen Karabiner in die Hand. „Mach ihn mal auf und zu."

„Ok., das klappt! Dann wollen wir mal." Franz nahm die Schlaufen des Seils in die Hand und Susanne ging hinter ihm her an die Felsstufe. Jetzt habe ich mich von Franz wirklich ans Seil nehmen lassen, dachte sie. Zusammen gebunden. Wenn ich da vorn am Felsen klebe, dann bin ich nicht bloß abhängig von meinem Können, mein Können, o je, ich bin abhängig von seiner Kraft. Zuletzt muss er mich da hoch ziehen. Susanne, sagte sie zu sich selbst, du wirst dich jetzt nicht blamieren.

„Schau", unterbrach Franz ihre Gedanken, „zum Sichern musst du das Seil so halten." Franz machte es ihr vor. „Und jetzt du."

Susanne versuchte das Seil so zu halten, wie Franz es ihr vorgemacht hatte.

„Mit dem Seil sieht das nicht schlecht aus. Aber so darfst du nicht dastehen. Oder willst du zu einem Solotanz starten?"

Susanne sah nach unten auf ihre Füße. „Wieso?"

„Du musst schauen, dass du locker und doch fest dastehst. Stell die Füße etwas auseinander. Ok. Jetzt ist es gut."

Franz wandte sich dem Felsen zu und turnte mühelos hinauf. Susanne sah aufmerksam zu. Und das nennt der langsam, dachte sie. Franz verschwand oben hinter der Kante. Susanne wartete. Dann hörte sie ihn rufen. „Nachkommen!"

So, jetzt hätten wir die Stunde der Wahrheit. Hier ein Griff, da ein Absatz. Es war auf einmal leichter, als sie es sich vorgestellt hatte. Da war eine Stelle, wo ihr Auge suchen musste, bis sie etwas für die Füße fand. Aber ja hier. Wieder ein Griff. Gerade als in ihrem Kopf nur noch das Suchen nach Griffen und Tritten war, da war sie schon oben.

„He", sagte Franz, „für das erste Mal ging das aber schnell. Hast du mich angeflunkert und du warst schon einmal klettern?"

„Nein!"

„Dann bist du ein Naturtalent."

„Und wie kommen wir jetzt wieder runter?"

„Da hinten"

Unten angekommen, fragte Franz ob sie noch einmal dasselbe hinauf klettern wolle oder die kleine Wand daneben versuchen wolle. Susanne entschied sich für die kleine Wand daneben. Das war schon schwieriger. Aber Susanne schaffte es. Mit leicht geröteten Wangen kam sie bei Franz oben an. Wieder machten sie auf die gleiche Weise den Abstieg. Diesmal ging Franz aber weiter bis auf den Platz vor dem Felsen. Franz deutete ganz links die Wand hinauf. „Könntest du dir das vorstellen?"

„Nein, das kann ich mir nicht vorstellen", antwortete Susanne. Über das Gesicht von Franz lief ein Schatten. Also doch nichts. Aber Susanne redete weiter. „Vorstellen kann ich mir das nicht, aber versuchen kann ich es."

Die Gesichtszüge von Franz hellten sich wieder auf. Susanne musterte die Wand von unten bis oben. Am Wandfuß war eine gelbe Tafel angebracht. *Militärklettergarten Winkla Betreten und Benützen auf eigene Gefahr.*

„Die Tafel sieht aus, als ob ein Panzer darüber gefahren wäre", stellte Susanne fest. „Und das da oben, das soll wohl euer Landeswappen sein und ein Edelweiß drauf. Aber was bedeutet das Jgb. 23 darauf?"

„Das bedeutet Jägerbataillon 23. Das ist in Bregenz stationiert. Die Bregenzer Kaserne. Das ist das gelbe Gebäude von euch aus gesehen vor der Stadt. Da habe auch ich meinen Militärdienst abgesessen."

„Das klingt aber nicht begeistert."

„Das war eine verlorene Zeit."

Susanne wechselte das Thema. „Wie hoch ist die Wand?"

„So ungefähr sechzig Meter."

„Und das an einem Stück durch?"

„Nein, siehst du dort oben, da", Franz zeigte auf eine Stelle in der Wand. „Da ist ein Stand." Er sah ihre fragenden Augen. „Ach so. Das ist eine Stelle, wo ich mich sichern kann und dich dann nachkommen lasse. Wenn du dann bei mir da oben bist, dann werde ich das letzte Stück hinauf klettern. Und dann du."

Susanne sah hinauf und sah sich da oben stehen und da sollte sie das Seil halten und den Franz sichern. „Na Mahlzeit", dachte sie. „Jesus, habe ich mich da auf einen Blödsinn eingelassen?" Auf diese Frage bekam sie keine Antwort.

Diesmal ignorierte Franz ihre Unsicherheit, er war jetzt heiß auf die Wand. Zwar war das eine viel leichtere Route, als er es für sich ausgesucht hätte. Aber es war wenigstens Klettern.

Franz sorgte dafür, dass Susanne das Seil richtig hielt und dann turnte er hinauf. Es war ein lauer Sommerabend. Oben in den Tannen sang eine Amsel. Susanne sah Franz zu. In ihr baute sich, je höher er stieg, eine Spannung auf. Es war wirklich verkehrt. Sie hatte ihn an die Leine nehmen wollen und ihn zu Jesus führen. Jetzt hatte Franz sie am Seil und sie musste da hinauf. Wahrscheinlich ist das die neue Missionsmethode des einundzwanzigsten Jahrhunderts, dachte sie. Frau lässt sich als Paket die Felsen hochziehen und Mann bekehrt sich wegen der Anstrengung.

Franz hatte den Stand erreicht und rief „Nachkommen!"

Das war nicht so einfach, wie da drüben an der kleinen Wand. Als es an die zehn Meter Höhe ging, sah sie einmal nach unten. Eine Welle von Angst krallte sich an ihr fest. Zugleich erwachte in ihr der Trotz. Sie verbot sich selbst, nach unten zu schauen und konzentrierte sich nur auf Griffe und Tritte. Verbissen kletterte sie weiter. Auf einmal geschah etwas Merkwürdiges mit ihr. Sie nahm es in der Anstrengung des Kletterns zuerst gar nicht war. Die Unsicherheit ließ nach. Sie sah nach unten. Na und? Es machte ihr nichts mehr. Sie hielt sich ja fest. Und das gespannte Seil zu Franz gab ihr zusätzlich die Gewissheit, es konnte nichts geschehen. Später sagte sie sich, dass das der Moment gewesen sein musste, als sie den Adrenalinkick bekam.

Susanne kam bei Franz an. Er sah ihr fragend in die Augen. Das war jetzt der Moment, der über viel entscheiden würde. Sie sah seinen fragenden Blick.

„Lässig", sagte sie nur.

Franz ließ sich nichts anmerken. An dieser Stelle in der Wand wäre ein Freudentanz auch unangebracht gewesen. Das musste auf später verschoben werden. Er sicherte Susanne mit einer Schlinge und kletterte weiter. Susanne stand jetzt da, wo sie vor einer Viertelstunde hingeschaut und sich gefürchtet hatte und sie fürchtete sich nicht.

Die letzten zwanzig Meter waren nun nur noch eine Draufgabe. Als sie oben bei den Bäumen aus der Wand gestiegen war, drückte ihr Franz die Hand. In seiner Freude tat er es etwas zu fest.

„Au", rief sie aus. „Ist das bei dir Bergsteigerlohn?"

„Entschuldigung", es war ihm mehr als peinlich. „Ich, ach was, es tut mir leid."

„Da vorn die Fingerspitzen tun mir eh schon weh. Wolltest du mir beweisen, wie stark du bist im Vergleich zu mir? Das weiß ich doch. Da unten hast du mich ja einfach hoch gehoben. Bedenke", Susanne schlug die Augen nieder, faltete die Hände vor der Brust und bekam einen unterwürfigen Tonfall, „ich bin eine schwache Frau."

Franz merkte, dass sie ihm den zu starken Händedruck nicht wirklich übel nahm und war erleichtert. Sie machten sich an den Abstieg. Abseilen wollte er noch nicht mit ihr. Dieser Moment, wo man sich ins Seil hängen musste. Das wollte er Susanne noch nicht zumuten.

Beim Auto fragte Franz, ob er Susanne einladen dürfe, er jedenfalls habe jetzt einen ordentlichen Durst. Sie hatte auch Durst. Im Gastgarten unter einem alten Kastanienbaum kam Susanne zu den Gedanken, die sie gedacht hatte, als sie unten an der Wand stand und Franz hinauf kletterte.

„Es ist schade", sagte sie. Die Pause, die sie darauf machte, war nicht bewusst eingesetzt. Sie suchte nach Worten. Franz sah sie an und sagte: „Was ist schade?"

„Dass du nicht ans Seil willst."

Franz verstand nicht, was sie wollte. „Ich war doch am Seil!" protestierte er.

„Ich meine das anders. Das Leben ist nicht nur eine Wand mit sechzig Metern Höhe und hoffentlich auch nicht nur von einer Länge von sechzig Jahren. Und man kann sich die Route nicht von unten ansehen und dann entscheiden, wo man hinauf will. Das Leben ist unübersichtlich, manchmal so leicht wie ein Einser nach den alpinen Schwierigkeitsgraden und über Nacht kann es sich ändern und dann wird die Wand über dir gelb. Du hast gesagt, dort wo der Felsen gelb ist, da kommt kein Wasser hin, da ist die Wand überhängend. Wenn du mir nicht vorausgeklettert wärest, allein hätte ich es nicht gewagt und auch nicht geschafft. Schade." Susanne schwieg. Sie nahm einen Schluck aus ihrem Glas. Mit einem Blick, aus dem Wärme und Mitleid zugleich sprachen, sah sie ihn an. Franz sah in ihre Augen und las die Sympathie und das Bedauern. Er wagte nicht zu fragen, was Schade sei.

„Schade", fuhr sie fort, „es ist wirklich Schade für dich, dass du dich nicht ans Seil nehmen lassen willst. Da gibt es jemanden mit göttlicher Autorität und Kraft, der dich ans Seil nehmen will und dir voraus gehen will, einer, der sich nie mehr von dir losbindet ein Leben lang, eine Ewigkeit lang. Da gibt es einen, der mit dir verbunden sein will und dich auch auffängt, wenn du einmal stürzen solltest. Und du willst von diesem Einen nichts wissen. Wie kann man nur…". Susanne machte eine Pause und nahm wieder einen Schluck. Ihre Stimme sank jetzt fast zur Unhörbarkeit herab, war aber gerade noch so laut, dass es Franz hören konnte, „Wie kann man nur so dumm sein."

Franz saß da und sagte nichts. Er wusste, dass sie Jesus gemeint hatte. Er sollte sich an Jesus binden oder sich von ihm anbinden lassen. Ein göttlicher Jesus. Er sah Susanne an. Es war ihr Wunsch. Aber dazu musste er zuerst glauben, dass es einen Gott gab und dass Jesus und Gott irgendwie zusammen gehörten. So sanft und so sicher, wie es ihm möglich war, sagte er zu Susanne: „An dem Tag, an dem ich erkennen kann, dass Jesus der Sohn Gottes ist, da kann er mich am Seil haben."

„Ich werde dafür beten, dass du das erkennst."

„Ja tue es. Wenn es den Gott so gibt, wie du glaubst, dann wird er dich erhören und ich gehe bei Jesus ans Seil."

Susanne streckte ihm die Hand hin. „Abgemacht?"

Franz ergriff ihre Hand. „Abgemacht."

Als sie ihre Hand wieder wegziehen wollte, hielt er sie fest. „Ich", er zögerte. Hoffentlich macht er mir jetzt nicht schon wieder eine Liebeserklärung, dachte sie. Sonst wird es noch schwieriger. Aber es kam etwas ganz Unerwartetes. „Ach Scheiße, ich muss am Wochenende nach Schwarzenberg."

Susanne sah ihn an. Sie sah ihn an und dann fing sie an zu lachen und sie lachte, dass ihr die Tränen kamen.

Franz verstand die Welt nicht mehr. „Was ist da so zum Lachen, bist du so froh, wenn ich dir am Sonntag nicht in die Quere komme?"

Susanne schüttelte den Kopf. Sie schnappte nach Luft. „Das war jetzt zu komisch."

„Warum war das komisch."

„Das kann ich dir jetzt nicht erklären." Susanne hielt sich den Bauch. „Sagt dieser Mensch doch aus dem Nichts heraus … Zu meinen Kindern in der Schule sage ich immer, das sagt man nicht. Warum ist das so Sch…, dass du nach Schwarzenberg musst?"

„Ja wegen Dir!" Jetzt war Franz fast beleidigt. „Ist das noch nicht klar, dass ich…, dass ich…Mir stinkt es, dass wir uns nicht treffen können."

Das ist auch so viel wie eine Liebeserklärung, dachte Susanne. „Was ist denn los in Schwarzenberg. Gibt es eine Familienfeier?"

„Familienfeier!", wiederholte Franz mit aller ihm möglichen Ironie in der Stimme. „Heuen muss ich, heuen, Susanne."

„Na und?"

Franz hatte das Gefühl, dass sie sich im Kreis drehten.

„Könnt ihr noch jemand brauchen?"

Franz sah Susanne völlig verdutzt an. „Du willst doch nicht wirklich sagen…?"

„Doch, das will ich. Ich habe auch schon eine Heugabel in der Hand gehabt."

Im Kopf vom Franz ratterte es. „Kennst du den Bregenzerwald", fragte er.

„Ja, was denkst denn Du?"

„Und die Wälder kennst du auch?"

„Das eher weniger."

„Das habe ich mir gedacht. Was glaubst du eigentlich, was meine ganze Verwandtschaft sagen wird, wenn ich mit dir zum Heuen komme?"

Susanne begann es zu ahnen. Daran hatte sie nicht gedacht. Aber jetzt war es wieder wie beim ersten Mal in der Gemeinde, als sie sich gefragt hatte, ob sie Franz das Angebot machen sollte, ihm vom Glauben etwas zu erklären. Sie entschloss sich für das Risiko. „Von mir aus sollen sie denken, was sie wollen. Aber das musst jetzt du entscheiden. Willst du, dass sie das von dir denken, dass du mein Freund bist?"

Das war eine Frage! Franz wäre es recht gewesen, wenn die Verwandtschaft das nicht bloß dachte, sondern dass es wirklich so war. „Sie werden denken, dass wir beide etwas miteinander haben. Wir sind beide schon Ende zwanzig. Die glauben uns die Wahrheit nie", versuchte Franz, Susanne deutlich zu machen, was bei ihm daheim los sein würde. Er hätte gern „Juhu" und „Komm mit" gesagt. Aber sein Verstand schlug Alarm. Wenn dann am Ende nichts aus ihnen beiden wurde, dann würden sie daheim nachfragen. Er konnte dann doch nicht sagen, ich hatte bei dieser Susanne nur Nachhilfe im christlichen Glauben. Sie würden ihm den Vogel zeigen. Franz kämpfte in seinem Innern zwischen der Furcht vor der Blamage und dem Verlangen, sie mit nach Schwarzenberg zu nehmen. Er sah sie an. Wie schön sie war.

„Gut", sagte er, „dann gehen wir zu zweit zum Toni heuen. Aber das heißt am Samstag und am Sonntag früh raus. Und eigentlich wollte ich am Samstag daheim übernachten."

„Ja dann…"

„Wir haben daheim ein Gästezimmer. Aber wenn du da übernachtest, ich sags dir, die denken, dass ich dich heiraten will."

„Und", sagte sie und meinte es ganz anders, wie Franz das „Und" verstand.

„Ja selbstverständlich würde ich dich wollen…"

Da wars nun gesagt, in einem Biergarten in Koblach. Es war auf die ganz unpoetische Art gesagt. Sie saßen an einem abgewetterten Biergartentisch. Er hatte ein fast ausgetrunkenes saures Radler vor sich und sie ein ebenso fast leeres Apfelschorle. Es standen keine roten Rosen auf dem Tisch und es gab kein Präsent. Er hatte verschwitzte Jeans und ein verschwitztes Shirt an und auch ihr Top war nass geworden in der Wand. Sie hatten nur etwas trinken gehen wollen. Wieder sang, wie auf den Tannen vor den Felsen, diesmal auf einer Birke neben dem Gastgarten, eine Amsel. Es war ihr letztes schmetterndes Abendlied. Susanne hörte der Amsel zu. Sie schwiegen und nur die Amsel sang. Es gab auch nichts mehr zu sagen. Es war gesagt. Das Seltsame, und Susanne fand es selber seltsam, war, dass sie seine Worte einfach stehen lassen konnte.

Nach einer Stille, die inhaltsschwer und zukunftsschwanger zwischen ihnen war, sagte Franz: „Und wie denkst du jetzt über Schwarzenberg?"

„Es gilt, was ich gesagt habe."

„Dann hol ich dich am Samstag um fünf Uhr am Morgen."

*

Ein stabiles Hoch hatte sich über Mitteleuropa ausgebreitet. Nach dem Wetterbericht waren nur über dem Bergland vereinzelt abendliche Gewitter möglich. Im Rheintal kühlte es selbst in der Nacht nicht mehr richtig ab. Als Franz Susanne am Samstagmorgen abholte, ging gerade die Sonne auf. Es würde ein heißer Tag werden. Genau das richtige Wetter zum Heuen. Aber der Tag würde auch anstrengend werden in der sengenden Sonne.

Auf der Fahrt nach Schwarzenberg erzählte Franz von seinem Anruf bei seiner Mutter. Es war wegen dem Gästezimmer. „Also ich konnte das durchs Handy durch spüren. Es ist so, wie ich dir gesagt habe, meine Mutter ist beim Telefonieren fast geplatzt vor Neugierde. ‚Wann schaust denn du dich um eine um', hat sie mich öfter gefragt. Wenn ich dann gesagt habe, dass mich die Weiber nicht interessieren und dass ich lieber in die Berge gehe, dann hat sie immer den Kopf geschüttelt. ‚Hoffentlich passiert dir bei deinen wilden Sachen nix', hat sie gesagt. Und jetzt bring ich eine mit, die bei uns übernachtet. Du wirst sehen. Die werden fragen, wie lang wir schon miteinander gehen."

Franz zog seinen Golf in die ersten Kurven aufs Bödele. „Und da muss ich dir auch noch etwa sagen", fuhr er fort. „Wir sind jetzt gerade durch Dornbirn gefahren. In Dornbirn ist der größte Viehmarkt vom Land. Da werden die Rinder und Kühe angeboten. Die Bauern schauen sich die Viecher an. Und wenn sie lange genug geschaut haben, dann ersteigern sie die ihrer Meinung nach beste Kuh. Wenn ich mit dir nach Hause komm", jetzt war es Franz peinlich, sehr peinlich sogar, „entschuldige, aber ich habe das schon erlebt, auch mein Vater kommt aus einem Bauerngeschlecht und der Toni ist ein Bauer, dann schauen sie, sie schauen..." Franz konnte es einfach nicht sagen.

Susanne unterbrach ihn. „Ich hab dich schon. Sie schauen mich an, wie eine Kuh, die sie ersteigern wollen."

Franz war erleichtert, dass sie es gesagt hatte. Aber es war keine völlige Erleichterung. Er kannte das „Die hat aber Heu vor der Hütten" und noch andere Sprüche. Diese verdammte Begutachtung.

Susanne sah das locker. „Als Frau musst du das aushalten. Es gibt immer Männer, die schauen einen an wie es sich nicht gehört. Es gibt einfach Männer, na ja…" Jetzt redete Susanne nicht weiter. Sie dachte an einen bestimmten Lehrer in der Schule. Der musste einen Grundkurs bei Casanova gemacht haben. Auch bei Susanne hatte er es versucht.

Das gefiel Susanne an Franz so. Er wurde nicht zudringlich. Es war ihr klar, dass das nicht Herzenswunsch, sondern Beherrschung war. Aber er beherrschte sich eben. Damit gab er sich selbst eine Chance. Denn sie hatte das „Warte!" gehört und das galt immer noch. Man konnte auch heuen und gleichzeitig warten. Man konnte sich auch der Verwandtschaft von Franz aussetzen und warten. Es musste nur beim Warten bleiben.

Franz erzählte von seiner Verwandtschaft. Es war einfach klar, dass er dem Göte helfen musste.

„Wem bitte musst du helfen?"

„Dem Onkel Toni, dem Göte."

„Was bitte ist ein Göte?" Sie sprach das Wort Göte, das mit einem ganz kurzen Ö und E gesprochen wird, so aus wie den Namen des Dichters Goethe.

Franz musste über ihre Aussprache lachen. „Göte heißt das", korrigierte er. „Entschuldigung, das kannst du nicht wissen. Das ist die Vorarlberger Bezeichnung für den Taufpaten. Der Onkel Toni ist mein Taufpate. Seine Frau ist die Schwester meiner Mutter. Er hat eine Landwirtschaft. Vierzehn Kühe. Aber du wirst ja selber sehen."

Franz erzählte von seinen vielen Fahrten übers Bödele und auch von Schwarzenberg. Dann waren sie eine Weile still.

„Ich fahr zuerst noch schnell bei mir daheim vorbei", erklärte Franz. Er bog kurz über dem Ort nach links ab. Sie hielten vor seinem Elternhaus. Das war einmal ein Bauernhaus gewesen. Aus dem Stall und der Tenne waren die Werkstatt und das Lager geworden. Das Wohnhaus blickte gegen Südosten. Susanne stieg aus dem Auto und sah sich um. Sie kannte den Bregenzerwald. Aber die Sicht von hier aus war dennoch wieder beindruckend. Franz nahm wahr, wie sie schaute.

„Kennst du Eduard Mörike?"

„Na, hör mal, ich habe schließlich in Weingarten studiert. Mörike ist einer der großen schwäbischen Dichter."

„Mörike war auch in Schwarzenberg. Er hat geschrieben, ich kann es auswendig ‚*Welch eine unbeschreibliche Pracht! Wie auf einem Turm stehend sahen wir ringsum überall weit ins Land hinein, den ganzen Bregenzerwald mit seinen vielen Dörfern und Hütten zwischen Waldstreifen und Wiesen...*'. Ein paar

Häuser gibt es mehr und asphaltierte Straßen. Aber es gilt immer noch, nicht wahr?"

Susanne nickte nur.

Inzwischen war die Haustür aufgegangen und die Mutter von Franz kam heraus. Jetzt also, dachte er. Er umarmte seine Mutter. „Schön, dass du kommst. Du bist eh zu wenig da herinnen. Ein heißer Tag wird das heute werden. Gut zum Heuen, aber heiß", sagte seine Mutter. Dann wandte sie sich Susanne zu. Freundlich streckte sie ihr die Hand entgegen.

„Das ist die Susanne", sagte der Franz. „Wir haben übers Heuen hier herinnen geredet und da hat sie gemeint, sie habe auch schon eine Heugabel in der Hand gehabt und sie würde gern auch helfen, halt ein wenig", fühlte sich Franz veranlasst, das Helfen abzuschwächen.

Susanne fühlte sich heraus gefordert zu protestieren. „Ich habe nicht gesagt, ‚halt ein wenig'. Ich hab einfach gesagt, ich könnt doch helfen. Du denkst wohl, ich kann die Heugabel nur halten und sonst nichts?" Jetzt drehte sie sich zur Mutter von Franz und schüttelte herzlich die dargebotene Hand. Die Mutter schloss aus dem Scharmützel zwischen Franz und Susanne, dass die beiden schon recht nah beieinander waren. Ihr gefiel, wie sich das Mädchen gleich gewehrt hatte. Sie war ihr sofort sympathisch. Mein Gott, dachte sie, das wär die Rechte für den Franz. So eine würde der brauchen, eine die ihm ebenbürtig und nicht auf den Mund gefallen ist.

„Ihr habt doch sicher noch nichts gefrühstückt", fragte sie die beiden. Susanne und Franz schüttelten den Kopf. „Dann kommt rein. Das hab ich mir gedacht. Bei dem Wetter hält das bis morgen. Ich glaub nicht einmal, dass ein Gewitter kommt. Ich hab schon alles gerichtet. Der Vater ist grad nicht da. Aber der muss heute im Geschäft sein. Morgen geht er auch rauf. Kommt rein."

Franz zögerte.

„Willst du deine Freundin hungrig da hinauf schicken?", fragte die Mutter.

Sie waren noch nicht zehn Minuten in Schwarzenberg und schon war es geschehen. „Willst du deine Freundin..." Franz sah zu Susanne hin. Die zuckte mit keiner Wimper. Franz hatte sie zum Glück so deutlich gewarnt, dass sie sich hatte darauf einstellen können. Sie legte noch eins drauf. „Ja, der Franz ist immer wieder so."

Franz schluckte. Er musste es schlucken. Aber, dachte er, wenn du meine Freundin geworden bist, dann zahle ich dir das heim. Mich bei meiner Mutter anzuschwärzen!

„Ja", sagte die Mutter, die die Susanne immer netter fand, „manchmal denkt der Franz nur an sich. Aber im Grunde ist er ein guter Kerl."

„Ich brauch jetzt einen Kaffee", sagte Franz. „Einen großen Kaffee!" Und ich habe sie davor gewarnt, dachte Franz, dass es in Dornbirn den Viehmarkt gibt. Und jetzt verhandelt die Susanne mit meiner Mutter über meinen Wert.

Es war ein Frühstück in aller Eile. Aber es war ein wunderbares Frühstück. Franz sah sehr wohl, dass da mehr auf dem Tisch war wie üblich. Wegen seiner Freundin. Das war klar. Mutter gab das Beste. Und die beiden Frauen schienen sich auf Anhieb zu verstehen.

Franz drängte zur Eile. Dass sich seine Mutter und Susanne so gut verstanden, das hätte unter anderen Vorzeichen bei ihm Begeisterung ausgelöst. So aber wurden seine Gefühle immer gemischter.

Als sie wieder im Auto saßen, war Franz schweigsam. Susanne aber schien recht vergnügt. Die Straße wurde schmal. Franz saß angespannt hinter dem Steuer. Die Anspannung kam nicht von der steilen Bergstraße. Die kannte er. Franz fragte sich, was ihn am Klausberg erwartete. Am Straßenrand war ein Wegweiser. Zur Ilgakapelle.

„Wie kommt denn die hierher? Ilga. Das ist doch ein nordischer Name", wunderte sich Susanne.

„Die Ilga? Das war eine Einsiedlerin, die Schwester von Diedo und Merbod. Um eintausendeinhundertundfünfzehn soll sie gestorben sein. Da oben." Franz deutete mit der Hand rechts hinauf. „Dort steht jetzt eine Kapelle und dort ist auch die Quelle."

„Was für eine Quelle?"

„Wo man hingeht, wenn man ein Augenleiden hat. Das Wasser soll heilen. Also die Geschichte geht so. Beim Lorenapass hat sich die Ilga von ihren Geschwistern unter Tränen verabschiedet."

„Wo ist der Lorenapass?"

„Das war der älteste Übergang in den Bregenzerwald. Bist du einmal Schifahren gegangen in Alberschwende? Du weißt doch, das ist der erste Ort, wenn man aus dem Rheintal in den Bregenzerwald fährt. Warst du da schon?"

„Nein, aber der erste Ort. Du meinst, wenn man aus dem Tunnel heraus kommt, du meinst den?"

„Genau. Also von da rechts rauf. Dann kommt der Lorenapass und von da kommst du nach Schwarzenberg."

„Ach so, die kamen aus dem Rheintal."

„Ja", bestätigte Franz. „Sie waren der Legende nach Montforter. Aus dem Adelsgeschlecht der Montforter."

„Die Montforter gabs bei euch in Vorarlberg und in Tettnang. Alles klar."

„Die Heilige Ilga hat Wasser in ihrer Schürze getragen. Da oben hat sie es ausgeschüttet. Da ist dann die Quelle entsprungen und da hat sie gelebt."

„Wasser in der Schürze tragen, wunderbar", stellte Susanne fest. „Eurer Ilga geht's ja wie im Märchen."

„Und in deiner Bibel sind genauso Märchen", konterte Franz.

Susanne war einen Augenblick still. „Siehst du das so?"

„Ja!"

„Ich glaube, ich habe in meinem Unterricht bis jetzt versagt. Ich sollte mich doch auf Kinder konzentrieren und das mit dir lassen."

Franz erschrak. Das ging jetzt in eine Richtung, die ihm nicht gefiel. Aber es war nun einmal seine Meinung. Vielleicht nicht alles in der Bibel. Aber vieles war seiner Meinung nach Märchen, Legende, Sage.

Susanne sagte plötzlich ganz entschieden: „Halte mal an!"

Franz wusste nicht, was sie wollte, aber er gehorchte. Würde sie jetzt aussteigen?

„Schau mich an", sagte Susanne. „Du kannst dir Gedanken machen und vielleicht Elemente von Sage, Legende oder erfundener Wundergeschichte in der Bibel entdecken. Die Bibel ist von Menschen geschrieben und in ihrer Entstehung sehr alt und aus einer anderen Kultur. Aber sie ist - und das ist nun einmal die Spannung - zugleich Gottes Wort an uns Menschen und von ewiger Gültigkeit. Die Bibel ist auch Gottes Wort an dich, Franz. Und jetzt fahr, wir gehen heuen."

Franz sagte nichts dazu. In den Augen von Susanne war eine Entschiedenheit und Gewissheit, die nicht mehr zu hinterfragen war. Das machte ihn stumm. Sie wusste etwas, das er nicht wusste. Und sie sah etwas, das er nicht sehen konnte. Er startete das Auto wieder und sie fuhren weiter hinauf zur Alpe.

Franz sah den Tobias vor dem Alpgebäude. Der war mit dem Balkenmäher beschäftigt. Tobias richtete sich auf, als der Golf vor ihm hielt. Dann sah er den Franz und das Mädchen daneben. Mit dem Schraubenschlüssel in der Linken sauste er um das Auto herum und öffnete galant die Tür. „Darf ich der schönen Frau aus dem Auto helfen", fragte er.

Susanne sah auf seine ölverschmierten Hände und antwortete: „Lieber nicht. Schwarze Sonnencreme wär zwar mal was Neues. Aber nein danke."

Tobias sah auf seine Hände. „Gut, lass ich es halt sein." Er ging um das Auto herum auf Franz zu, der inzwischen ausgestiegen war. Tobias grinste von einem Ohr zum andern. „Das ist also die Arbeit am Wochenende. So eine Arbeit möchte ich auch einmal haben. Das muss ja sehr anstrengend sein." Eh sich Franz versah, rempelte er Franz den Ellbogen in die Rippen.

„Was ist mit der Arbeit am Wochenende", warf Susanne ein.

„Der Kerl hat mir am Telefon, wenn ich gefragt habe, ob er Zeit hat für eine Tour am Wochenende, immer gesagt, dass es so viel Arbeit gibt in der Firma. Er muss Überstunden machen. Er kann nicht weg. Das hat er gesagt."

Susanne sah Franz an. „Stimmt das?"

Franz nickte. „Das ist doch den Tobias nichts angegangen."

„So? Da gehen wir jahrelang miteinander in die Berge. Ich denke, wir sind nicht bloß verwandt, sondern Freunde und dann erzählst du mir von der vielen Arbeit und du tust mir leid, weil du im Sommer in der Firma hocken musst und dabei…" Tobias drehte sich zu Susanne und betrachtete sie von oben bis unten. Doch Dornbirner Viehmarkt, dachte Susanne. Tobias streckte ihr die Hand entgegen, dabei merkte er wieder, wie seine Hand aussah. „Ach so. Meine Hände sind von der Montiererei dreckig. Ich bin der Tobias, der Cousin von diesem arbeitsamen Menschen, der an den Wochenenden in der Firma hockt. Hast Du", Tobias wandte sich mit einem mehr als zweideutigen Lächeln an Franz, „auch für die Dame zufriedenstellend gearbeitet?" Ohne auf eine Antwort zu warten, drehte sich Tobias weg. Er schwang den Schraubenschlüssel. „Aber jetzt muss ich diesen blöden Mäher richten. Du, Franz könntest die Ränder mähen und sie…"

„Ich heiße Susanne", warf Susanne dazwischen.

„Freut mich echt." Tobias sah den Franz an. „Also vielleicht könnte deine Freundin hinter dir mit der Gabel…Du kennst dich eh aus." Tobias bückte sich und beschäftigte sich wieder mit der Mähmaschine.

Franz ging in die Tenne, nahm einen Wetzsteinbehälter und eine Sense. Wortlos nahm er eine Gabel und drückte sie Susanne in die Hand. Dann ging er zum Brunnen, füllte Wasser in den Behälter des Wetzsteins und hängte sich den Behälter mit dem Wetzstein an den Gürtel. Seine Augen schweiften über die Alpe. Dabei sprachen beide kein Wort.

„Gehen wir da hinauf", sagte Franz.

„Franz!"

„Ja."

„Warum hast du das gemacht."

„Gehen wir jetzt mähen."

„Deswegen kannst du mir doch eine Antwort geben."

„Verstehst du das denn wirklich nicht, Susanne? Wie soll ich dem Tobias sagen, dass ich über Bibelstellen mit dir rede und sonst nichts. Das glaubt doch keiner. Hast du vielleicht nicht gehört, wie er gesagt hat, genau wie die Mutter daheim ‚deine Freundin'? Und dann noch das Andere!"

„Franz", Susanne zog das A in seinem Namen nicht nur in die Länge. Das A wechselte auch in der Tonhöhe. „Du könntest ja einmal darüber nachdenken, warum ich mit dir klettern gehe und jetzt heuen zu deiner Verwandtschaft. Ich denke nämlich auch darüber nach. Und irgendwie, Franz, verstehe ich es selber nicht. Ich glaube fast, ich will es nicht wissen. Aber etwas weiß ich ganz sicher, ich hasse lügen."

Franz drehte sich um und sah sie lange an. In ihm arbeitete es. Er hatte gehört, was sie gesagt hatte. Er hatte auch die Zwischentöne gehört. Es war ihm warm geworden. Das lag nicht nur an der Sonne, die jetzt schon an Kraft gewonnen hatte. Da war etwas in der Stimme von Susanne gewesen. Aber er wusste nicht, was er sagen sollte. Es fiel ihm nichts ein. Einfach nichts. „Gut", sagte er nur. „Ja, gut." Dann drehte er sich um und ging weiter bis dahin, wo er mähen wollte.

Ein Stück drüben war der Toni schon an der Arbeit. Bei ihm war Gabi, seine Tochter. Er sah den Franz und rief ihm zu. Franz rief zurück. Auch die Gabi rief einen Gruß. Franz begann die Sense zu schwingen. „Susanne, du kannst hinter mir das Gras vom Graben wegziehen."

„Ich weiß schon, was ich tun muss."

„Wieso.."

„Ich hab dir doch gesagt, dass ich eine Gabel halten kann. Du hast nicht gefragt, wie ich das meine. Bei uns in der Gemeinde ist ein Ehepaar, ein älteres, die sind aus Bösenreutin.

„Von wo sind die?"

„Aus Bösenreutin."

„Das ist jetzt aber nicht dein Ernst?"

„Doch, das ist ein Weiler an der Laiblach, ganz an der Grenze zu Vorarlberg. Die Leute, die von dort sind, haben eine Landwirtschaft. Da habe ich jedes Jahr geholfen."

„Na, dann", sagte Franz und mähte weiter.

Bei der Alphütte knatterte jetzt der Balkenmäher. Tobias hatte es geschafft. Susanne sah, wie er den Mäher in den Hang hinein steuerte und wie das Gras fiel. Sie arbeitete hinter Franz. Mit der Regelmäßigkeit eines Uhrwerks fuhr die Sense durchs Gras. Franz trug ein Leibchen. Die Schultern und die Arme waren frei. Bei jedem Schwung der Sense spielten seine Muskeln. Susanne sah wie die Haut zu glänzen begann, weil sich kleine Schweißperlen bildeten. Sie sammelten sich zu Tropfen. Das Leibchen von Franz wurde am Rücken nass. Und immer dieses Spiel der Muskeln. Susanne hatte erlebt, wie stark Franz war. Er hatte sie einfach hoch gehoben. Sie seufzte innerlich. Ich habe mir vorgenommen, nur einen gläubigen Mann zu nehmen, sagte sie sich, während sie das Gras aus dem Graben ins Flachere warf. Hinter Franz arbeitend, betete sie. „Unsere Seelen, die von Franz und mir, müssen in eine Richtung ausgerichtet sein, auf dich Jesus. Auf dich! Wirst du das schaffen? Bitte. Ich muss dir nichts sagen. Du kennst mein Herz. Wenn ich diesen Kerl anschaue, wenn ich ihm zuschaue, wie er arbeitet, du weißt es Herr. Bitte, und wenn ein Erdbeben kommen muss und die Felsen bersten müssen, dann tu es. Der Kerl ist ein harter Brocken. Aber ich weiß um deine Größe. Tue es bitte, Jesus." Franz mähte und ahnte nicht, dass hinter ihm die Frau, nach der ihn verlangte, für ihn betete. Beim Heuen zu beten, das wäre Franz als Letztes eingefallen. Und doch tat Susanne genau das und lenkte damit sein Leben in eine für ihn jetzt noch undenkbare Richtung.

Tobias hatte inzwischen schon große Flächen mit der Maschine gemäht. Er war auch bis zu dem Streifen hin gekommen, den Franz mit der Sense mähte. Aber jetzt war keine Zeit für Worte. Tobias sah konzentriert auf die Messer der Maschine um den Mäher richtig zu lenken und kümmerte sich um sonst nichts.

Aus Schwarzenberg kam Karl herauf. Er startete den Heuwender und verteilte das gemähte Gras gleichmäßig auf den Hängen. Die Sonne stieg immer höher. Sie arbeiteten, bis alles Gras gemäht und ausgebreitet auf den Hängen lag.

Die Gabi war einmal vorbei gekommen und hatte ihnen was zum Trinken gebracht. Dabei hatte sie sich vorgestellt als Tochter vom Toni. Inzwischen war die Flasche leer. Susanne fuhr noch einmal mit der Gabel in einen Haufen Heu und verteilte ihn und dann ging sie mit Franz zur Alphütte.

Der Toni hatte eine hagere Gestalt und ein freundliches, wettergegerbtes Gesicht. „Das ist der Onkel Toni, mein Göte", stellte Franz sie einander vor. „Und das ist die Susanne aus Lindau. Sie hilft immer heuen in Bösenreutin", Franz zog das Wort Bösenreutin auseinander, aber niemand reagierte darauf, „und wie ich gesagt habe, dass ich da herauf komme, da hat sie einfach gesagt, dass sie auch mitgeht. Und jetzt ist sie halt da."

Toni streckte Susanne die Hand hin. „Vergelts Gott. Beim Heuen kann man jede Hand gebrauchen. Und was tust du, wenn du nicht heuen tust?"

„Ich bin Lehrerin", gab Susanne Auskunft.

Toni wandte sich an Franz. „Gratuliere!"

Es war klar, was er meinte. Er sagte es nur mit einem Wort. Der Franz verstand es und die Susanne verstand es auch. Franz erinnerte sich an die Vorstellung bei seiner Mutter. Er sah den Moment gekommen für die Revanche. „Gelt", sagte er, „da hab ich mir einen tollen Schatz geangelt."

Susanne lag schon ein Wort auf der Zunge. Aber dann überlegte sie es sich. Lieber kein Öl ins Feuer schütten. Sie dachte nur bei sich, ‚mich geangelt', es gibt ja erstens die Rede vom Anglerlatein und zweitens hast du den Fisch noch nicht an Land gezogen. Das kann für dich noch anstrengend werden.

Gott sei Dank fragte Toni jetzt den Karl, ob er die Brotzeit mitgebracht habe und da alle Hunger und Durst hatten, war jetzt das Essen ein Thema. Nachdem sie ausgiebig Wurst, Käse und Brot zugesprochen und auch ihren Durst gestillt hatten, schlug Toni vor, dass sie jetzt eine Pause machen könnten irgendwo im Schatten, bis es Zeit sein würde, das Heu zu wenden.

Susanne und Franz fanden einen Platz unter einem Bergahorn. Die anderen hatten sie allein lassen, weil man jung Verliebte ja nicht stören soll. Franz legte sich auf den Bauch und kaute an einem Grashalm. Susanne legte sich auf den Rücken, die Arme unter dem Kopf gekreuzt und sah in das Blätterdach über sich. Es war wunderbar still. Nach einer Weile sagte Susanne: „Das mit dem Schatz war dann an der Grenze."

„Das war nur eine Retourkutsche."

„Wofür?"

„Weil du mich bei meiner Mutter angeschwärzt hast."

„Ich dich bei deiner Mutter?"

„Du hast doch zur Mama gesagt, ich sei immer wieder so, immer wieder egoistisch."

„Oh. Aua! Verzeihung. Ok, dann sind wir jetzt quitt."

Susanne schloss die Augen. Sie schlief nicht. Aber sie war zufrieden mit sich und der Welt. Und tief in sich hatte sie das Gefühl, in der Hand Gottes zu liegen. Franz neben ihr kaute weiter an dem Grashalm und hatte auch sonst zu kauen. Dabei sah er Susanne an und sah sich nicht satt.

*

Franz und Susanne taten an diesem Tag noch auf der Alpe, was zu tun war. Dann fuhren sie ins Tal. Sie waren beim Toni zum Essen eingeladen. Toni hatte gesagt, dass es Käsknöpfle geben würde. „Fein", hatte Susanne erfreut reagiert, „die habe ich schon einmal in Schönebach gegessen. Wenn die auch so gut sind…" Damit hatte sie sich einen strafenden Blick vom Toni eingehandelt. „Meine Ilga macht die besten Käsknöpfle von Schwarzenberg, wenn nicht vom ganzen Wald." Käsknöpfle würde es also heute Abend geben. Aber vorher fuhren sie noch zu Franz. Eine Dusche war jetzt dringend notwendig.

Wieder wurden sie von der Mutter von Franz begrüßt. „Ich bin übrigens die Marianne", sagte sie. „Ich habe das heute am Morgen ganz vergessen. Sag Marianne zu mir. Und jetzt zeig ich dir dein Zimmer."

Die Tasche war immer noch im Golf. Susanne musste sie holen. Das Zimmer war geräumig, ein Doppelbettzimmer. Nachgemachte Bauernmöbel, vielleicht aus dem Anfang der siebziger Jahre, standen darin. „Und die Dusche ist gleich da." Marianne zeigte sie ihr. „Und die Tür da, das ist das Zimmer vom Franz." Susanne registrierte, dass das Zimmer von Franz ihrem Zimmer schräg gegenüber lag. Und sie selbst hatte ein Doppelbett. Für einen Moment war der Wunsch da, zu sagen, nein, das ist alles nicht so, wie ihr denkt. Es kann gar nicht so sein. Das ist alles ein Irrtum. Aber dann war der Augenblick der Panik wieder weg. Sie erinnerte sich, wie sie entspannt neben Franz unter dem Bergahorn gelegen war. Sie war sich sicher. Er würde das nicht ausnützen. Aber ein wenig Unsicherheit blieb doch.

Nachdem sie sich den Schweiß vom Körper gewaschen und in etwas Frisches geschlüpft waren, schlug Franz vor, dass sie zu Fuß zum Toni gehen könnten. Er habe jetzt Lust auf ein Bier und vielleicht würden es auch zwei werden, es sei nur eine Viertelstunde.

Das Haus vom Toni war ein stattliches Bregenzerwälderhaus. Der Stall und die Tenne waren erneuert worden. Das Wohnhaus, das schon zweihundert Jahre alt war, strahlte sein Alter und seine Geschichte aus. Vor dem Haus war vor zehn Jahren eine breite Terrasse errichtete worden. Auf ihr stand ein großer, uriger Tisch aus Lärchenholz und darum herum moderne Stühle. Onkel Toni saß da zusammen mit dem Vater von Franz. Sie hatten jeder eine Flasche Bier vor sich. Ein Glas war nicht notwendig. Als Susanne und Franz kamen, stand der Vater von Franz auf und hielt Susanne die Hand entgegen. Sie sah seinen prüfenden Blick. Aber der Blick war nicht so, wie man in Dornbirn…, das war, aber nicht doch…, doch tatsächlich. „Du bist also die Susanne. Der Toni hat mir schon erzählt, dass du heuen kannst wie wir hier herinnen. Da hat der Franz sich endlich die Richtige ausgesucht."

Susanne hatte den Blick also richtig gedeutet. Gekauft.

„Ich bin der Josef, der Vater von ihm", dabei deutete Josef auf Franz. „Ich bin schuld, dass es den Kerl da gibt. Aufs Land wollte er unbedingt. Als ob es da herinnen nicht schöner wär. Aber wenigstens bringt er was Gescheites mit. Komm setz dich da her zu uns." Der Vater von Franz machte eine einladende Bewegung. Susanne musste den Stuhl neben Josef nehmen.

„Wir werden hier draußen zusammen sitzen", erklärte Toni. „Das ist so ein milder Abend. Das muss man ausnützen. Die paar Wolken da hinten über dem Widderstein, da kommt nix."

Gabi kam aus der Küche mit einem Stapel Teller und Besteck. „Ach, ihr seid schon da. Was darf ich euch denn zum Trinken bringen?"

Franz zeigte auf die Flaschen. „Auch so was", sagte er.

„Und du Susanne?"

„Habt ihr das, ein saures Radler?"

„Na klar."

Sie bekamen ihre Getränke. Der Vater von Franz wandte sich an Susanne. „Ich habe gehört, du bist eine Lehrerin. Ja wo denn?"

Susanne gab Auskunft. Dann kam die nächste Frage. Es war klar, er wollte alles wissen über seine zukünftige Schwiegertochter. Während Susanne Auskunft gab, immer ein wenig vorsichtig und eher im Beiläufigen bleibend, fragte sie sich, was hier eigentlich los war. Warum kam sie hier an und wurde wie die hoch willkommene Braut vom Franz behandelt? Franz hatte sie doch eher gewarnt, dass man sie kritisch und abwartend anschauen würde. Vielleicht ist es, dachte sie, weil ich die Braut eben nicht bin. Das hier ist alles nur ein Sommertheater zur Belustigung der Zuschauer. Aber in diesem Spiel gab es keine Zuschauer, sondern nur Teilnehmer. Und einer davon war sie. Theater. Das musste ausgerechnet ihr passieren. Sie fühlte sich der Wahrheit verpflichtet. Sie fühlte sich Jesus verpflichtet. Und Jesus war die Wahrheit. Ich hätte doch nicht hier her kommen sollen. Ich werde es nie lernen. Ich hüpfe in etwas hinein und dann merke ich erst, in was ich hinein gesprungen bin. Diesmal in die ungewollte Rolle der Freundin und jetzt für den Vater von Franz schon in die Rolle der Braut. So ist dieser Josef zu mir. Dabei hat mich der Franz gewarnt. Der Franz schon. Aber ihre innere Stimme, die sie kannte und auf die sie hörte, die hatte sie nicht gewarnt. „Jesus spielst du da ein Spiel mit mir? Nein nicht mit mir. Das tust du nicht. Aber spielst du in diesem Spiel irgendwie mit?" Jesus schwieg.

Dafür wurde es am Tisch immer lauter. Tobias und Karl waren gekommen. Auch die Mutter von Franz war da. Ilga hatte gesagt: „Wenn ich schon Knöpfle mache, dann kommt doch auch."

Ilga kam mit einem geröteten Kopf und einer Riesenschüssel Kartoffelsalat aus der Küche. Sie wischte sich den Schweiß von der Stirn. „Bei dem Wetter ist es warm da drin am Herd", sagte sie. Sie begrüßte alle. Als sie zu Susanne kam, breitete sie die Arme aus und drückte Susanne an sich. „Du bist also die Susanne". Sie drückte Susanne noch einmal. Das war nicht Wälderart. Aber als Ilga die Susanne sah, da mochte sie das Mädchen. Sie konnte nicht sagen warum. Aber Susanne war ihr ans Herz gewachsen, in dem Augenblick, als sie sie sah. „Das ist recht", sagte sie zu Susanne. „Das ist recht." Susanne wusste nicht, was recht war, aber sie hatte sowieso den Eindruck, dass sie heute ein wenig die Kontrolle verloren hatte über das, was geschah.

„Gleich bin ich fertig, gleich ist es soweit", sagte Ilga und verschwand wieder in der Küche.

Sie kam zusammen mit Gabi zurück. Jede von ihnen trug eine dampfende Schüssel mit Käsknöpfle zum Tisch. Goldbraun glänzten obenauf die gerösteten Zwiebel und der Geruch von Zwiebeln und von Käse verbreitete sich am Tisch. Die Käsknöpfle schmeckten himmlisch. Nach dem langen Tag und der schweren Arbeit schmeckten sie einfach super.

„Wirklich, so gute Käsknöpfle habe ich noch nie gegessen", sagte Susanne.

„Na, so oft wirst du die ja auch noch nicht gegessen haben", warf Ilga ein. „Das ist ein typisches Vorarlberger Gericht."

„Ja das stimmt schon. Aber ich war in Schönebach, im Gasthaus Egender. Das ist berühmt für seine Knöpfle. Aber die hier sind noch besser. Kann ich das Rezept haben?"

„Das Rezept kannst du schon haben", antwortete Ilga. „Aber es kommt auf den Käse an. Du brauchst dazu den richtigen Bergkäse. Am besten sechs Monate gereift. Und noch wichtiger ist der Räßkäse. Manche tun auch noch Emmentaler dazu. Aber ich nicht."

„Räßkäse, den kenn ich gar nicht."

„Das ist ein scharfer, pikanter Käse. Zum pur essen nicht jedermanns Geschmack. Der Toni hat ihn gern. Aber dann braucht er ein Bier dazu. Ich geb dir nachher das Rezept. Aber wie gesagt, der richtige Käse ist wichtig."

„Ich hab dir ja gesagt, dass die Knöpfle von meiner Ida die besten sind", warf Toni ein. Das war so etwas wie ein Schlusspunkt. Für eine Weile gab sich jeder dem Essen hin.

Als die Teller abgeräumt wurden, stand Toni auf und kam dann mit einer Schnapsflasche und Gläsern zurück. „Ein Schnaps für die Verdauung tut gut", meinte er. Als er auch Susanne ein Glas reichen wollte, wehrte sie ab. „Nein, keinen Alkohol mehr. Sonst lege ich mich morgen droben nur unter den Ahornbaum."

„Dann lieber nicht", sagte Toni und reichte das Glas dem neben ihr sitzenden Franz. „Ich könnt auch ein Glas Wein anbieten, einen weißen oder roten. Aber morgen müssen wir wieder hinauf und der Tag wird sicher so heiß werden wie heute."

Die Ida und die Marianne wollten ein Glas Weißwein. Und die Männer nahmen noch ein zweites Bier. Die Gespräche wurden angeregter. Toni erzählte Josef, dass er unter der Woche auf der Schadonaalpe war, wo er vier Rinder stehen hatte. „Stell dir vor, wie ich auf die Alpe komme, da sehe ich solche Säcke. Hühnermist. So als Pellets gepresst. Holländischer

Hühnermist. Da frag ich den Alpmeister, was das Zeug da heroben tut. Da sagt er mir doch wirklich, dass sie das auf der Alp verteilen wollen. Da bin ich fuchsteufelswild geworden. ‚Ich streng mich unten im Tal an, dass ich eine nachhaltige Landwirtschaft habe, kein Silofutter und so. Und da heroben würdet ihr Hühnermist aus Holland verteilen mit einem Haufen Antibiotika drin. Und meine Rinder sollen dann das Gras fressen. Wenn ihr das tut', habe ich zu ihm gesagt, ‚dann ist das morgen in der Zeitung. Und meine Rinder waren die längste Zeit auf der Alpe'. Wir haben gehörig gestritten. Manche Bauern sind verrückt. Einfach immer mehr Gras und immer mehr Viecher. Da macht man alles kaputt."

Josef stimmte dem Toni zu. „Mit den Maschinen ist es ja auch so. Immer größer und immer teurer."

Tobias saß neben Gabi und stieß sie an: „Meinst du, sie passt zu ihm, die Wochenendbeschäftigung vom Franz?"

Franz hatte die Frage gehört. Bevor Gabi antworten konnte, schaltete sich Franz ein. „Du Tobias, es könnt sein, dass du ganz plötzlich von einem Gipfel abstürzt. So ein kleiner Unfall hat schon manchen mundtot gemacht." Der Tonfall von Franz war dabei nicht so, wie wenn man einen Witz macht.

„Jetzt schau dir das an", sagte Tobias, „Der tät doch glatt wegen seiner Susanne einen Mord begehen. Das muss aber eine große Liebe sein."

Ilga fuhr dazwischen. „Jetzt hört auf, ihr beiden. Gell Tobias", die Stimme von Ilga wurde jetzt ganz süß, „der Neid ist was Grausliches." Dann wandte sie sich an Susanne. „Komm, wir gehen in die

Küche. Ich geb dir das Rezept. Derweil können sie sich ja hier die Köpfe einschlagen, wenn sie wollen." Sie erhob sich und Susanne folgte ihr. Bevor sie vom Tisch weg ging, drehte sie sich noch einmal um. Sie sagte nur „Franz!" und dann ging sie mit Ilga ins Haus.

Das eine Wort hatte genügt. Wenn sie seinen Namen sagte, dann klang sein Name, wie er noch nie geklungen hatte. Franz drehte sich einfach von Tobias weg und wandte sich zu seiner Mutter hin. Da gab es auch zu reden.

Die Küche war groß und geräumig. Ilga ging zum Kühlschrank und holte ein Stück Käse heraus. „Das ist der Räßkäse", sagte sie. Sie schnitt ein kleines Stück ab und hielt es Susanne hin.

„Das ist aber scharf", rief Susanne aus, als sie gekostet hatte. „Kann ich bitte ein Glas Wasser haben?"

Sie bekam das Wasser.

Ilga holte ein Blatt Papier und setzte sich an den Tisch. „Wir sagen hier Knöpfle. Ihr nennt das Spätzle. Das ist derselbe Teig. Nur, ihr schabt die Spätzle ins heiße Wasser." Ilga ging zur Abwasch. „Schau, wir haben das da, einen Hobel mit Löchern und drauf diesen Kasten. Da hinein füllen wir den Teig und dann fahren wir mit dem Kasten hin und her", Ilga machte es Susanne vor, „und dann tropft der Teig ins kochende Wasser."

„Das ist aber praktisch", stellte Susanne fest.

Ilga ging wieder zum Küchentisch, um zu schreiben. Susanne bewunderte die schöne Schrift von Ilga. Geduldig stand sie da und wartete, während Ilga schrieb. Dabei schweifte ihr Blick durch die Küche. Hier war einfach der Scharm eines alten Bauernhauses. Wie die Stube wohl aussehen würde?

„Da hast du das Rezept". Ilga drückte es ihr in die Hand.

Käsknöpfle für 4 Personen

½ kg Mehl

4 Eier

¼ l Milch

1 Prise Salz

200 Gramm geriebener Bergkäse

100 Gramm geriebener Räßkäse

1 Zwiebel

Den Teig zubereiten. Etwa vier Liter Wasser zum Kochen bringen. Den Teig eintropfen. Die Knöpfle Lagenweise in eine Schüssel geben. Den vermischten Käse dazwischen streuen. Als letzte Lage Käse drauf geben. Die Zwiebeln mit Mehl bestäuben. In Butter oder Öl goldbraun rösten und darüber geben. Heiß servieren.

„Wenn der Teig nicht gut genug in das Wasser tropft, dann kannst du noch einen Löffel Wasser dazu geben. Der Teig darf nicht zu zäh sein", sagte Ilga.

„Danke", sagte Susanne. „Darf ich die Stube auch sehen? Mir gefallen diese Bauernstuben so gut."

„Aber selbstverständlich." Ilga ging mit Susanne in die Stube.

„Ist das ein schöner Kachelofen", begeisterte sich Susanne. Sie ließ ihren Blick weiter durch die Stube wandern. Da war der übliche Herrgottswinkel. In ihm hing ein Kreuz mit einem Barock anmutenden Korpus. Susanne fiel die Schönheit der Schnitzerei auf. Wenn diese Katholiken doch Jesus nicht nur überall als Gekreuzigten hängen hätten, sondern auch an den lebendigen Jesus glauben würden, dachte sie.

Ilga war der Blick aufgefallen, mit dem Susanne das Kreuz ansah. „Ein schöner Herrgott, nicht? Den hat mein Großvater aus Gröden mitgebracht, ohne das Holzkreuz, nur den geschnitzten Herrgott. Der Großvater war im 1. Weltkrieg an der italienischen Front. Er hat immer gesagt, der Herrgott hat mich beschützt. Der da."

Ach, dachte Susanne, sie glauben mehr an Fetische als an den lebendigen Gott. Ihr Auge schweifte weiter durch den Raum. Dabei fiel ihr Auge auf ein paar Bücher. Selbst im Abstand konnte sie lesen: *Willam, Leben Jesu*. Sie stutzte. *Willam, Leben Jesu*. Ein Buch von Jesus hier in dieser Stube? Sie ging darauf zu und fragte: „Darf ich?" Ilga nickte. Susanne zog das Buch heraus. Es war in graues Leinen gebunden und in einer schon etwas antiquiert wirkenden Schrift stand darauf: *Das Leben Jesu im Lande und Volke Israel Von Franz Michel Willam*. Das Buch wirkte zerlesen und abgegriffen. „Hast du in diesem Buch gelesen", fragte Susanne.

„Gelesen?" Ilga lachte. „Ich kann es fast auswendig."

Susanne schlug das Buch aufs Geratewohl auf und las laut: *„Nach und nach wurde den Leuten klar, was der letzte Grund für die Herablassung Jesu war. Er sah im Menschen an und für sich etwas Wichtiges,* *und zwar etwas so Wichtiges, daß sich nichts mehr änderte, ob einer, um die Leute zu rühren, als Bettler aus einem schmutzigen Fetzenhemde einen Armstumpf hervorstreckte, oder, um mit seinem Reichtum zu prahlen, in buntgestreiftem Oberkleid einherschritt.*

Daß alle Menschen gleich seien, hatten ja andere auch schon gelehrt, alle diese hatten jedoch festgestellt, daß alle nichts wert sind. Jesus aber lehrte, daß alle schließlich und endlich gleich kostbar seien, weil jeder von ihnen dem Vater im Himmel ähnlich werden und so mit ihm, dem Höchsten und Größten, in eine Gemeinschaft treten konnte. Tat er dies, so trat er damit in das Himmelreich ein und war mit Gott selbst enger verbunden, als je ein Mensch sich mit einem anderen verbinden kann.

Die Menschen waren nach seiner Lehre etwas Größeres, als früher ein Weiser zu glauben gewagt hatte. Etwas Größeres freilich nicht als Herren dieser Welt, als was sie sich in ihren Träumen vom messianischen Reich sahen, sondern als Erben jenes Himmels, auf den sie vergessen hatten!"

„Glaubst du das denn Ilga?", fragte Susanne erstaunt.

„Glauben? Ja aber selbstverständlich. Jesus hat uns doch den Himmel aufgemacht."

„Du glaubst an Jesus, an die Rettung und Erlösung durch Jesus?"

„So lang der Heilige Geist mein Herz erleuchtet, so lang, denk ich, so lang glaub ich es."

Das kam für Susanne so unerwartet, dass sie sich setzen musste. „Und ich habe gedacht", sagte sie halblaut vor sich hin, „ich bin hier unter lauter

Heiden." Lauter fuhr sie fort: „Ich habe mich mit achtzehn für Jesus entschieden. Ich gehöre ihm", sie lächelte verschmitzt, „und er gehört mir."

„Darum", rief Ilga aus. „Darum!"

„Was, darum?"

„Darum warst du mir gleich so sympathisch. Ich habe dich gesehen und du warst mir ans Herz gewachsen. Ist das schön, dass du mit Jesus gehen willst. Ist das schön. Was für ein Glück der Franz doch hat."

Susanne hatte es satt. Sie hatte dieses Theater gründlich satt. „Es ist alles ganz anders", sagte sie. Es musste jetzt einfach gesagt werden.

„Ja, was ist denn anders? Das mit dem Glauben? Und ich dachte…ich hatte dich verstanden…" Die Stimme von Ilga klang enttäuscht.

„Nein, nein, nicht das mit dem Glauben, das mit dem Franz!" Und nun erzählte sie alles. Endlich. Endlich war da jemand in Schwarzenberg, dem sie sagen konnte, wie es wirklich war.

Ilga hörte aufmerksam zu. Sie lachte nicht. Sie machte auch kein enttäuschtes Gesicht. Sie hörte nur zu.

Am Ende fragte sie und niemals hätte Susanne gedacht, dass eine Katholikin sie das fragen würde: „Liebst du Jesus?"

„Ja."

„Dann gräm dich nicht darüber, dass du hier her gekommen bist und als Braut schon gekauft worden bist. Jesus hat das in der Hand."

Susanne atmete tief durch. Ilga hatte recht. Jesus hatte das in der Hand. „Aber wie bist denn du, wie bist du zu Jesus gekommen", fragte sie Ilga.

Ilga zeigte auf das Buch von Willam, das auf dem Tisch lag. „Der Willam war Kaplan in Andelsbuch, gleich drüben Wir haben Verwandte in Andelsbuch. Ich war als Kind oft dort. Und da war der Willam Kaplan. Er hatte so eine liebevolle Art. Er hat immer wieder von Jesus geredet. Von der Muttergottes auch. Aber mich hat einfach Jesus angezogen. Ich hab als Kind schon angefangen, mit Jesus zu reden. Er war mein Freund. Er ist es bis heute." Ilga zeigte auf das Kreuz im Hergottswinkel. „Niemand hat so viel für mich getan, wie er." Sie musste auf einmal lachen. „Wie mich der Toni kennen gelernt hat, das ist jetzt schon über dreißig Jahre her, da hab ich zu ihm gesagt ‚Ich hab dann noch einen Freund und den lass ich nicht fahren, auch wegen dir nicht'. Du hättest das Gesicht vom Toni sehen sollen. Ich hätts auch anders sagen müssen. Aber ich habe es ihm leider so gesagt. ‚Ja dann', hat der Toni zu mir damals gesagt, ‚dann ist es halt nix mit uns'. ‚Ich meine Jesus, Jesus ist mein Freund, den lass ich nicht und ich will, dass du das weißt und dass du das respektierst' habe ich zu ihm gesagt. Der Toni war echt verstimmt damals. Wir haben darüber reden müssen. Hier im Wald redet man aber eigentlich wenig oder gar nicht über den Glauben, jedenfalls nicht über den Glauben, den man im Herzen hat. Aber mit der Zeit hat der Toni mich besser verstanden." Ilga machte eine Pause. „Aber ganz versteht er mich bis heute nicht." Ilga blickte nachdenklich vor sich hin. „Du hast recht Susanne und es ist gut, wenn du auf die Stimme von Jesus hörst. Warte."

„Würdest du bitte für Franz beten?"

„Ja, was glaubst denn du, was ich tu, seit der Bub auf der Welt ist? Toni ist ja der Taufpate vom Franz. Nur, vielleicht hätte ich ihm mehr von Jesus erzählen sollen. Aber dafür hat er jetzt ja dich." Der Blick von Ilga ging zur großen Wanduhr. „Wir müssen uns jetzt aber draußen wieder sehen lassen." Ilga stand auf, nahm das Buch vom Tisch und steckte es wieder ins Regal. Dabei sagte sie: „Und dieses Buch da, das vom Willam, das hat mir Jesus so lebendig gemacht. So richtig zum Menschen ist er mir geworden. Das hat gut getan. Es tut immer noch gut."

Draußen wurden sie empfangen, als ob sie von einer Weltreise zurück kämen. „Ja, wo wart denn ihr so lange?"

„Hast du gleich das ganze Kochbuch von meiner Mutter abgeschrieben", fragte Gabi.

„Ja, als Ehefrau muss man kochen können." Das war wieder der Tobias.

Ilga wandte sich an Franz. „Sag einmal, wie du die Erstkommunion gehabt hast, da habe ich dir doch ein Buch über Jesus geschenkt. Hast du das noch?"

Franz dachte nach. Es brauchte eine Weile, bis er sich an das Buch erinnerte, ein Buch mit vielen Bildern. Aber wo das Buch war, das wusste er beim besten Willen nicht. Vermutlich war das mit anderen Kindersachen daheim auf dem Dachboden. Das konnte er Ilga nicht sagen. „Ich glaube", druckste er herum, „ich glaube, ich hab es daheim in irgend einer Schublade."

„Also, du hast es schon lange nicht mehr gesehen?"

Das war richtig. Da konnte Franz einfach „Ja!" sagen.

„Dann würde ich dir raten, dass du es suchst. Vielleicht findest du ja jemand, der dir beim Suchen hilft und dich beim Lesen unterstützt." Nach dem letzten Wort drehte sich Ilga einfach weg und ließ den Franz sitzen, wo er saß. Und der saß jetzt sehr schwer auf seinem Stuhl. Sein Blick suchte Susanne. Aber die unterhielt sich mit seiner Mutter und sah nicht zu ihm her. Franz war doch nicht blöd. ‚Vielleicht findest du jemand, der dir beim Suchen hilft und dich beim Lesen unterstützt'. Darum waren die Frauen so lange im Haus gewesen. Susanne hatte Ilga gesagt, wie es um sie beide stand und was wirklich los war. Franz fühlte sich verraten. Es tat ihm inwendig weh. Die falsche Rolle war nicht gut gewesen. Aber die Wahrheit war für ihn, hier in seiner Familie, noch schlechter. Franz wäre am liebsten aufgestanden und heim gegangen. Aber das ging nicht. Das hätte erst recht wieder Anlass zum Reden gegeben.

Als sie dann gemeinsam zu ihm heim gingen, war Franz sehr schweigsam. Susanne merkte, dass er verstimmt war.

„Was ist denn los?"

Franz schwieg. Die Enttäuschung hatte sich nun schon eine gute Stunde in ihn hinein gefressen. Es tat einfach weh. Er mochte nicht reden. Nicht jetzt.

„Ich habe dich gefragt, was denn los ist", blieb Susanne hartnäckig.

„Du hast der Ilga gesagt, was wirklich zwischen uns ist, nämlich gar nichts! Gar nichts! Ich bin nur dein Schüler." Das klang fast bitter.

„Wie kommst du da drauf", fragte Susanne.

„Ja glaubst du, ich bin blöd? Weißt du, was sie zu mir gesagt hat? Zuerst hat sie mich nach einem Kinderbuch gefragt, nach einem Jesusbuch, das sie mir vor zwanzig Jahren geschenkt hat. Weiß doch ich nicht, wo das Buch ist. Das habe ich ihr gesagt. Und da hat sie mir einen Rat gegeben. ‚Dann würde ich dir raten, dass du es suchst. Vielleicht findest du ja jemand, der dir beim Suchen hilft und dich beim Lesen unterstützt.' Das hat sie gesagt."

Das musste Susanne nun zuerst verdauen. Sie waren jetzt schon fast beim Haus angekommen. Susanne befürchtete, dass Franz jetzt einfach so von ihr weggehen würde. „Bitte, geh jetzt noch nicht hinein, bitte, ich möchte darüber mit dir reden."

Auch wenn es jetzt eine Enttäuschung in Franz gab, es wäre ihm unmöglich gewesen, ihre Bitte auszuschlagen. Er ging einfach am Haus vorbei. Unter einem Nussbaum stand eine Bank. Er ließ sich darauf nieder.

„Red", sagte er nur.

„Hast du gewusst", begann Susanne, „dass deine Tante Ilga an Jesus glaubt, so an Jesus glaubt, wie ich?"

„So wie du?" Franz fragte sich, ob er richtig gehört hatte. „So wie du?"

„Ja, so wie ich. Jesus ist für sie ihr Retter, ihr König und ihr Freund."

„Stimmt das wirklich?"

„Sie hat es mir selbst gesagt."

Franz sah vor sich hin in die vom Sternenlicht erhellte Nacht. Bin ich denn jetzt von Jesus umzingelt, fragte er sich. Glauben plötzlich alle an Jesus nur ich nicht? Aber dann fiel ihm wieder ein, was ihn so sauer gemacht hatte. „Warum hast du es ihr gesagt?"

„Wie ich entdeckt habe, dass sie an Jesus glaubt, es war wegen diesem Buch vom Willam, da konnte ich dieses Theater vor ihr nicht mehr weiter machen. Sie hat ja auch gedacht, du und ich…Ich konnte sie nicht anlügen. Sie wird es auch niemand sagen. Deine Tante hält dicht. Aber ich konnte jemanden, der so an Jesus glaubt wie ich, es war so überraschend, nicht mehr…Ich konnte nicht. Ich habe nicht gedacht, dass das so wird. Hast du den Tobias gehört, wie ich mit deiner Tante raus gekommen bin, hast du es gehört, das von der Ehefrau? Wenn das so weiter geht, wache ich eines Morgens auf und lieg bei dir im Bett und hab einen Ehering an und ich war nicht einmal bei der Hochzeit dabei. Die hat stattgefunden und ich weiß nichts davon." Susanne hatte sich in Fahrt geredet. Sie war aufgestanden, von ihm abgewendet redete sie weiter. „Wenn ich noch wüsste, was das zwischen uns ist, dann wüsste ich mehr. Glaubst du eigentlich, ich habe keine Gefühle? Glaubst du das wirklich?" Susanne drehte sich mit einem Ruck zu ihm um und ging auf ihn zu. Sie blieb vor ihm stehen, so knapp, dass sie ihn fast berührte. „Mit jeder Minute, die ich mit dir verbringe, komme ich dir näher und ich darf dir doch nicht nahe kommen. Jesus hat gesagt: Warte. Ich habe das Gefühl, ich stehe auf einem Bahnhof und warte auf den Zug. Alle Leute um mich herum sagen mir, dass der Zug schon abgefahren ist. Nur deiner Tante habe ich sagen können, dass der Zug noch nicht angekommen ist und sie hat mich verstanden."

Franz sagte darauf nichts. Es fiel ihm nichts ein. In ihm hallte der Satz nach ‚Glaubst du, ich habe keine Gefühle?' Darauf konnte er ja keine Antwort geben. Auf diese Frage wusste nur Susanne eine Antwort. Er konnte besten Falls Vermutungen anstellen. Was er aber spürte, das war, dass sie wünschte, dass er sie verstand. Aber er konnte sie nicht versehen. Er konnte sie stehen lassen aber nicht verstehen. Für ihn gab es keinen Jesus, der „Warte" sagen konnte. Das verstand er nicht.

Sie saßen auf der Bank und schwiegen. In diesem Schweigen wurde das Gemeinsame wieder größer als das Trennende. „Ok", sagte er nur, „es ist gut."

„Ich denke wir sollten ins Bett gehen. Morgen müssen wir wieder früh raus. Ich freu mich schon auf meinen Muskelkater", sagte Susanne.

Sie gingen zurück zum Haus, wünschten sich eine gute Nacht und trennten sich.

*

Am Morgen war es so, wie Susanne voraus gesagt hatte. Sie hatte in den Armen einen Muskelkater. Nur in den Armen. Denn von Streitelsfingen fuhr sie fast bei jedem Wetter mit dem Mountainbike in die Schule und dann wieder hinauf. Das gab Kondition. Doch leider nicht genug für die Arme. Aber es würde sich dann schon legen. Sie musste einfach die Zähne zusammen beißen und sich warm arbeiten. Zuerst einmal gab es wieder ein ausgiebiges Frühstück. Vater und Mutter saßen in den Sonntagsgewändern am Tisch. Sie würden erst um halb neun in den Gottesdienst gehen und dann würde der Vater auch hinauf kommen, er und der Toni zusammen und die Ilga auch. Die Mutter würde im Dorf bleiben. Sie war letzten Winter, als es so eisig war, auf die linke Schulter gefallen, Gott sei Dank auf die linke Schulter, die rechte wäre noch schlimmer gewesen, aber es war immer noch nicht so, dass sie hätte heuen können. Aber sie waren ja genug da oben, meinte der Vater. Vor allem mit so einer guten Hilfe aus Bayern.

Das Frühstück war sehr gut. Aber Susanne und Franz waren froh, als sie im Auto saßen und zum Klausberg hinauf fuhren. Als sie an der Stelle vorbei kamen, wo der Wegweiser zur Ilgakapelle stand, sah Franz zu Susanne hinüber und Susanne zu Franz. „Ich habe es mir gemerkt", sagte er, „die Bibel ist kein Märchenbuch".

„Gut", sagte Susanne, „ein kleiner Fortschritt. An dem Tag, an dem du verstanden hast, dass es Gottes Wort ist, bekommst du das Reifezeugnis."

„Mit Auszeichnung?" fragte er nach.

„Das hängt nicht nur von deiner Leistung, sondern auch von deinem Betragen ab."

„Eine Betragensnote auch noch, ich weiß nicht…"

Es war jetzt Morgen. Gestern Abend waren sie beide ausgelaugt und übermüdet gewesen. Er war gekränkt gewesen und sie hatte sich in die Enge getrieben gefühlt. Heute war ein neuer Tag. Es sah wieder alles heller aus. Und heute Abend würden sie Schwarzenberg hinter sich haben.

Karl und Gabi waren schon da, als sie oben ankamen. Er verteilte schon mit der Maschine die Heuzeilen, die sie gestern gegen Abend zusammen gezogen hatten. Gabi arbeitete mit der Gabel. Das taten Susanne und Franz nun auch. Das ging eine Weile so.

„Was ist das eigentlich für ein besonderes Buch gewesen gestern bei der Ilga?" Franz stellte die Frage, während er gleichzeitig eine Gabel voll Heu kunstgerecht in die Luft warf, sodass sich das Heu beim Niederfallen gleichmäßig auf den Grasstoppeln der Wiese verteilte.

„Das Jesusbuch. Du müsstest das doch kennen. Du bist der Wälder und nicht ich."

„Warum soll ich als Wälder das Jesusbuch kennen? Grenzt der Wald an die Gegend, wo Jesus gewohnt hat oder was?"

„Ich warte darauf, dass Jesus in dir wohnt", entgegnete Susanne. „Dann hätten wir es geschafft. Aber vorläufig wohnt in dir nicht einmal das Wissen, das man von dir erwarten könnte. Dir muss doch der Name Willam was sagen."

„Willam, Willam, warte mal, in der Volksschule. Ja da war was. Willam, Franz Michel Willam, der Enkel von Franz Michel Felder, Geistlicher und Schriftsteller. Der?"

„Ob er der Enkel von Franz Michel Felder war, der sagt mir wieder nichts…"

„Aha, du weißt auch nicht alles…"

„…das weiß ich nicht, aber das andere stimmt. Das Jesusbuch das er geschrieben hat, das ist, das hat mir die Ilga gesagt, in acht Sprachen übersetzt worden. Und die Ilga kann es fast auswendig."

Susanne machte eine Pause und versuchte auch das Heu kunstgerecht zu verteilen. Ganz so gut wie Franz schaffte sie es nicht. Aber viel fehlte nicht.

„Ich habe eine Stelle daraus laut gelesen. Eine Stelle, in der steht, dass uns durch Jesus der Himmel offen ist. Und so ist es gekommen, das Reden mit der Ilga. Ich glaube das und die Ilga glaubt das auch."

„Dass durch Jesus der Himmel offen ist?"

„Ja."

Franz sah in den Himmel, der sich über der Alpe wölbte. Über der Kanisfluh hatten sich ein paar kleine Haufenwolken gebildet. Sie sahen harmlos aus. Aber Franz gefielen sie nicht. Es war zu früh am Morgen für solche Wolken. Er deutete nach Osten: „Da kann noch was kommen."

Nicht lange danach hatten sie das Heu verteilt und nun konnten sie nur noch warten bis die Sonne ihr Werk getan hatte. Zwischen drei und vier am Nachmittag würden sie dann beginnen, das Heu in die Tenne zu bringen.

„So", sagte Franz und wischte sich den Schweiß von der Stirn. „Ich denke, wir fahren jetzt hinunter. Da heroben zu warten, das ist zu lang. Und die Mama hat sicher für uns gekocht."

Sie lehnten ihre Rechen und Gabeln an die alten braun gebrannten Bretter der Tenne, riefen Gabi und Karl „Pfüete!" und „Servus!" zu und „Bis um drei!" und fuhren ins Tal. Das war für Susanne nun ein schon bekannter Weg. Wenn man abwärts fuhr, dann saß man als Beifahrer auf der Talseite. Die Straße war schmal und schlängelte sich über einem steilen Tobel talwärts. Manchmal warf Susanne einen Blick nach rechts. Ganz gemütlich war ihr dabei nicht zu Mute. Aber Franz lenkte den Wagen sicher. Abwärts fuhr er in einer Weise, die ihr gefiel. Stets bremsbereit und vorsichtig fuhr er in die engen unübersichtlichen Kurven. Susanne erinnerte sich an Markus. Markus aus der Gemeinde. Sie war einmal mit ihm gefahren. Nur einmal. Er fuhr wie der Teufel. Als sich Susanne beschwerte und ihn zur Vorsicht mahnte, da hatte er gesagt: „Warum hast du Angst? Gott beschützt mich doch." Susanne saß neben Franz und stellte fest, dass sie entspannt sein konnte, trotz der steilen Straße. Es ist so, dachte sie, ich sitze lieber neben einem Ungläubigen im Auto, der sich vorsichtig verhält, als neben einem Gläubigen, der Gott als Risikoversicherung versteht und Leichtsinn und Glaube verwechselt.

 Es gab einen wunderbaren Rindsbraten. Die Mutter von Franz hatte sogar einen Kuchen gebacken und bot ihn nach dem Essen mit Kaffee an. Sie saßen beieinander und plauderten. Susanne saß im Kreis dieser Schwarzenberger Familie als wäre sie schon seit Jahren hier zu Gast. Es war ein friedlicher Sonntag. Heute fielen keine Bemerkungen. Das Missverständnis, das die Beziehung zwischen Franz und Susanne betraf, das war zwar noch immer da und doch war es auf eine unerklärliche Weise in den Hintergrund getreten. Das Missverständnis tat so, als ob es keines wäre.

 Es war noch Zeit. Susanne ging in ihr Zimmer, das Zimmer mit dem Doppelbett und legte sich aufs Bett. Der Muskelkater war wieder vergangen. Aber dennoch. Sie spürte die ungewohnte Arbeit. An Schlaf war allerdings nicht zu denken. Auch nicht für eine Viertelstunde. Es war zu schwül dazu. Susanne lag da und dachte vor sich hin. Es war kein Nachdenken, es war ein sich treiben lassen der Gedanken. Erinnerungsfetzen zogen durch ihr Bewusstsein. Auf einmal war dieser Satz von Franz wieder da: „Ich würde dich schon wollen." Die Vernunft sagte Susanne, dass so ein Satz nach so einer kurzen Bekanntschaft ein Unsinn war. Das waren nur Hormone, die verrückt spielten. Das war die eine Seite. Die andere gab es auch noch.

Franz klopfte an die Tür. Es wurde Zeit für die Alpe. Sie fuhren hinauf, der Vater von Franz fuhr mit ihnen mit. Heute waren alle Hände gefragt. Die Wolken, die am Morgen scheinbar harmlos über der Kanisfluh gestanden waren, hatten sich zu hohen Türmen aufgebaut. Der Vater von Franz warf einen prüfenden Blick in den Himmel. „Wenn wir ein Glück haben, dann bleibt das über dem Hinterwald. Ein Gewitter von Westen, das käme sicher."

Auf der Alpe waren Karl und Gabi schon da aber nicht nur sie und nicht nur ihr Vater, der Toni, auch Gitte, die andere Tochter von Toni und auch die Ilga waren heroben und auch Tobias kam mit seinem sportlichen BMW herauf. Der Großeinsatz konnte beginnen. Die sich immer mehr ausbreitenden Gewittertürme drängten zur Eile. An allen Rändern der Wiesen wurde jetzt mit dem Rechen das Heu zu Zeilen gezogen. Karl fuhr wieder mit der Maschine, ebenfalls Zeilen zusammen ziehend und Tobias kam mit dem Aebi, diesem speziell für steiles Gelände gebauten Fahrzeug. Er fuhr über die Zeilen und die

Walze am Wagen war wie ein fressendes Maul, das alles verschlang, doch nur kurz behalten konnte und darum in das Innerer des Ladekorbes ausspie. Den vollen Wagen fuhr er zur Tenne. Der Korb gab seine Ladung wieder her. Ilga, Gitte und auch der Vater von Franz arbeiteten nun in der Tenne, um das Heu an den rechten Platz zu bekommen.

Man konnte nun schon das Donnern hören. Die Wolken näherten sich der Sonne. Es wurde noch schneller gearbeitet. Es war ein wunderbar duftendes Heu geworden. Nur kein Regen jetzt. Die Wolken schoben sich vor die Sonne. Aber der Himmel hatte ein Einsehen. Es fiel kein Tropfen, bis die letzte Gabel Heu unter Dach war. Es regnete auch danach nicht. Erst gegen zehn Uhr in der Nacht begann der Regen zu prasseln und brachte Abkühlung.

Unten bei Toni und Ilga saß man noch einmal zusammen. Ilga sah in den Himmel, sah nach allen Richtungen und sagte: „Ich trau mich" und sie deckte den Tisch im Freien. So saßen sie nun zum zweiten Mal beieinander. Die Tafelrunde war gewachsen. Es war wie ein Familientreffen. Und doch können Familientreffen nicht so sein, wie ein Zusammensitzen nach getaner Arbeit und eingefahrener Ernte. Susanne kannte das von Bösenreutin. Aber hier war es noch dichter. Und auf eine für sie unverständliche Weise war sie einfach mitten drin. Es war ihr, als habe sie ihre eigene Ernte unter Dach und Fach gebracht.

Tobias saß ihr schräg gegenüber. Auf einmal stand er auf und ging um den Tisch herum und zu ihr her. „Susanne?"

Sie sah zu ihm auf. „Ja?"

„Es tut mir leid wegen gestern. Ich war selber nicht gut drauf. Es ist weil... Ist ja Wurscht. Jedenfalls, es tut mir leid."

Susanne war überrascht, einfach überrumpelt. Sie hatte nicht verstehen können, dass Franz mit so einem Kerl in die Berge gegangen war. Aber Tobias hatte offenbar noch andere Seiten. Susanne stand auf und streckte ihm die Hand hin. „Gut, es ist gut. Nur...Du hast den Franz auch sauer gemacht."

„Ich weiß schon." Tobias drehte sich zum Franz und boxte ihn an den Oberarm. „Verziehen?"

Franz gab den Boxhieb zurück, schlug aber mit Absicht etwas fester zu, sodass Tobias ein „Au" von sich gab. „Ja, du alter Trottel du", sagte Franz und sah vergnügt, wie sich Tobias die Schulter rieb.

Sie sprachen dem Essen zu und sie sprachen vom Essen. Weil Ilga auch mit oben gewesen war, gab es eine Jause. Den Speck hatte Toni selbst geräuchert. Einen so geschmackvollen Speck konnte man nicht kaufen. Der Käse kam von Schröcken, von der Alpe Oberwald. Nach der Meinung vom Toni war das der beste Alpkäse aus dem ganzen Wald. Die Butter auf dem Tisch war aus dem Dorf. Gleich unter der Kirche war die Sennerei. „Dass das Brot aus dem eigenen Dorf ist, das ist ja heute nicht mehr selbstverständlich. Aber wir haben zum Glück noch eine eigene Bäckerei. Es gibt Dörfer, da gibt es nur noch einen Dorfladen, den man hält, obwohl er sich nicht rentiert", stellte Ilga fest.

Während sie aßen und redeten, grummelte in der Ferne der Donner. Es war, als stünde die Zeit still. Aber sie tat es nicht. Die Stunde des Abschieds von Schwarzenberg kam. Die Hände wurden geschüttelt.

„Vergelts Gott" und „Dankschön" und „Bis Bald" und „Machs gut" schwirrten umher. Tobias bekam noch einen Boxhieb. Diesmal auf die andere Seite wegen dem Ausgleich. Zugleich bekam er von Franz das Versprechen, das sie bald wieder einmal zusammen was machen würden. Der Vater von Franz schaute Susanne in die Augen und sagte: „Schön. Komm bald wieder einmal herein zu uns." Es war ihm anzusehen, dass er meinte, was er sagte. Der Toni drückte ihr kräftig die Hand, zu kräftig, denn jetzt hatte sie doch noch eine Blase am rechten Daumen bekommen. Aber Susanne ließ sich nichts anmerken und drückte so kräftig zurück, wie sie nur konnte. Ilga umarmte Susanne und drückte sie an sich. „Ich bet ab jetzt nicht bloß für den Franz, sondern auch für dich. Weißt, ich glaube, ihr würdet schon zusammen passen", sagte sie.

Beim Franz mussten sie sich noch von seiner Mutter verabschieden und auch sie sagte, dass sie sich freuen würde, wenn sie bald wieder käme. Susanne konnte es nicht versprechen. Sie sagte einfach: „Ich weiß nicht, was der Franz vorhat."

„Das ist nix", meinte die Mutter, „du wirst ihm doch nicht jetzt schon folgen. Wenn du zu uns herein willst, dann sag das dem Franz und der muss dich herein fahren."

„Ich hab auch ein eigenes Auto."

„Siehst du, dann musst du ihn ja gar nicht fragen. Kommst einfach herein. Wir freuen uns."

Susanne sagte nur „Danke für alles" und „Auf Wiedersehen." Sie wusste ja selbst nicht, ob und wann und wie, sie konnte und wollte nicht darüber Nachdenken.

Franz wählte diesmal den Weg über Egg und Alberschwende. Als der Verkehr am Ortseingang von Alberschwende etwas dichter wurde, schlug er vor, über Buch zu fahren. Susanne kannte diesen Weg nicht. „Ein Schleichweg zum Ausweichen", meinte er. Sie fuhren also über Buch. Franz fuhr alle diese Umwege nur aus einem einzigen Grund. Er wäre mit Susanne gern bis ans Ende der Welt gefahren und noch weiter. Er wollte sie einfach im Auto behalten. Wenn er daran dachte, dass er jetzt wieder in seine Wohnung in Bregenz musste und Susanne in Streitelsfingen war, dann bekam er ein ungutes Gefühl im Bauch. Er selber dachte: ‚Es stinkt mir'. Je länger die Fahrt dauerte, umso stiller wurden sie beide. In Streitelsfingen fragte Franz: „Wann können wir uns wiedersehen?" Dabei sah er Susanne mit einem Blick an, in dem Unsicherheit und Hoffnung war. Vielleicht war das alles zu viel für Susanne gewesen. Franz war einmal versucht, unterwegs anzuhalten. Es war nach einem kleinen Waldstück, als auf der Seite eine breite Ausweiche war. Er wollte fragen, wie es jetzt weiter gehen solle nach ihrer Meinung. Aber dann verließ ihn der Mut. Sie hatte sich in das Abenteuer Schwarzenberg gestürzt. Vielleicht war jetzt Schluss für sie. In Zukunft nur noch eine Stunde Gespräch über ihren Glauben nach der sonntäglichen Versammlung. Vielleicht so. Aber jetzt würde sie aussteigen und er musste etwas sagen. Also stellte er nur die Frage: „Wann können wir uns wiedersehen?"

„Das weiß ich nicht. Ach, schau doch nicht so drein. Ich weiß es wirklich nicht. Jetzt vor dem Ende des Schuljahrs stimmt nichts mehr mit dem Stundenplan. Ich weiß es wirklich nicht. Das ist keine Ausrede. Rufe mich morgen gegen Abend an, dann kann ich dir mehr sagen." Sie legte ihre Hand kurz auf seine Linke, die das Lenkrad hielt. „Schau nicht so, wir sehen uns schon wieder." Damit stieg sie aus dem Auto, nahm ihre Tasche und ging ins Haus.

Franz fuhr nach Bregenz. Er parkte sein Auto und ging in seine Wohnung. Unruhig ging er darin hin und her. Er hätte jetzt gern irgendetwas getan, etwas vorwärts gebracht oder wenigstens gewusst, was morgen und übermorgen sein würde. Allerdings, etwas wusste er nach diesem Wochenende noch deutlicher, es war jetzt ganz klar. Er wollte Susanne und sie hatte etwas, das er nicht hatte. Franz beschloss morgen in die Buchhandlung zu gehen und sich eine ganze Bibel zu kaufen. Bis jetzt hatte er ja nur das Neue Testament. Mit diesem Entschluss ging Franz unter die Dusche und ins Bett.

*

Susanne hatte wie ein Stein geschlafen. In der Schule lief alles, wie sie es sich vorgenommen hatte. Nur der Muskelkater war noch ärger als gestern Morgen. Und die kleine Rahel machte ihr Sorgen. Das war so ein aufgewecktes Kind gewesen. In der letzten Zeit war sie immer stiller geworden und die schulischen Leistungen hatten nachgelassen. Vielleicht konnte sich Susanne im Camp ein wenig mehr um Rahel kümmern. Sie war ja auch angemeldet. Sie wollte wissen, was mit dem Kind los war. Als sie das Schulgebäude verließ, ließ sie alles, was die Schule betraf, hinter sich. Sie hatte noch etwas in Weißensberg zu erledigen. Wäre da nicht der Muskelkater gewesen, sie wäre mit dem Bike dahin gefahren. So aber nahm sie lieber das Auto. Sie parkte vor der Schule in Weißensberg, holte die Mappe, brachte sie ins Auto und beschloss auf die Weißensberger Halde zu gehen. Am südlichen Rand der Halde stand die Kapelle, zu der sie wollte, nicht in die Kapelle hinein, sondern zu den Bänken, die an der Mauer der Kapelle standen.

Es war niemand sonst da, als sie sich auf die Bank setzte. Das war ihr recht. Sie hatte diesen Platz ausgesucht, weil sie ihn mochte. Nicht weit von hier lag Streitelsfingen. Aber man konnte es nicht sehen. Ein Wald verdeckte den Blick auf die tiefer liegenden Häuser. Über dem Wald glänzte der Bodensee. Links lag Bregenz. Oft hatte sie diese österreichische Stadt von Lindau aus gesehen. Aber jetzt hatte der Blick dahin eine ganz andere Bedeutung. Susanne lehnte sich zurück und schloss die Augen. Sie hörte das Surren der Autos von der nahen Bodenseeschnellstraße. Wenn es lauter war, dann war es ein Lastwagen. Eine Grille zirpte im Gras. Der Wind raschelte im Laub der Bäume, die neben der Kapelle standen.

Alles war Friede. Oder besser, alles hätte Friede sein können, wenn nicht diese eine große Frage gewesen wäre. Welcher nächste Schritt war der richtige und welcher Schritt war falsch? Sie begann in ihrem Innern mit Jesus zu sprechen. „Jesus, du kennst mein Herz. Du kennst es besser als ich. In mir sind so widersprüchliche Gefühle. Dieser Franz ist anständig und rücksichtsvoll. Und, ach Herr, er sieht verdammt gut aus. Habe ich jetzt verdammt gesagt? Entschuldige. Aber von der Bibel sagt er, dass das ein Märchenbuch sei. Und für mich ist es deine Offenbarung. Du, Herr, bist ja selbst das Wort. Du bist der Logos. Und die Bibel ist dein Reden." Susanne seufzte. „Ich kann nicht erkennen, dass sich Franz auch nur einen Millimeter bewegt hat. Er hat sich keinen Millimeter zu dir hin bewegt. Dafür habe ich mich auf ihn hin bewegt. Das hatte ich so nicht gedacht. Herr, gehe ich nicht auf Eis, das immer brüchiger wird und unter dem Eis lodert ein Feuer? Wie soll ich weiter gehen? Kann ich überhaupt? Herr, ich habe Angst, Angst vor mir selber. Ich habe doch schon einmal alles so gründlich falsch gemacht, wie es ging. Nicht noch einmal, bitte."

Ein zarter Windhauch strich durchs Gras. Ein Auto hupte. Von irgendwoher drang Kinderlachen. Susanne öffnete die Augen. Aus den Tannen des Waldes jenseits des Abhangs und der Straße stieg ein dunkler Punkt auf. Er stieg höher und wurde größer. Der Punkt, es musste irgendein Vogel sein, zog Kreise, die sich der Kapelle, vor der Susanne saß, näherten. Jetzt erkannte Susanne, was er für ein Vogel war. Es war ein Bussard. Nun kreiste er in dem warmen Aufwind ohne einen einzigen Flügelschlag über der Kapelle. Susanne sah ihm zu. Der Bussard kreiste über der Halde, über den beiden Bäumen neben der Kapelle und über Susanne. Er schien sich nicht mehr entfernen zu wollen. Susanne konnte von unten die Zeichnung im Gefieder erkennen. Nur manchmal eine geringe Bewegung mit den Schwanzfedern. Das war alles, und es genügte um den kreisenden Vogel in seiner scheinbar schwerelosen Bahn zu halten.

Auf einmal begriff Susanne. Es war ein überwältigender Augenblick. Tiefe Dankbarkeit erfüllte sie. „Danke Jesus", sagte sie. „Ich habe begriffen. Wie der Vogel vom Wind getragen wird, so trägst du mich durch deinen Geist. In der Sprache deiner Vorfahren, Jesus, bedeutet das Wort Ruach ja Wind, Hauch, Atem und Geist. Wie der Ruach diesen Vogel trägt, so trägst du mich mit deinem Ruach, mit deinem Geist. Ich muss mich nicht fürchten."

Der Ort vor der Kapelle war zu einem Ort des Friedens geworden. Der Friede war nun auch in Susanne. Der Bussard in den Lüften über der Halde schwenkte nach Westen und verschwand. Susanne aber empfand eine neue Leichtigkeit und Zuversicht in sich. Sie war nicht allein, sie wurde getragen nicht nur jetzt, immer. Daran musste sie festhalten.

Als Susanne das Auto erreichte, klingelte das Handy. Es war Franz. Er erkundigte sich zuerst, ob sie sich vom Heuen in Schwarzenberg erholt habe. Sie hatte ihm gestern ihren Muskelkater gestanden, also fragte er jetzt danach. Es sei nicht so schlimm, meinte Susanne. „Und, hast du schon einen Überblick, ich meine, weißt du weil…" Franz war wieder da, wo er nicht sein wollte. Aber Susanne schaffte es einfach. Er wusste nicht mehr, wie er es richtig sagen sollte.

Susanne tat wieder einen Sprung. „Ach ich habe gerade noch den ganzen Abend Zeit. Magst du? Dann komme ich zu dir rüber."

Franz glaubte, nicht richtig gehört zu haben. Sein Herz klopfte. Er nahm das Hämmern seines Herzens wahr. Wie alt bin ich eigentlich, fragte er sich. Ins Handy sagte er: „Wow, das wär super. Aber du weißt ja gar nicht, wo ich wohne."

„Na in diesem neuen Viertel, wo sie noch den Fabrikskamin haben stehen lassen. Dahinter ist doch ein Parkplatz. Da komm ich hin. Ich schätz in einer halben Stunde bin ich da. Aber Moment, du wohnst doch gegenüber vom Jeremias Grimm. Richtig?"

„Ja genau."

„Na dann. Dann weiß ich, wo du wohnst. Bei dem war ich schon. Also bis bald." Susanne setzte sich ins Auto und fuhr los.

Franz warf einen Blick in seiner Wohnung um sich. Au weh. Nicht, dass Franz unordentlich gewesen wäre. Aber er lebte allein und bekam nur von Zeit zu Zeit einen Putz- und Räumanfall. Das sah ja unmöglich aus, fand Franz. Und in einer halben Stunde ist sie da. Nach der Firma hatte er in der Stadt eine Gesamtausgabe der Bibel gekauft, wie er es sich vorgenommen hatte. Mit ihr hatte er sich aufs Sofa geflackt und angefangen zu lesen, bis er fand, dass es jetzt spät genug war und er Susanne anrufen konnte. Wenn ich doch stattdessen aufgeräumt hätte, hielt er sich selber vor. Gleichzeitig begann er so schnell es nur ging, alles verschwinden zu lassen, was die Wohnung verunstaltete. Er hatte die Gewohnheit, im Wohnzimmer Kleidungsstücke liegen zu lassen. Die sammelte er jetzt alle zusammen und stopfte sie in den Kleiderschrank im Schlafzimmer. Und die Küche! Was immer in die Spülmaschine ging, steckte er hinein. Dann holte er den Staubsauger. Und dann besann er sich wieder. Wenn der Staubsauger lief, dann würde er das Läuten vielleicht nicht hören. Also kein Staubsaugen. Er stellte den Staubsauger wieder zurück. Wenn ich das gewusst hätte, dachte er, dann hätte ich. Ja was hätte ich? Blumen gekauft und auf den Tisch gestellt. Und was noch? Ach was.

Franz ging auf den Balkon hinaus und holte tief Luft. Ich pack es nicht, dachte er. Susanne. Irre.

Es klingelte. Franz machte die Tür auf. Da stand sie. Sie lächelte ihn an, streckte ihm die Hand hin und sagte: „Hallo. Wir waren jetzt klettern. Ich war heuen mit dir bei deiner Verwandtschaft in Schwarzenberg. Ich denke jetzt ist das wieder dran, weswegen wir am Anfang zusammen gekommen sind, das Reden über Gott."

Franz schluckte und sagte auch „Hallo" und noch das österreichische „Servus" dazu. Dabei dachte er, wenn ich doch wüsste, woran ich bei dieser Frau bin. Ich möchte wissen, ob du mich auch magst. Aber die Frage stellte er nicht. „Gut", sagte er laut. „Dann reden wir über Gott."

„Schön hast du es hier", stellte Susanne fest. „Und für einen Junggesellen sieht es ja bei dir recht ordentlich aus."

Wenn du wüsstest, wie das vor deinem Anruf noch ausgesehen hat, dachte Franz. Er bot Susanne etwas zu trinken an und forderte sie auf, sich einen Platz auszusuchen. Ein Stuhl am Tisch oder die Couch. Susanne wählte die Couch.

Franz holte die neu erworbene Bibel. „Die habe ich mir heute gekauft. Und ich habe den Anfang gelesen. Gott schuf die Welt in sieben Tagen. Super. Glaubst du das so?"

Susanne, die eben noch entspannt auf der Couch gesessen hatte, rutschte nach vorn und saß jetzt da, wie jemand, der gleich aufspringen will. „Irgendwann musste das ja kommen. Ich bin diese Diskussionen über die Dauer der Schöpfung leid. Ich bin es leid, auf einzelnen Worten bestehen zu müssen oder nicht bestehen zu sollen. Diese Diskussionen in der Gemeinde, irgendwann konnte ich sie nicht mehr hören. Es gibt wunderbare Christen in der Gemeinde, die glauben das wortwörtlich. Sie bestehen darauf, dass man die Bibel wortwörtlich verstehen muss. Am

Anfang, als ich gläubig wurde, da wurde mir das auch so gesagt. Und ich habe es brav befolgt. Jedes Wort, so wie es da steht, das muss mit einfachem, schlichtem und kindlichem Gemüt angenommen werden. Es ist Gottes Wort. Es steht da, Gott schuf die Welt in sieben Tagen, also schuf Gott die Welt in sieben Tagen. Ich las das als eine Mitteleuropäerin im einundzwanzigsten Jahrhundert. Und ich habe mich keinen Deut darum gekümmert, was der vom Heiligen Geist inspirierte Schreiber dieses Schöpfungsberichts den Lesern damals sagen wollte. Ich bin gar nicht auf die Idee gekommen, danach zu fragen. Wenn man diese Frage aber nicht stellt, dann erfährt man auch nicht, was der Heilige Geist durch den biblischen Autor sagen wollte. Verstehst du, Franz, was ich sagen will?"

„Ehrlich gesagt, nein. Ich wollte dich nicht aufregen. Von mir aus können wir auch über etwas reden, das du vorschlägst."

Susanne stutzte. „Rege ich mich so auf? Ja, du hast recht, ich rege mich auf. Es geht um meinen heiligen Gott und seine heilige Offenbarung.

Die Bibel, in diesem Falle das Alte Testament wortwörtlich nehmen, die Schrift des ersten Bundes wörtlich nehmen. Wer das wirklich will, der muss hebräisch lernen, sehr gut Althebräisch lernen. Weißt du warum?"

Franz schüttelte brav den Kopf, wie es ein Schüler tut, wenn er gefragt wird und keine Antwort weiß.

„Das biblische Hebräisch hat einen Wortschatz von knapp achttausend Worten. Weißt du wie groß der Wortschatz der deutschen Sprache ist?"

Franz verzichtete diesmal aufs Kopfschütteln. „In der deutschen Sprache sind es in etwa fünfundsiebzigtausend Worte. Das Verhältnis ist fast eins zu zehn."

„Kannst du hebräisch?"

„Nein, kann ich nicht. Aber das kann man auch so wissen. Da gibt es zum Beispiel das hebräische Wort Avon. Frag mich jetzt nicht wieder, ob ich doch Hebräisch kann. Ich kann es nicht. Aber dieses hebräische Wort ist wichtig. Dieses Wort steht auch in dem so wichtigen Kapitel dreiundfünfzig beim Propheten Jesaja. Also Avon. Ein Wort im Hebräischen. Es bedeutet Verfehlung, Schuld und Strafe. Es stecken also drei verschiedene Bedeutungen in diesem einen Wort. In der deutschen Bibel kann aber nur immer eine Bedeutung stehen. Das mag zwar vom Sinnzusammenhang her die richtige Bedeutung sein. Im Hebräischen aber schwingen die anderen Bedeutungen immer mit. Stell dir eine Torte vor, eine ganze Torte. Wer die Bibel hebräisch lesen kann, sieht die ganze Torte und weiß, diesmal ist das linke Viertel der Torte gemeint. Wer eine deutsche Bibel in der Hand hat, der sieht nur dieses eine Viertel der Torte und denkt, das ist die ganze Torte. Hast du mich?"

„Aha, der Originaltext ist also oft, wie sag ich das, vielschichtiger wie die deutsche Übersetzung?"

„Genau. Ich liebe einen Satz von Pinchas Lapide…"

„Wer ist denn das?"

„Ein jüdischer Gelehrter, der sich auch mit Jesus und Paulus auseinander gesetzt hat, halt auch mit dem Neuen Testament. Von ihm stammt der Satz:

Man kann die Bibel ernst nehmen - oder wörtlich, beides zusammen verträgt sich nur schlecht."

„Entschuldigung. Aber das ist ein happiger Satz. Einmal sagt ihr Christen, dass die Bibel das Wort Gottes sei und jetzt soll man dieses Wort ernst nehmen, aber nicht... Wie war das doch gleich?"

„Nicht wörtlich."

„Gut, nicht wörtlich. Wie soll das gehen?"

„Der Satz soll, denk ich zum Nachdenken anregen. Beim wörtlich nehmen, verstehen wir das Wort in dem Sinn und in der Richtung, wie es eben heute gebräuchlich ist. Aber hat dasselbe Wort damals der Schreiber auch so verstanden, damals vor über zweitausend Jahren?"

„Woher soll ich das wissen?"

„Da haben wir also diese Erschaffung der Welt. Den Schöpfungsbericht. Die sieben Tage. Das ist ein Rahmen. Vielleicht hat Gott die Welt in sieben Tagen erschaffen, vielleicht hat er sich auch ein wenig mehr Zeit dazu genommen. Das ist nicht das Wesentliche. Stell dir vor, es stehen zwei Leute im Museum. Sagt der eine, indem er auf ein Bild zeigt: ‚Was für ein wunderschöner Goldrahmen. Toll nicht?'. ‚Ja finde ich auch. Der muss aber teuer gewesen sein, ein so großer Rahmen aus massivem Gold.' ‚Aber', entgegnet der andere, ‚das ist doch Blattgold, nur vergoldet.' ‚Nein, nein, das ist massives Gold.' Die Frage wäre einfach zu entscheiden. Man müsste das Bild nur von der Wand nehmen. Aber das geht nicht. Dann würde das Alarmsystem losgehen. Also stehen die zwei vor dem Bild und streiten sich darum, ob der Rahmen vergoldet oder Massivgold ist. Sie debattieren über den Rahmen. Auf diese Weise vergessen sie ganz, das Bild anzuschauen. Wollen wir also jetzt über den Rahmen debattieren oder das Bild anschauen?"

„Du meinst, ich soll mich um die Dauer der Schöpfung nicht kümmern?"

„Das kannst du ruhig Gott überlassen. Wenn du einmal zu ihm kommst, was ich für dich hoffe, Franz, dann kannst du ihn fragen. Dann kannst du den oder diejenigen fragen, der oder die diesen Text geschrieben haben. Sie werden dir dann sagen, wie sie ihn gemeint haben."

„Gut. Ich will die Frage nach der Schöpfungsdauer mal vergessen. Ich lass den Rahmen jetzt mal Rahmen sein. Was ist dann das Bild?"

„Für diese Antwort machen wir eine Zeitreise. Wir schrauben die Zeit um mindestens zweitausendvierhundert Jahre zurück. Und wir fliegen dreitausend Kilometer nach Osten. Dann sind wir in Babylon. Wir sind bei den Juden, die da im Exil leben. Am besten ist, wir landen in einem Raum, in dem sich jüdische Schriftgelehrte versammelt haben.

„Wir müssen unsere Schriften ordnen", sagt gerade ein Rabbi. Ich nenne ihn Akiba. Rabbi Akiba ist so etwas wie das Haupt. Er ist der am meisten geachtete Mann in der Runde, ein Gelehrter mit einem langen weißen Bart und einem zerfurchten Gesicht.

„Du hast recht, wir haben viele Schriften. Zum Glück konnten wir einige Rollen aus Jerusalem retten, bevor unsere Heilige Stadt zerstört wurde. Aber dann haben wir auch noch Geschichten von unseren Vätern. Die hat man noch nicht aufgeschrieben. Da muss etwas geschehen."

„Wo fangen wir an?"

„Wir beginnen mit der Erschaffung der Welt. Diese Babylonier haben ja auch ihre Geschichte von der Erschaffung der Welt. Eine schaurige Geschichte. Ich kenne sie nicht so genau…"

„Du solltest sie aber kennen, damit du weißt, wie der Ewige nicht ist und wie wir Menschen nicht erschaffen wurden."

„Du meinst, wir sollten uns in unseren Heiligen Schriften ganz deutlich von diesem Babylonischen Glauben abgrenzen?"

„Ja, da meine ich!" Rabbi Akiba trat ans Fenster. „Schau mal hinaus die Straße entlang."

Der Jüngere trat neben ihn. „Das da draußen ist alles zu Ehren des Götzen Marduk erbaut. Es sieht herrlich aus, diese blau glasierten Ziegel, die die Farbe des Himmels wiederspiegeln. Dabei ist dieser Marduk ein Göttermörder. Der Götze der Babylonier ist einer, der seine eigene Urahnin getötet hat."

„Ich habe mich von diesem babylonischen Aberglauben immer fern gehalten. Ich kenne die Geschichte nicht so genau", sagt der Jüngere.

„Du musst sie aber kennen. Du musst wissen, was diese Goi glauben."

„Erzähle!"

„Das ist der Mythos dieser Anbeter von Nichtsen:", Rabbi Akiba sprach das Wort Nichtsenanbeter so aus, als müsse er etwas ausspeien.

„Als die hohen Himmel noch keinen Namen trugen

war   *Und die Erde darunter noch nicht benannt*

hatte   *Und der urzeitliche Apsu, der sie geboren*

    Und Chaos, Tiamat, die Mutter der beiden,

    Ihre Wasser waren vermischt

    Und kein Feld war geformt, kein Quellmoor war zu sehen,

    Als von den Göttern noch keiner zum Leben gebracht war.

So fängt der Mythos an. Also dieser Apsu, der Göttervater ist einfach da und die Göttermutter, die Tiamat auch. Die beiden zeugen Kinder. Diese zeugen auch wieder Kinder. Wir haben jetzt also drei Göttergenerationen. Die jungen Götter feiern und machen Lärm. Sie haben ein Fest nach dem anderen. Das wird den alten Göttern zu laut. Sie verlangen Ruhe. Aber die jungen Götter kümmern sich nicht darum. Da fasst der Gott Apsu einen Entschluss. Er gehört zur zweiten Generation der Götter. Er will Ruhe und dazu will er die jungen Götter vernichten. Das kommt der Urmutter Tiamat zu Ohren und sie will es verhindern. Aber da ist noch jemand. Der Gott Enki, ein Enkel in der Götterfolge und Sohn des Apsu. Er überwindet seinen Vater Apsu und tötet ihn. Ein Vatermord unter den Göttern. Enki, der Vatermörder, hat eine Frau namens Damkina. Mit ihr zeugt er einen Sohn, den Marduk. Mit Hilfe seiner magischen Kräfte macht Enki seinen Sohn Marduk „doppelt gleich", das bedeutet mächtiger als alle anderen Götter. Tiamat sinnt dabei auf Rache für die Ermordung von Apsu. Es beginnt ein Krieg unter den Göttern. Die jungen Götter sind Tiamat nicht gewachsen. Da ersinnen sie einen Notfallplan. Sie erheben Marduk zum König des gesamten Universums. Mit Feuer Blitz und Sturm ausgestattet tritt Marduk nun in den Kampf gegen Tiamat und tötet sie. Nach dem Sieg nimmt Marduk den Körper von Tiamat und zerteilt ihn und schafft daraus das Universum. Aus der einen Hälfte macht er den Himmel, aus der anderen Hälfte die Erde. Die unterlegenen Anhänger der Tiamat müssen den siegreichen Göttern dienen. Sie werden ihre Sklaven."

Der Jüngere unterbrach Rabbi Akiba. „Das ist ja eine entsetzliche Geschichte. Da wäre ja alles aus der Leiche eines erschlagenen Gottes geschaffen. Welch ein Gedanke! Wo doch er, der Ewige durch ein Wort geschaffen hat, was geschaffen ist. Aber was ist mit dem Menschen? Ist der Mensch in diesem Götzenglauben einfach da?"

„Nein, natürlich nicht", fuhr Rabbi Akiba fort. „Die Götter, die versklavt wurden, beschweren sich und wollen nicht mehr arbeiten. Da besinnt sich Marduk auf Kingu. Er war ein Anführer der feindlichen Götter. Kingu wird angeklagt, für schuldig befunden und von Marduk getötet. Aus seinem Blut werden die Menschen geschaffen. Sie sollen von nun an die Sklaven der Götter sein.

Das ist die Geschichte von der Erschaffung der Welt und der Menschen."

„Der Ewige sei gepriesen, dass er uns etwas anderes geoffenbart hat. Nicht seine Sklaven sind wir und nicht aus dem Blut eines Erschlagenen Götzen, sondern geschaffen nach seinem Wesen über aller anderen Schöpfung." Die gelehrten Rabbinen steckten ihre Köpfe zusammen und berieten, wie sie die Wahrheit aufschreiben sollten.

Rabbi Akiba sagte: „Geht nach Hause, betet und fastet eine Woche lang. Und dann wollen wir aufschreiben, was wir nach unserem von den Vätern erhaltenen Glauben wissen. Der Ewige wird uns beistehen."

So taten die Gelehrten."

Susanne schwieg. Franz schwieg auch. Er dachte nach. „Dann wird also mit diesem biblischen Schöpfungsbericht der ganze Götterhimmel leergefegt. Ein gewaltiger Kehraus. Damit wird Mord und Totschlag in der Götterwelt auch abgeschafft. Und wir Menschen sind nicht mehr aus dem Blut eines erschlagenen Gottes gemacht. Das ist mir sympathisch. Susanne, du schaffst es noch, dass ich dieses Buch mit ganz anderen Augen sehe."

„Das ist meine Hoffnung. Aber dass Gott durch sein Wort schuf, darüber hast du noch nicht nachgedacht."

„Wie meinst du das?"

„Die Formel lautet doch: Gott sprach … und so geschah es. Was ist denn ein Wort oder was ist die Sprache für dich?"

„Mh, so genau habe ich darüber noch nicht nachgedacht. Ich würde sagen, Weitergabe von Information. Ja am ehesten Information."

„Und in welchem Zeitalter leben wir jetzt?"

„Ach so, wir leben jetzt im Informationszeitalter. Du willst sagen, dass die Verfasser nicht nur damals auf der Höhe ihrer Zeit waren, sondern heute noch sind. Du willst sagen, durch Information, die zur Materie wurde, schuf Gott das Universum?"

„Ja so ungefähr."

„Das klingt nicht dumm. Das macht einen Sinn. Deshalb ist die Materie auch wieder Informationsträger. Durch Information geschaffen hat sie in sich die Fähigkeit, Information zu speichern und weiter zu geben."

„Sonst gäb es keine Ordnung im Universum und erst recht kein biologisches Leben."

„Irgendwann machst du mich noch zum überzeugten Theisten."

„Damit bin ich nicht zufrieden", bemerkte Susanne. „Der Gott, der Himmel und Erde geschaffen hat und auch dich, möge machen, dass du Christ wirst."

„Nicht alles auf einmal", grinste Franz.

„Nun aber ernstlich, kommt dir der Schöpfungsbericht immer noch so seltsam vor?"

„Ich glaube, ich habe dich verstanden. Ich habe den Rahmen angeschaut und das Bild nicht gründlich genug betrachtet. Aber damit ist noch nicht bewiesen, dass es einen Gott gibt."

„Bewiesen? Kannst du mir beweisen, dass es keinen Gott gibt? Das ist nicht mit Beweisen zu schaffen. Das ist Offenbarung."

„Gut. Und auf die warte ich." Franz stand auf und sah Susanne an. „Könnten wir nicht noch ein wenig hinaus? Ich meine, das war jetzt lang genug. Ich habe der Frau Lehrer aufmerksam zugehört. Ich werde auch die Hausaufgabe machen."

Susanne lachte laut auf. „Solche Schüler möchte ich in der Schule auch haben. Zu Versprechen, die Hausaufgabe zu machen und dabei hat der Schüler gar keine aufbekommen."

„Das ist eine Nachlässigkeit von der Frau Lehrer", grinste Franz.

„Es ist doch gut, dass ich keine solchen Schüler in der Schule habe", erklärte Susanne. „Die wären mir zu vorlaut. Gehen wir."

Bis zum See war es nicht weit. Sie schlenderten in den Seeanlagen am Ufer entlang. Susanne hielt sich bewusst zurück. Sie wollte jetzt nicht weiter von ihrem Glauben reden. Noch immer war das Bild des Bussards in ihr. Sie fühlte, dass der Wind sie trug. Franz fiel nichts zum Reden ein. Er grübelte über die Möglichkeit nach, dass es wirklich jemanden geben könnte, der das alles so gewollt hatte, wie es war, einen Planer. Das Stichwort von der Information hatte Fragen in ihm in Bewegung gesetzt. Sie kamen zum Gondelhafen, wo der Tretbootverleih war. Franz sah auf die knallig rot und weiß bemalten Tretboote hinab und bemerkte: „Mit so was bin ich noch nie gefahren."

„Nicht? Ach ich schon. Das ist für Kinder, für junge Leute oder für Verliebte."

„Warst du verliebt, wie du damit gefahren bist?"

Susanne lachte. „Ja, schrecklich verknallt. Er war gleich alt wie ich, nämlich vierzehn. Aber ich hab von ihm geschwärmt. Mehr nicht. Einmal wollte er mit mir knutschen. Da habe ich ihm eine geknallt. Der arme Kerl. Nachher hat er mit leid getan. Aber besser das, wie wenn…Diese Dinger gibt es ja auch in Lindau."

„Ich weiß. Ich würde gern mit dir fahren..."

Susanne hörte, was er damit sagen wollte. „Du weißt, was ich mit dem, er hat Rolf geheißen, gemacht habe, wie er knutschen wollte?"

„Ich habe es gehört."

„Dann können wir über eine Fahrt reden, später, jetzt ist der Verleih schon lang zu. Aber das bringt mich auf eine Idee. Vielleicht könnte ich mit meinen Mädchen beim Camp... Auf dem Alpsee gibt es auch solche Tretboote. Ein Wettrennen..."

„Was für ein Camp und was heißt, meine Mädchen?"

„Ein Camp der Royal Rangers in vierzehn Tagen."

„Könntest du mir das nicht genauer erklären? Ranger, das sind bei uns Pfadfinder. Aber von königlichen Pfandfindern habe ich noch nichts gehört." Franz wusste wirklich nicht, was er mit der Erklärung von Susanne anfangen sollte.

„Ach ja", sagte Susanne, „natürlich. Also die Royal Rangers sind christliche Pfadfinder. Es sind Pfadfinder, aber sie wollen auch den christlichen Glauben und die christlichen Werte fördern. In meiner Gemeinde gibt es auch einen Stamm, eine eigene Pfadfindergruppe halt. Zusammen mit anderen Stämmen machen wir ein Lager bei Diepolz. Das ist nicht weit von Immenstadt. Nächstes Wochenende von Samstag bis die Woche drauf am Sonntag dauert das. Das gilt nur für uns Leiter. Für die Kinder geht es von Montag bis Samstag."

Franz hörte nur, dass sie zwei Wochenenden weg sein würde. Plötzlich war der Abend um einen

Hauch kühler. Er fand es blöd, er wusste, dass er überhaupt kein Recht hatte auf ihre Freizeit. Aber er war enttäuscht, richtig enttäuscht.

Susanne redete unbekümmert weiter. „Ich betreue eine Gruppe Kundschafter…"

„Spielt ihr Indianerlis?"

„Du hast Ideen, Franz. Nein. So heißen bei uns die neun bis zwölfjährigen. Meine Gruppe Mädchen, das sind die Drosseln. Du kennst doch das Lied, Amsel, Drossel, Fink und Star…Mit den Drosseln bin ich in dem Camp." Susanne sah Franz an. Der Schein der Laterne fiel direkt in sein Gesicht. Es war nicht zu übersehen. „Sag einmal, was ist los?"

„Dass du so lang weg bist."

„Du Franz", Susanne machte ein Pause. Dann sagte sie so vorsichtig sie konnte, damit er nicht verletzt sein würde: „Wir sind dann nicht verheiratet. Und in absehbarer Zeit werden wir es auch nicht sein. Noch schwebt der Vogel frei in den Lüften."

Franz verstand nicht, was sie mit dem Vogel meinte, wahrscheinlich ihre Unabhängigkeit. Wenn ich nur auch so frei wäre und mich ohne sie nicht so allein fühlen würde. Verdammt, dachte er, das war vor kurzem doch noch ganz anders.

„Ich weiß schon" sagte er. „Ich weiß eh. Es ist bei mir halt so. Was soll ich tun? Ich habe dir gesagt, wie es um mich steht. Und du hast gesagt „Warten". In Schwarzenberg hast du mir einen Vortrag gehalten, dass du auf einem Bahnhof stehst. Was meinst du, wo ich stehe?"

Susanne wäre ihm am liebsten über die Haare gefahren oder hätte seine Hand genommen. Aber sie ließ es wohlweislich sein. „Jesus", sagte sie in ihrem Innern, „wenn du es gut mit uns meinst, dann geht das Warten nicht mehr lange." Laut sagte sie: „Ich denke, ich muss jetzt heim. Noch sind keine Ferien. Bei euch ist ja schon Schluss, aber bei uns nicht. Bei uns beginnen sie erst im August. Übrigens, die nächsten Tage bin ich eingedeckt. Vielleicht am Freitag. Vielleicht. Ich kann es noch nicht sicher sagen."

*

Das Mitteleuropäische Hoch verlagerte sich nach Russland. Am Dienstag erreichte eine Kaltfront den Bodenseeraum. In Moskau stieg das Quecksilber auf sechsunddreißig Grad. In Lindau und Bregenz erreichten die Mittagswerte nur achtzehn Grad. Für Ende Juli war es kühl geworden. Franz nahm am Feierabend die Bibel und las, einmal im Neuen Testament, dann wieder im Altes Testament. Es entstand in seinem Kopf ein ziemliches Durcheinander. Einmal las er über David und seine Heldentaten und er wunderte sich, dass die Bibel ein christliches Buch sein sollte. Dann hüpfte er wieder in die Evangelien und las die Wunderberichte. Auch hier hatte er Zweifel, ob denn so etwas überhaupt möglich gewesen war. Er hatte jedenfalls noch nie von einer Totenerweckung gehört. Franz erinnerte sich an die heftige Reaktion von Susanne, als er von der Bibel als Märchenbuch sprach. Es war ganz eindeutig gewesen, dass es für Susanne kein Märchenbuch war. Aber dann hatte sie auch diesen Lapid zitiert. Die Bibel ernst nehmen und nicht wörtlich. Da sollte sich noch ein Mensch auskennen. Er war schließlich Techniker. Wenn ein Plan einmal gezeichnet war, dann war er gezeichnet und der Strich war ein Strich und die Angabe in Tausendstel Millimetern bedeutete eben genau diese zum Beispiel zweihundertachtundsiebzig Tausendstel und nichts anderes. Hier sollte das Wort das meinen und noch mehr oder anderes oder... Wer sollte sich da auskennen? Vielleicht ist diese ganze christliche Religion ein Irrgarten, in den man sich verstrickt, weil man aus der Realität dieser Welt flüchten möchte. So etwas hatte er bis jetzt angenommen. Aber Susanne war ein Beispiel, dass seine Annahme falsch gewesen war. Sie war mit beiden Beinen auf dem Boden. Sie war nicht nur schön und begehrenswert. Es war ein unerklärlicher Hauch von Leben um sie. Es gab immer wieder Augenblicke, in denen er das spürte. Dabei empfand er auch, dass er etwas spürte, das wie ein herausforderndes Rätsel sich kurz zeigte um sich seinem Empfinden und Verstehen sogleich wieder zu entwinden. Aber er konnte diese Momente nicht vergessen. Da war Leben um Susanne. Eine Art von Leben, wie er es noch nie bei jemandem wahrgenommen hatte. Aber vielleicht, dachte er, ist das nur, weil ich noch nie zuvor mit allen meinen Sinnen einen Menschen so wahrgenommen habe. Doch dann verwarf er diesen Gedanken wieder. Es lag nicht an seiner Wahrnehmung. Es lag an Susanne. Und es musste etwas damit zu tun haben, wie sie von Jesus redete. Am Anfang, als er sich Hals über Kopf in sie verliebt hatte, da wollte er ihren Glauben verstehen. Er wollte ihren Glauben verstehen, um sie zu verstehen. Inzwischen war er so weit, dass er den Glauben an sich verstehen wollte. Aber dieses Buch half ihm nicht weiter. Franz fühlte sich eingezwängt zwischen seinem Verstand, der diese Geschichten als nicht wirklich geschehen bewertete und der ernsten

Aufforderung von Susanne, das nicht als Märchenbuch zu lesen, sondern ernst zu nehmen.

Franz stieg aus dieser Klemme aus, indem er von Susanne zu träumen begann. Er war überrascht gewesen, wie locker sie im Klettergarten die sechzig Meter hohe Wand bezwungen hatte. Sie war oben gestanden und hatte scheinbar ohne Furcht in die Tiefe geschaut. Sie war zu mehr fähig. Mit ihr konnte man klettern gehen, Berge bezwingen, Wände, Grate, Gipfel. Mit ihr war das vielleicht möglich. Er erinnerte sich an Bergerlebnisse, an schweißtreibende Anstiege und beseligende Gipfelsiege und er stellte sich vor, dass Susanne dabei gewesen wäre oder dabei sein würde. Schöner konnte die Welt nicht mehr sein!

Die Gedanken von Franz wurden konkreter. Er stellte sich vor mit ihr wieder in den Klettergarten zu gehen. Vielleicht nicht nur nach Koblach, vielleicht sogar auf die Löwenzähne. Dann, wenn sie die Überschreitung der Löwenzähne geschafft hatten und oben saßen auf dem Felskopf mit dem Blick ins Rheintal, über sich den Himmel und unter sich die Felsen und die Latschen, dann würde er sie fragen, ob sie mit ihm auf die Zimba gehen wolle, einmal eine echte, lässige Bergtour machen, die Überschreitung der Zimba von Ost nach West. Ja, das musste er versuchen. Vielleicht würde sie Ja sagen.

Zuerst bekamen die Träume von Franz einen Dämpfer. Susanne konnte auch am Freitag nicht. Es gab ja nicht nur die Schule. Es gab auch noch die Gemeinde und dann… Franz hatte ihre Entschuldigung unterbrochen. Er wollte das gar nicht wissen. Er wollte nicht wissen, welche Verpflichtungen Susanne hatte. Er hätte am liebsten gehabt, dass es für Susanne nur eine Verpflichtung geben sollte und die würde Franz heißen.

„Morgen", sagte Susanne. „Ich möchte mir morgen die Mikwenausstellung anschauen. Bei diesem Wetter ist das gerade das richtige."

Susanne hätte ebenso gut zu Franz sagen können: „Ich will mir morgen die Marsmännleinaustellung anschauen gehen." Es wäre für ihn genau so einleuchtend gewesen. „Was und wo willst du dir was anschauen gehen? Ich habe nur Bahnhof verstanden."

„Die Mikwenausstellung im jüdischen Museum in Hohenems. Warst du da schon?"

„Ich war weder in diesem Museum noch weiß ich, was eine Mikwe ist", musste Franz zugeben.

„Das ist gut. Dann hast du morgen Gelegenheit, das kennen zu lernen. Also bis morgen um eins. Passt das?"

Was sollte Franz sagen? Das Wetter war immer noch schlecht. Inzwischen hatte sich ein Adriatief gebildet und schickte die Regenwolken über die Alpen. Ins Museum zu gehen, das war sicher keine schlechte Idee, obwohl Franz kein Mensch fürs Museum war. Aber in diesem Fall, das Museum mit Susanne, das war etwas anderes. Also sagte Franz, dass er sich schon sehr freue. „Soll ich dich abholen", fragte er noch. Aber sie meinte, dass sie bis Bregenz kommen würde und dann werde sie gern bei ihm mitfahren. So war es also für Samstag abgemacht.

Es wurde Samstag und es wurde eins und Susanne erschien nicht. Sie kam mit einer zwanzig minütigen Verspätung. Nach der Begrüßung erklärte sie: „Es ist Samstag. Wieder einmal Stau. Daran habe ich nicht gedacht, als ich los fuhr. Na ja, wir haben ja noch Zeit genug."Franz sah Susanne mit Augen an, die mehr sagten als tausend Worte. Er hatte schon befürchtet, dass sie nicht kommen würde. Jetzt stand sie vor ihm. Sie hatte die blonden Haare zu einem Knoten gebunden. Dadurch wirkte ihr Gesicht ein wenig streng. Wieder befiel ihn für einen Moment eine unerklärliche Unsicherheit. „Was tut diese Frau bloß mit mir, warum geschieht es mir, dass ich mich immer wieder so hilflos fühle?" Er ärgerte sich über seine eigene Schwäche. Und er fragte sich, ob Susanne seine immer wieder kehrende Unsicherheit inzwischen auffiel oder nicht. Sie jedenfalls ließ sich nichts anmerken.

Im Auto sagte sie zu ihm: „Jetzt wirst du bald verstehen, was eine Mikwe ist."

„Das weiß ich jetzt schon. Ich habe gegoogelt. Das ist ein Bad, das zur rituellen Reinigung benützt wird. Bei den Frauen vor der Hochzeit und nach…‚nach…" Es war Franz peinlich, das Wort auszusprechen.

Susanne sagte es an seiner Stelle. „Nach der Menstruation."

Es blieb Franz peinlich. Deswegen erkundigte er sich nach dem Museum. „Wo ist denn das Jüdische Museum in Hohenems?"

„Das findest du leicht. Es ist alles beschildert. Der Parkplatz ist gleich hinter dem Haus am Rand vom Jüdischen Viertel."

Franz fand den Parkplatz wirklich auf Anhieb. Sie gingen über ein holpriges Kopfsteinpflaster zum Eingang. „Jüdisches Viertel? Ich habe irgendwann einmal etwas gehört von einem Jüdischen Viertel in Hohenems. Aber ich habe mich nie damit auseinander gesetzt."

„Nun, dann wirst du jetzt Gelegenheit dazu haben. Das ist für viele immer noch ein Stück verdrängte Geschichte. Und ihr Österreicher habt sehr lang gebraucht, bis ihr euch damit auseinander gesetzt habt. Erst bei der Waldheim-Affäre ist das bei euch zu einer breiten Debatte geworden."

„Und wann war die?"

„Die war neunzehnhundertsechsundachtzig."

„Da war ich zwei Jahre alt."

Sie betraten das Haus, erwarben zwei Eintrittskarten und stiegen ins Kellergewölbe hinab, wo sich die Mikwenausstellung befand. Große Bildschirme hingen an den Wänden. Vor Franz war ein Bildschirm mit einem tiefen Schacht, in den eine endlose Treppe zu führen schien und ganz unten schimmerte in einem Viereck dunkelgrünes Wasser. Neben dem Bild war eine Tafel: *Mikwe von Friedberg, Hessen, Deutschland, erbaut 1260. Der Schacht der Mikwe wurde 25 Meter tief durch Basaltfelsen bis zum Grundwasser getrieben. Eine Treppe mit sieben Absätzen zu je zehn Stufen führt bis auf den Grund der Mikwe. Die Temperatur des Wassers beträgt 7,5 Grad.*

„Was für ein Aufwand und was für eine Leistung", stellte Franz fest. „Ich habe immer gedacht, nur das Christentum ist frauenfeindlich. Aber das Judentum ist es auch."

„Wie kommst du darauf?", wunderte sich Susanne.

„Jeden Monat in dieses Wasser, mit dem Kopf unter Wasser. Und das bei dieser Wassertemperatur. Mörderisch."

„Die heutigen Mikwen sind beheizt."

„Davon hatten die Frauen im Mittelalter nichts." Es war da noch etwas anderes in Franz. Aber das rumorte noch. Er konnte es noch nicht richtig ausformulieren. Franz wandte sich zu den Berichten von Frauen, die schriftlich festgehalten an den Wänden hingen.

„Mich interessiert das hier", sagte Susanne, „wegen der Parallele zu meiner Taufe. Ich bin in das Wasser des Bodensees gestiegen. Auch über mir ist das Wasser zusammen geschlagen. Aber es war doch etwas anderes. Etwas ganz anderes. Ich habe es nicht zu meiner Reinigung getan. Es war einfach ein Gehorsamsschritt. Und es war Sommer. Das Wasser hatte einige Grade mehr wie in diesem Felsenschacht. Gott sei Dank."

Franz las einen der Berichte, die an der Wand hingen. *Da ist die Dimension der Schuld, die diese ganze Angelegenheit begleitet. Wenn du drin bist, dann funktioniert es. Du unterschreibst die Bedeutung von Reinheit und Unreinheit, und dann fühlst du entsprechend. Das ist ein sehr starker psychologischer Prozess. Auch die ganze Gesellschaft vermittelt das, und die häuslichen Gewohnheiten, die getrennten Betten, die besonderen Kleider für diese Tage... du kannst gar nicht anders fühlen. Wenn du drin bist, dann bist du drinnen. Wenn du nicht gehorchst, dann fühlst du dich nicht wohl. Dann ist es, als falle dir der Himmel auf den Kopf.*

L., Israel

In Franz verdichtete sich der innere Protest. Da stand, was er im Grunde dachte. Da war es schwarz auf weiß. Daneben war eine andere Tafel: *Mein ganzes Leben gab es das nicht, rein und unrein, nichts dergleichen. Jeder ist unrein und jeder ist rein. Es ist ein Spiel. Um Regeln zu haben, um Männer und Frauen zu unterscheiden, machen sie ein Spiel. Du spielst ein Spiel, in dem du in die Mikwe gehen musst, sonst kannst du das nicht. Um es kurz zu machen, ich habe keine Beziehung zu diesem Ort.*

N., Israel

Es ist ein Spiel, aber es ist kein gutes Spiel, dachte sich Franz. Noch sagte er nichts. Sie sahen sich die Ausstellung weiter an. Dann stiegen sie in den ersten Stock hinauf. Die Büste des Salomon Sulzer fiel Franz auf und er betrachtete sie länger. Er nahm einen Kopfhörer und hörte sich einen der Gesänge an, die Sulzer komponiert hatte. Die hohen Räume, die reich geschnitzten Türen und der eingelegte Parkettboden im Salon beindruckten ihn. Er las die Tafeln an den Wänden, las, dass die einst mächtigen Grafen von Hohenems Juden in Hohenems angesiedelt hatten, las von Diskriminierung und Vertreibung und dann vom Holocaust, dieser europäischen Katastrophe für die Juden. Franz sah die Dokumente und Zeugnisse an und es wurde ihm eng. Das war etwas, das er nicht verstehen konnte, vor allem darum nicht, weil daran Menschen mitgewirkt hatten, die im sonstigen Leben ‚ehrbare und anständige Bürger' gewesen waren. Es war für ihn unbegreiflich. Während er all dies ansah, ließ ihn zugleich der Gedanke nicht los, der sich beim Betrachten der Mikwenausstellung in seinem Kopf ausgebreitet hatte. Darüber würde er mit Susanne reden müssen.

Als sie gesehen hatten, was sie hatten sehen wollen und auch Susanne das Museum wieder verlassen wollte, machte Franz den Vorschlag, ins Schlosscafe zu gehen. Sie fanden einen freien Tisch im Cafe. Draußen wäre es einfach unangenehm gewesen und man wusste nicht, wann der nächste Regenguss einsetzen würde. Als sie bestellt hatten, fand es Franz an der Zeit, das Geschütz aufzufahren.

„Die christliche Religion, die ja ihre Wurzeln in dem hat, was wir gerade gesehen haben, nämlich in der jüdischen Religion, die ist genau gleich. Zuerst erklärt sie den Menschen als unrein und als Sünder und dann bietet sie ihm Mittel an, wie er wieder rein werden kann."

„So siehst du das?" fragte Susanne.

„Ja, wenn ich an das Geschäft mit dem Ablass denke. Den gibt's ja heute noch bei euch."

„Lieber Franz, in der katholischen Praxis kenne ich mich nicht aus. Ich weiß nicht, ob das so ist oder nicht so ist. Ich weiß nicht, ob du recht hast oder nicht. Ich bin ohne jeden Kirchenbezug aufgewachsen. Keine Ahnung. Ich weiß nur, dass es in meinem Glauben keinen Ablass gibt. Das war ein Thema in der Reformation. Aber heute? Ich kann es nicht als Thema erkennen. Deine Tante Ilga hat kein Wort von einem Ablass gesagt, sondern wie ich von Jesus gesprochen. Aber deine eigentliche Anklage ist ja, dass das Christentum die Menschen erst zu Unreinen, zu Sündern macht und dann erfindet es wieder Mittel, diese Unreinheit los zu werden."

„Ja, auf dem einen Bericht ist gestanden, wenn man drin ist, dann ist man drin. Warum sollte ich erst hinein in die angebliche Unreinheit?" Franz machte eine kurze Pause. „Ich fühl mich nicht dreckig. Entschuldigung aber ich habe kein Bedürfnis, etwas abzuwaschen?"

„Nicht? Wirklich nicht? Gar nichts?" Susanne sah ihn an wie ein begriffsstutziges Kind, wie jemand, der das Naheliegendste der Welt übersieht.

„Hast du dich eigentlich schon einmal geschämt", fragte sie ihn.

Das war für Franz eine unerwartete Wendung. Geschämt? Ihm fiel ein, dass heute wieder diese anfängliche Unsicherheit Susanne gegenüber da gewesen war. Und ein anderes Gefühl, das war gleichzeitig da gewesen. Ja tatsächlich, er hatte sich geschämt, dass er sich unsicher fühlte. Das entsprach seiner Vorstellung von einem Mann nicht. Geschämt. Er hatte sich einmal in der Schule schrecklich geschämt. Der Lehrer hatte einen Witz über ihn gemacht und die ganze Klasse hatte gelacht. Geschämt? Er dachte an Mellau. Er musste es zugeben. „Ja, ich habe mich schon geschämt." Dass er sich sogar heute geschämt hatte, leicht nur aber doch geschämt, das würde er auf keine Fall sagen.

„Glaubst du, dass die Christen die Scham erfunden haben?"

Die Bedienung hatte inzwischen den Kaffee gebracht. Franz rührte nachdenklich in seiner Tasse um. Als er sich in der Klasse geschämt hatte, damals, als es sich so geschämt hatte, dass er am liebsten in den Boden versunken wäre, das hatte nichts mit Religion zu tun gehabt. „Nein, wenn ich so darüber nachdenke. Nein, Scham ist etwas, das gibt es einfach."

„So ist es. Nur, die Scham gibt es nicht nur, sie ist viel mächtiger als du denkst und es hat sie sicher schon vor dem Christentum gegeben. *Die Scham sitzt jedoch auf ihrem Thron neben Zeus bei allem, was er macht, sie sollte auch neben dir, mein Vater sitzen.* Das stammt von Sophokles und das sagt Ödipus auf Kronos. Ödipus wird dir schon was sagen, nicht?"

Franz nickte.

„Diese Worte sind jetzt zweitausendvierhundert Jahre alt. Scham sitzt viel tiefer und bewirkt viel mehr als wir wahrnehmen. Sie tritt in tausend Masken auf, gebärdet sich als Mörder wie als Heiliger. Unerkannt bewegt sie uns Menschen. Ausweglos der Scham verfallen, tun wir, was wir tun und wissen nicht einmal warum. Sie sitzt neben Zeus, dem Göttervater auf dem Thron. Das sind Worte eines Griechen, eines Heiden. Aber sie sind von tiefer Weisheit und treffen den Punkt. Was neben dem Göttervater auf dem Thron sitzt, das kann von uns Sterblichen nicht entthront werden. Dazu braucht es einer höheren Macht, einer Macht über den Göttern."

Franz hörte ihr zu. Das war sie wieder, diese Susanne, die für ihn einen so bezaubernden Liebreiz ausströmte, und die auch noch eine andere Susanne war, klug und überzeugt. Was sie sagte, das war nicht Gelerntes, das war Erfahrenes.

„Wer sich nicht seiner Scham gestellt, der Tatsache, dass er versagt hat, oft gar nicht aus moralischer Schuld, sondern aus menschlicher Schwäche, wer nicht in den Spiegel geschaut hat und über sich selbst enttäuscht war, der hat sich noch nie wirklich betrachtet."

Habe ich mich betrachtet, habe ich mich selbst mir gestellt? Das war kein Thema für Franz gewesen. Das Leben funktionierte gut. So lange es lief, warum in den Spiegel der Selbsterkenntnis schauen? Aber nicht in den Spiegel der Selbsterkenntnis zu schauen, war das nicht ein Eingeständnis? War das nicht das Eingeständnis, dass man einen Anblick vermutete, der einem nicht gefiel? Hinter jeden schönen Frau würde ich herschauen, dachte Franz, aber mich selbst anschauen, dieser Gedanke gefällt mir nicht. Warum?

„Weil ich gerade am Zitieren von Nichtchristen bin, da habe ich noch etwas von Nietzsche. *Die Verdüsterung des Himmels über dem Menschen hat immer in dem Verhältnis dazu überhand genommen, als die Scham des Menschen vor dem Menschen gewachsen ist.* Scham verdüstert den Himmel. Der verdunkelte Himmel ist der Anfang der Unmenschlichkeit. Ich hätte dir dazu ein Beispiel. Adolf Hitler, der Führer, der Zehntausende zur Erbringung des Ariernachweises zwang, hätte selber diesen Nachweis nie erbringen können. Bei Nummer vier (des Ahnenpasses) -- Großvater väterlicherseits -- wäre, so wie bei jedem Unehelichen, ein dicker Strich gezogen worden. Dieser Großvater war unbekannt. Es hätte also auch ein Jude sein können. Und dieses Gerücht gab es sogar. Aber so gut wie gesichert ist, dass es Inzest in der Familie gab und Adolf Hitler war das Ergebnis dieses Inzests. Ein Hitlerforscher erklärt die Verwandtschaftsverhältnisse von Hitler so: dass der Vater von Hitlers Vater zugleich der Großvater von Hitlers Mutter gewesen sei. Hitlers Vater müsste mithin der Onkel von Hitlers Mutter, Hitler und seine

Mutter Cousin und Cousine gewesen sein. Das ist zumindest der heutige Stand der Forschung. „Diese Leute dürfen nicht wissen, wer ich bin", soll Adolf Hitler seinen Neffen William Patrick Hitler belehrt haben. „Sie dürfen nicht wissen, woher ich komme und aus welcher Familie ich stamme." Auf Anweisung des Führers wurde das Dorf Döllersheim und dessen Umgebung, wo Hitlers Vater geboren und Hitlers Großmutter beerdigt worden ist, 1941 in einen großdeutschen Truppenübungsplatz verwandelt. Es wurde alles ausgelöscht alles vernichtet, auch der Friedhof und seine Grabsteine, diese steinernen Zeugen der Abstammung Hitlers. Adolf Hitler wollte seine Herkunft auslöschen. Das ist das eine, aber das ist noch nicht alles. Adolf wurde, so hat es Alice Miller recherchiert, schon als kleines Kind mit der Peitsche geschlagen.

Hitler hat einer seiner Sekretärinnen erzählt, er habe einmal in einem Abenteuerroman gelesen, es sei ein Zeichen von Mut, seinen Schmerz nicht zu zeigen. Und so "nahm ich mir vor, bei der nächsten Tracht Prügel keinen Laut von mir zu geben. Und als dies soweit war - ich weiß noch, meine Mutter stand draußen ängstlich an der Tür -, habe ich jeden Schlag mitgezählt. Die Mutter dachte, ich sei verrückt geworden, als ich ihr stolz strahlend berichtete: " Zweiunddreißig Schläge hat mir der Vater gegeben!"

Brutale körperliche Züchtigung, die tiefe Scham auslöst, Verleugnung der Herkunft, weil sie beschämend ist, dreimal sitzen bleiben in der Realschule in Linz, nämlich in der fünften, sechsten und siebenten Klasse und dann noch die Ablehnung an der Kunstakademie in Wien. Genügt das für eine abgrundtiefe Scham?"

Franz war überzeugt, dass das genügte. Aber er verstand immer noch nicht, worauf Susanne hinaus wollte. „Ja natürlich genügt das für eine tiefe Scham."

„Dann sind wir uns einig. Die Scham aber hat tausend Masken, habe ich gesagt. Eine dieser Masken ist, Unschuldige mit Hass zu verfolgen. Der Antisemitismus und die Juden als Prügelknaben, das hat leider schon eine lange Abendländische Tradition. Wenn man seine eigene Abstammung schamvoll verbergen muss, dann gibt es einen scheinbaren Ausweg für die Scham, man verfolgt die, die ihre Abstammung nachweisen können, diese besondere Abstammung bis hin zu einer göttlichen Auserwählung. Man versucht die auszulöschen, die von sich sagen, dass sie auf Grund der Abstammung auserwählt sind, von Gott auserwählt. Das war der grausame Versuch, dieses Gefühl der Scham und der Minderwertigkeit wegen der eigenen Abstammung, diese Stimme in sich zum Schweigen zu bringen. Und weiter, muss man nicht hart und grausam werden und den Schmerz und das Leben anderer verachten, wenn man seinen eigenen Schmerz mit zusammen gebissenen Zähnen hinunter geschluckt hat und gelernt hat, wenn man geschlagen wurde, keinen Laut von sich zu geben?"

Susanne machte eine Pause. Der Kaffee war schon kalt geworden. Sie nahm trotzdem einen Schluck. „Wie hätte die Geschichte Europas im zwanzigsten Jahrhundert ausgesehen, wenn Adolf Hitler begriffen hätte, was am Kreuz geschehen ist? Ich will es dir sagen. Der Zweite Weltkrieg mit seinen Millionen von Toten hätte nicht stattgefunden. Und sechs Millionen Juden wären nicht ermordet worden.

Scham und Schande hängen am Kreuz. Ein nackter Mann verspottet von den Umstehenden, verhöhnt als gescheiterter Möchtegernkönig, ein Jude, verblutend und erstickend und dabei unschuldig. Das ist Jesus am Kreuz. Und das ist die Lösung. Dort am Kreuz wird nicht nur unsere Schuld getilgt, da wird auch unsere Schande ausgelöscht, dort wird sie angenagelt und von den Menschen weggenommen. Für mich gilt das jedenfalls, für mich, Susanne Kuhn, so wie das für Paulus gegolten hat. *Also schätzen wir von jetzt an niemand mehr nur nach menschlichen Maßstäben ein; auch wenn wir früher Christus nach menschlichen Maßstäben eingeschätzt haben, jetzt schätzen wir ihn nicht mehr so ein. Wenn also jemand in Christus ist, dann ist er eine neue Schöpfung: Das Alte ist vergangen, Neues ist geworden.* Ich glaube nicht, Franz, das du das verstehst, aber ich habe eine zweite Abstammung, ich bin das Kind meiner Eltern aber noch wichtiger, Gott ist mein Vater geworden. Er ist wirklich mein Vater. Bei vielen Christen ist das im Kopf angekommen aber nicht im Herzen. Ich weiß nicht warum und ich weiß nicht wie, wir Christen nennen das Gnade, aber bei mir ist das im Herzen angekommen."

Susanne sah an Franz vorbei in eine unbekannte Ferne. „Ich bin einmal ins Wasser gestiegen. Jesus Christus hat mich rein gemacht und er tut es jeden Tag neu. Ganz rein ohne Mikwe. Aber Reinheit und Befreiung kannst du nicht selber machen. Die muss dir geschenkt werden."

Franz waren diese Dinge aus dem Leben von Adolf Hitler unbekannt gewesen. Er hatte jetzt verstanden, dass da nicht einfach ein Bösewicht auf die Welt gekommen war. Da gab es eine Geschichte.

Die Vorfahren von Adolf Hitler hatten gesündigt und die Sünde hatte sich aufgebläht. Die Sünde war also kein willkürlicher Begriff. Sie gehörte zum Drama des Menschen und sie konnte sich vervielfältigen zu einer vielköpfigen Hydra. Susanne behauptete, dass das, dieser anschwellende Fluss des Bösen, unterbrochen werden konnte durch Jesus Christus, durch eine Erkenntnis des Herzens. Wenn das so war, dann bewies die europäische Geschichte, dass diese Erkenntnis selten stattgefunden hatte, dachte Franz. Wenn das so war, dass diese Erkenntnis von Christus mit einer Neuwerdung verbunden war, warum sah Europa dann so alt aus? Die Fragen ließen sich weder beruhigen noch wegwischen. Zugleich war da das andere, das Feuer in Susanne, das nicht zu leugnen, nicht zu übersehen und nicht wegzudenken war.

„Könntest du mir nicht etwas von deiner Erkenntnis geben", sagte Franz.

Susanne sah Franz an. „Du stehst oder besser du sitzt immer noch da, wie vor der chinesischen Mauer. Ich kenne nur einen, der auch einen Franz Kaufmann über die Mauer hieven kann. Ich will es dem überlassen und darum beten."

Es wurde Zeit für den Aufbruch. Franz zahlte. Sie gingen zum Auto zurück zum Parkplatz vor dem Museum. Es hatte ein leichter Nieselregen eingesetzt.

„Ich muss dir wegen morgen dann noch sagen", begann Susanne, „meine Mutter hat Geburtstag. Wenn du in den Gottesdienst kommst, dann sehen wir uns. Danach habe ich noch ein wenig Zeit. Aber zum Mittagessen muss ich bei meinen Eltern sein. Und am Nachmittag kommen dann noch mehr Verwandte. Du kennst das ja von dir daheim sicher auch. Kommst du zum Gottesdienst?"

Franz hatte gerade von einem gemeinsamen Sonntag geträumt und sah sich jetzt mit dem plötzlichen Ende seiner Träume konfrontiert. Er wusste nicht gleich, was er sagen sollte.

Susanne lachte auf einmal laut auf.

„Was ist da so lustig", fragte Franz.

„Ich habe gerade an Schwarzenberg gedacht und daran, wie das wäre, wenn ich dich einfach so in meine Familie mitbringen würde. Ob sie dir dann ein Buch mit Anleitungen für einen Ehemann empfehlen würden?"

„Findest du das lustig? Meine Eltern denken immer noch…Und weil sie den gleichen Geschmack haben wie ich, darum warst du ihnen so supersympathisch."

„Würdest du dir auch ein Mädchen aussuchen und behalten wollen, wenn es deinen Eltern nicht gefällt?"

„Was meinst denn du von mir? Ja natürlich. Ich denke, ich bin erwachsen."

„Ok. Und was ist jetzt morgen?"

Franz sah Susanne an. Die feinen Tropfen des Regens glänzten in ihrem Gesicht. Ihre Augen waren dunkel und geheimnisvoll wie immer. Und ihr Mund weckte tausend Sehnsüchte. Er hatte ja gar keine Wahl. „Klar, bis morgen", sagte er.

*

Franz, der sich mit Achtzehn zum Atheisten erklärt hatte, ging also am Sonntag schon wieder in einen Gottesdienst. Susanne wusste, dass er nur wegen ihr kam. Es war gestern in Hohenems wieder so deutlich geworden für sie, dass er aus ihrer Sicht noch immer ein Brett vor dem Kopf hatte. Wenn, dann bewegte er sich nur in Zehntelmillimetern. Eigentlich hätte sie die Hoffnung sinken lassen müssen. Franz Kaufmann, ein hoffnungsloser Fall. Aber sie glaubte an einen Gott, dem nichts unmöglich war. Und es gab da etwas in ihr, tief in ihr, die Stimme einer stillen Zuversicht.

Dieser Sonntagmorgen war anders. Franz strahlte sie zwar an, als er sie sah, aber er wusste zugleich, dass sie vor dem Mittag zu ihren Eltern musste und dann würde es zwei Sonntage geben ohne sie. Und ob unter der Woche was möglich war, das war auch noch nicht gewiss. Er hatte das Gefühl, dass ihm Susanne weggenommen wurde. Susanne wiederum dachte an das bevorstehende Familienfest. Es war seit ihrer Bekehrung nie mehr geworden wie zuvor. Man ging zwar scheinbar freundlich und familiär miteinander um. Aber Susanne spürte die Mauer. Ein unausgesprochener Vorwurf lag in der Luft. Man redete nicht darüber. Man tat so, als wäre alles in Ordnung. Es war aber nicht in Ordnung. Es war ein Familientheater. Das war nun genau das, was es für Susanne so schwierig machte. Das Theater spielen, das freundliche Theater, das die Ablehnung zudecken sollte und es doch nicht vermochte.

So waren sie beide, Susanne und Franz, an diesem Sonntagmorgen nicht so heiter wie sonst. Franz sah es Susanne an. Immer wieder entstand scheinbar ohne jeden Grund eine steile Falte in ihrer

Stirn. Und Susanne sah es Franz an. Er sah sie immer wieder mit einem Blick an, als sei sie dabei, von ihm fort zu gehen für immer.

Der Lobpreis am Anfang des Gottesdienstes ließ Susanne für eine Weile den Rest des Tages vergessen. Sie sann über den Text der Lieder nach, die sie sang und versuchte, ihr Herz ganz auf Gott, auf ihren Vater im Himmel, auszurichten. Es gelang ihr nicht so richtig. Wenn sie nicht an die Familienfeier dachte, dann dachte sie an den Mann neben sich. Sie hatte sich gegen das Gefühl zu wehren versucht. Aber mitten im Gottesdienst sah sie Franz wieder vor sich beim Heuen und sah das Spiel seiner muskulösen Schultern und Arme. Sie dachte bei sich, die Abkühlung tut gut. Es ist gut, dass ich heute zu meinen Eltern muss und dann ins Camp.

Franz wusste nichts von ihren Gedanken. Wenn er gewusst hätte, was sie dachte, dann wäre er gar nicht damit einverstanden gewesen. Er fand das sehr schlecht, dass sie in dieses Pfadilager, so nannte er das, musste. Und das mit ihren Eltern. Nun ja, da konnte man nichts machen. Aber die nahmen ihm Susanne heute weg.

Susanne versuchte erneut, ihre Gedanken in eine andere Bahn zu bringen. Wenn ich schon nicht anders kann, als an diesen Kerl neben mir zu denken, dann will ich wenigstens für ihn beten. Sie betete für Franz. Susanne tat es während der ganzen Predigt.

Der Pastor las aus dem Lukasevangelium vor. Es war die Geschichte von einem Hirten, der neunundneunzig Schafe allein lässt und hinter einem einzigen her rennt, um es zurück zu holen. Und wenn er es hat, freut er sich irrsinnig. Das kam Franz übertrieben vor.

Der Pastor legte die Bibel weg und begann über diese Stelle zu predigen. Franz hörte nicht richtig zu. Schafe gab es auch im Bregenzerwald. In den letzten Jahren immer mehr. Hundert zu eins oder besser neunundneunzig zu eins. Das erschien Franz ungerecht. War es da nicht besser, so lange wie möglich ein Sünder zu bleiben, wenn dann die Freude über diesen Einen größer war als über alle anderen zusammen?

Der Prediger nahm wieder die Bibel zur Hand und las vor: *Wir hatten uns alle verirrt wie Schafe, jeder ging für sich seinen Weg. Doch der Herr lud auf ihn die Schuld von uns allen.* Das ist aus dem dreiundfünfzigsten Kapitel von Jesaja. Es war komisch. Diese Worte gruben sich in den Kopf von Franz ein. *Wir hatten uns alle verirrt wie Schafe, jeder ging für sich seinen Weg.* Franz fühlte sich nicht als Schaf. Aber es war so, als sei dieser Satz nur für ihn gesagt. *Jeder ging für sich seinen Weg.* Der Satz hallte in seinem Inneren wie ein Vorwurf nach. Franz wehrte sich sofort dagegen. Was sollte man in dieser Welt denn tun, wenn nicht seinen eigenen Weg gehen? Das war doch normal. Aber der Satz war nicht aus seinen Gedanken zu schütteln. Ein eigener Weg, natürlich. Oder doch kein eigener Weg. Aber wie denn?

Nach dem Gottesdienst unterhielt sich Susanne noch mit Marion. Die Kleine hatte eine Sommergrippe gehabt, war aber Gott sei Dank wieder gesund. Jeremias und seine Frau Ruth kamen auf Franz zu und wollten ihn in ein Gespräch verwickeln. Franz sah sich nicht als Christ und fühlte sich deswegen auch nicht verpflichtet christliche oder geschwisterliche Gefühle zu haben. Er wünschte sie alle ins Pfefferland. Er wollte jetzt die kurze Zeit, die bis zum Mittag blieb, mit Susanne allein sein. Es dauerte noch eine Weile, bis sein Wunsch in Erfüllung ging.

Endlich war es so weit. Susanne schlug einen Spaziergang vor. Sie ließen darum ihre Autos vor der Gemeinde stehen und gingen eine schmale Gasse aufwärts, die in die Obstwiesen führte. Susanne kannte sich ja hier aus. Sie bestimmte den Weg. Es regnete heute nicht mehr. Manchmal schien die Sonne durchbrechen zu wollen. Aber sie schaffte es nie ganz. Stets zogen neue Wolken vor die Sonne. Auch über das Gesicht von Susanne schienen Wolken zu huschen. Franz wunderte sich. Hoffentlich lag das nicht an ihm.

„Ist da etwas zwischen uns", fragte er.

„Wie kommst du da drauf", fragte sie zurück.

„Naja, du wirkst für mich bedrückt. Irgendetwas ist."

Susanne sah Franz an. Dieser Mann, dachte sie, das ist ein unbekehrter Mensch, aber er hat ein Herz. Er spürt, wie es mir geht. „Es ist wegen dem Familienfest." Susanne hätte eine Ausflucht wählen können. Aber das wollte sie grundsätzlich nicht und bei Franz erst recht nicht.

„Gehst du nicht gern zu deiner Familie", fragte Franz.

Susanne sagte schlicht. „So ist es."

„Schade", sagte Franz, „die wissen scheinbar nicht, wer du bist."

„Susanne sah Franz an. „Und du weißt, wer ich bin?"

„Ja, du bist für mich – ich weiß nicht, ob das zu unserer Abmachung gehört, aber zu jemandem, der bei mir im Wald heuen war, kann man es schon sagen – die Traumfrau."

„Ich habe mir ja heute schon gedacht, dass es Zeit für eine Abkühlung wird." Susanne sagte das nicht laut, aber sie dachte es dafür umso deutlicher. „Franz", sagte sie, „bis jetzt gilt immer noch, dass wir solche Gefühle einfach nicht…" Sie wusste nicht, wie sie es sagen sollte.

Franz blieb einfach stehen. „Was soll das heißen. Ich habe dir gesagt, dass mich bei deinem ersten Anblick der Blitz getroffen hat. Und seither ist es nicht besser, sondern schlimmer geworden."

Susanne wusste keine Antwort. Sie wusste nicht … Und dann entschloss sie sich zur Wahrheit, zur beinahe Wahrheit. „Ich wusste nicht, dass es ein Wälder bei mir schaffen würde, ein schwarzhaariger Wälder mit grauen Augen und dem Namen Franz …Aber es gilt immer noch das Wort Warten."

Franz hatte verstanden. Sein Herz hüpfte. Und er hatte zugleich auch nicht verstanden. Wenn es so war im Herzen von Susanne, dann verstand er das Warten erst recht nicht.

An diesem Sonntag gingen sie auseinander, nicht ohne dass Franz einen flüchtigen Kuss auf die Wange bekam. Er hatte sich am Morgen auch wirklich gründlich rasiert.

*

Als sie sich getrennt hatten, da hatten sie sich für Mittwoch verabredet. Am Mittwoch bekam Franz einen Anruf von Susanne. Sie konnte nicht. Tante Friedl in Scheidegg hatte die Sommergrippe bekommen. Man musste nach ihr schauen. Susanne musste einspringen und zu ihr hinauf. So kam es schließlich, dass Susanne ins Camp fuhr, ohne dass sie sich noch einmal gesehen hatten. Sie verabredeten am Telefon, dass Susanne ihr Laptop mitnehmen würde. Bei dem Bauern, der ihnen die Wiese verpachtet hatte, würde sie sicher den Akku aufladen können. Schreiben war das Beste, fand Susanne. Sie wohnten in Zelten und überall waren Kinder. Nein, sie wollte nicht reden, wo viele Ohren mithören würden. Sie wollte lieber schreiben.

Am Sonntagabend bekam Franz das erste Mail.

Lieber Franz, wir haben jetzt die Vorbereitungen geschafft, die Stangen liegen, wo sie liegen sollen und die Teambereiche sind abgesteckt. Die Kinder können morgen kommen. Ich sitze jetzt gerade in einer Jurte und schreibe. Zwei Jurten haben wir heute schon aufgestellt. Es ist ein wunderbarer Ort hier. Auf drei Seiten ist Wald. Auf der Nordseite fließt ein kleiner Bach. Nach Westen ist die große Wiese offen. Der Bauer hatte sie gründlich gemäht, als wir ankamen. Leider gab es heute unter Tags einen Regenguss. So ist der Boden ziemlich weich. Aber das ist halt das Rangerleben, man muss es nehmen, wie es kommt. Hoffentlich wird das Wetter beständiger. Morgen haben wir den ersten Lobpreisabend mit den Kids. Ich freue mich schon drauf. Das wird morgen ein anstrengender Tag, bis alle Zelte stehen und der Feuertisch und all das andere. Am großen Eingangstor werden wir nicht mit bauen. Das machen die großen Jungs. Ich habe heute unter Tags oft an Dich gedacht. Gute Nacht, Deine Susanne.

Franz antwortete:

Liebe Susanne, ich wünsche Euch gutes Wetter. Schön, dass das ein Platz ist, der Dir gefällt. Ich war kein Pfadfinder und darum kann ich mir das nicht so richtig vorstellen. Im Zelt geschlafen habe ich natürlich auch schon. Einige Mal auch in einem Heustadel. In duftendem Heu zu schlafen, das ist eine tolle Sache. Das hat mir besser gefallen wie im Zelt. Wow! Hast du wirklich unter Tags an mich gedacht? Ich jedenfalls weiß nicht so genau, wann ich nicht an Dich gedacht habe. Weißt du, ich war heute Morgen im Gottesdienst in Lindau. Ich bin leider noch nicht fromm geworden. ☺ Aber ich wollte das Ganze mal erleben ohne Dich. Wenn Du dabei bist, dann...Ich darf Dir ja nicht sagen, was ich dann fühle und wo die ganze Zeit mein Herz ist. Aber wenn ich es Dir auch nicht sagen darf, so ist es eben trotzdem so. Also ich dachte mir, gehst du mal hin und schaust dir das an - ohne die tolle Frau neben mir. Ich muss sagen, es hat keine besonderen neuen Erkenntnisse gebracht. Nach dem Gottesdienst hat mich wieder Jeremias angeredet. Gut, ich weiß ohne ihn hätte ich Dich nicht kennen gelernt. Er hat mich eingeladen zum Mittagessen bei ihnen. Und weil du ja im Camp bist, habe ich die Einladung angenommen. So bin ich also bei den Grimms gelandet. Sie, die Ruth, war nett wie immer. Jeremias hat mich gefragt, ob ich denn nun endlich gerettet sei und ob ich mich entschieden hätte für Jesus? Ich musste das Verneinen. Jeremias war enttäuscht, das konnte man ihm ansehen. „Aber du warst doch so viel zusammen mit der Susanne!" Das hat er festgestellt und es war der Vorwurf zu hören, dass ich wohl lieber bloß mit dir zusammen bin statt mich zu bekehren. Irgendwie scheint Jeremias zu meinen, das kann man einfach so auf Knopfdruck machen. Man muss es nur wollen. Basta. Ich jedenfalls kann das nicht. Ich oder Gott oder weiß ich wer, also wir haben den Knopf noch nicht gefunden, den man drücken muss. Jeremias hat dann die Bibel geholt und mir etwas vorgelesen. Ich habe mir die Stelle gemerkt und Du kennst sie sowieso. Das Ende vom Markusevangelium. „Wer nicht glaubt, wird verdammt werden". Ich soll mich entscheiden, damit ich nicht verloren gehe und in die Hölle komme. Weißt du Susanne, das kenne ich. An der Außenwand der Pfarrkirche von Egg steht großgeschrieben: Rette deine Seele. In der katholischen Kirche gab es früher etwas, das wurde Volksmission genannt. Da kamen dann irgendwelche Ordensleute, meistens waren es Kapuziner, und haben flammende Predigten in der Kirche gehalten. Ja und aus so einem Anlass wurde das an die Kirche gemalt: *Rette deine Seele. Jedes Mal, wenn ich da dran vorbei gefahren bin, habe ich mich gewundert. Das habe ich in der Schule gelernt. Das Christentum hat zwei Hauptgebote. Du sollst Gott - du weißt schon - und auch den Nächsten...Warum haben die nicht an die Kirchenwand geschrieben: Rette die Seele deines Nachbarn? Warum nur sich selbst? Das ist doch ein Appell an den Egoismus. Du kennst doch den Spruch „Rette sich wer kann". Das heißt, jeder schaut nur auf sich, um seine eigene Haut in Sicherheit zu bringen. Ich soll mich vor der Hölle retten lassen. Für mich ist das ein Appell an meinen Egoismus. Es könnte mir einmal saudreckig gehen. Jetzt soll ich mich mit Hilfe von Jesus dagegen absichern. Ich weiß nicht. Also du hast das nie so zu mir rüber gebracht, sonst, ich sage es dir ehrlich, wäre mein Nachdenken und Suchen schon zu Ende. Was ich von Dir rüber kriege, das ist, dass ich mich irgendwo verloren habe und Gott auf meine Heimkehr wartet. Vielleicht ist es so. Mit dem gestrigen Tag habe ich jedenfalls angefangen, auf Deine Rückkehr zu warten. Dein Franz.*

Am Montag war von Susanne nichts zu hören oder richtiger gesagt, nichts zu lesen. Am Dienstag am späten Abend kam endlich wieder ein Mail von ihr.

Lieber Franz, also auf meine Rückkehr wirst du noch ein wenig warten müssen. Jetzt bin ich mal bei meinen Kids. Als Leiterin bin ich die ganze Zeit gefragt. Es waren zwei wunderbare Tage, eine tolle Schnitzeljagd und Abenteuer im Wald. Gestern Abend hatten wir so einen super Lobpreis. Und dann war jemand da aus Augsburg, der hat, halt dich fest, Franz geheißen. (Er ist aber keine Konkurrenz für dich.) Das war toll, was der den Kids erzählt hat. Er war in Afrika und hat dort Erfahrungen mit Jesus gemacht.

Ja, das hast du richtig verstanden, du hast dich verlaufen und der Vater im Himmel wartet auf deine Heimkehr. Weißt du, das sind hier alles Kinder von gläubigen Eltern. Die Kinder sind darum auch gläubig. Wenn sie beten, wenn sie reden, diese offenen Augen! Es ist als würde sich das Licht des Himmels in diesen Kinderaugen spiegeln. Und doch wird mir immer wieder bang. Wie viele dieser Kinder werden später als Erwachsene noch gläubig sein? Gott hat keine Enkel. Man kann den Glauben nicht erben, nicht den katholischen im Bregenzerwald, das weißt du ja aus eigener Erfahrung, aber auch nicht einen biblischen Glauben. Irgendwann kommen Fragen, irgendwann kommt das Nachdenken, irgendwann auch eine Enttäuschung über Gott, weil er nicht so ist, wie man sich das vorgestellt hat. Gott hat keine Enkel, nur Kinder. Wer von diesen wunderbaren Kindern wird als Erwachsener ein Kind Gottes sein? Da ist meine Rahel. Gleich am ersten Abend hat sie geweint. Ich habe sie gefragt, was los ist, ob sie Heimweh hat. Sie hat den Kopf geschüttelt. „Was ist es dann", habe ich sie gefragt. Sie hat geschluchzt und gewürgt. Ich habe sie kaum verstanden. „Der Papa ist ausgezogen. Er ist weggegangen." Ich wusste nicht, was ich sagen sollte. Ich habe sie einfach fest an mich gedrückt. Es war also doch wahr. Der Vater von Rahel war ein aktives Gemeindemitglied. Seit einiger Zeit habe ich ihn nicht mehr gesehen. Es gab so eine Rederei. Ich mag so was nicht und habe es nicht ernst genommen. Aber in diesem Fall stimmt es doch. Der Vater hat in der Firma mit einer zehn Jahre jüngeren was angefangen. Seine Frau mit zwei Kindern hat er sitzen lassen. Das ist seine Sache. Aber was wird die Rahel einmal tun, wie wird sie denken und glauben? Ihr Vater war von Kindheit an ein gläubiger Christ. Den christlichen Glauben hat man in der Familie als Heil der Welt verkündet. Und jetzt das. Wird dieses Kind als erwachsene Frau zwischen dem Versagen des Vaters und dem Evangelium unterscheiden können? Vielleicht. Hoffentlich. Aber das gilt auch für dich, Franz. Unterscheidest du zwischen dem Versagen von Menschen und dem, was Jesus Dir anbietet? Bis jetzt, glaube ich, noch nicht. Hoffentlich wird das noch. Ob ich mich morgen melden kann, weiß ich noch nicht. Eher nicht. Gute Nacht, Susanne.

Susanne meldete sich am nächsten Tag wirklich nicht. Aber Franz schrieb ein Mail.

Liebe Susanne, ich kann Dir nur sagen, dass ich brav in der Bibel lese. Aber Du hast das ja selber gesagt in Hohenems. Es gibt nur einen, der mich über die Mauer hieven kann. Also verlass ich jetzt dieses Thema und erzähle Dir von meiner Arbeit. Wir sind zurzeit an einer Seilbahn dran in Batumi. Hast Du eine Ahnung, wo das ist? Das habe ich, bis wir diesen Auftrag bekommen haben, auch nicht gewusst. Batumi liegt in der Südwestecke von Georgien. Es wird als die Perle am Schwarzen Meer bezeichnet. Batumi hat eine interessante Geschichte. Du müsstest das eigentlich besser wissen. Batumi war schon ein Hafen in der Zeit des antiken Griechenlands. Der Mythos vom Goldenen Vlies berichtet, dass ein Drache in Kolchos das Goldene Vlies bewachte und dass es von den Argonauten geraubt wurde. Kolchos bezeichnete die Region um Batumi. Das sprechende Schiff in dem Mythos von den fünfzig Seefahrern hieß Argo. Noch einmal, Susanne, nicht dass Du denkst ich sei ein Spezialist für griechische Mythologie. Das hat man uns alles erklärt. Die Seilbahn aus der Stadt hinauf in das neue Vergnügungsviertel heißt Argo. Drum. Und die Bergstation wird in Form eines Segels gebaut in der Erinnerung an das Schiff der Mythologie. Es fehlt jetzt noch der Drache. Aber da haben wir zum Glück keinen Auftrag. Das Vlies ist nämlich schon gesichert. Auf dem Europaplatz in der Altstadt steht ein Standbild der Medea mit einem goldenen, einem vergoldeten Vlies in der Hand. Die Medea war ja auch irgendwie in diese Geschichte verwickelt. Wie genau, das weiß ich nicht mehr. Also wir bauen eine Seilbahn in diesem Batumi. Das ist gut so. Ich kann ja nicht immer an die schöne Frau denken, die sich mit Kids abgibt. Dein Franz.

Susanne schrieb am folgenden Tag zurück. Franz wusste auch etwas zu schreiben, das letzte Mal am Freitag.

Am Samstag brach Franz mit Tobias zu der Tour auf, die er ihm schon in Schwarzenberg versprochen hatte. Sie planten die Litzner-Seehorn Überschreitung in der Silvretta, die sie auch ausführten. Am Samstagabend auf der Saarbrückner Hütte, packte Tobias aus. „Da in Schwarzenberg, wie du mit deiner Freundin angekommen bist, Mann hast du eine tolle Frau an Land gezogen..." Franz zuckte mit keiner Wimper. Er hatte sich vorgenommen, kein Wort über die Tatsachen zu sagen. Sollten sie glauben, was sie glauben wollten. Franz hört einfach zu. „...also da hatte ich am Tag vorher gerade mit Lisbeth Schluss gemacht. Oder sie mit mir. Wir waren uns beide einig, dass es fertig war. Es war ein totaler Frust. Und dann kommst du mit einer Frau an, die lächelt wie die Mona Lisa... Ich war nur noch sauer. Es tut mir heute noch leid. Das tut man nicht mit einem Freund."

„Das ist schon ok. Du hast dich ja schon entschuldigt."

„Ja aber trotzdem."

„Und was ist jetzt mit der Lisbeth?"

„Es ist aus."

„Aber ihr seid doch fünf Jahre miteinander gegangen", wandte Franz ein.

„Meinst du, das macht es besser? Gut, wir hatten immer wieder Krach. Kommt ja vor. Aber das...Sie war mit dem Alfred im Bett."

„Mit dem Alfred? Ja dann."

„Eben, das habe ich auch gesagt. Ich habe gesagt, ja dann geh halt zu deinem Alfred. Drum ist es aus, sicher aus."

Jetzt erst verstand Franz, warum Tobias beim Heuen so gewesen war, wie er gewesen war. So war das also. Sein Freund war gehörnt worden. Darum die scheußliche Laune. Dass für ihn auch mal sowas…, nein daran durfte er gar nicht erst denken.

„Halt dir dein Susanne bloß warm", gab Tobias einen gut gemeinten Ratschlag. „Die ist ein echt cooler Typ. Wie bist du denn zu der gekommen?"

Das war nun eine unangenehme Frage. Franz nahm einen Schluck aus dem Bierglas, um Zeit zu gewinnen. Seine Gedanken rasten. Er musste sich eine Geschichte ausdenken. Schnell. „Ach", sagte er leicht hin, „es war in den Seeanlagen."

„Was war in den Seeanlagen?"

Ja, was war in den Seeanlagen? Ein Zusammenstoß? Nein, das ging nicht. Ein Ohnmachtsanfall? Er, Franz, hatte sie von Mund zu Mund beatmet und sie war jetzt so dankbar… So ein Blödsinn. Die Mund zu Mund Beatmung wäre natürlich schon…Jetzt hatte er es. „Ihr ist das Handy runter gefallen und ich habe es ihr aufgehoben und so sind wir ins Gespräch gekommen."

„Und das Handy war nicht kaputt? Sonst halten die Dinger so etwas nicht aus. In den Seeanlagen ist doch alles Asphalt."

„Nein, es war nicht kaputt." Franz wurde ärgerlich. „Willst du jetzt auch noch das Protokoll, wann und wo wir uns das erste Mal geküsst haben?"

Tobias verstand seinen Freund nicht. „Was ist denn los? Ich hab doch bloß gefragt."

„Nix ist los", brummte Franz und bei sich dachte er, wenn ich doch selber das Protokoll von den ersten Küssen kennen würde. Dann gab er vor, müde zu sein und sie gingen schlafen.

*

Am Montagmorgen erwachte Franz mit dem frohen Gefühl, dass er Susanne heute Abend wieder sehen würde. Es war aber auch Zeit. Dann kam er in die Firma. Es hieß, er müsse gleich zum Chef. Sofort! „Was ist denn los", fragte Franz. „Wo brennt es denn?" Er bekam nur die kühle Antwort: „Beim Chef wirst du es gleich erfahren." Also ging Franz ins Büro vom Chef. Der Chef begrüßte Franz wie immer.

„Setz dich", forderte er Franz auf. „Der Arno hat einen Unfall gehabt, einen Unfall mit einer Kuh. Auf dem Furkajoch. Die Kuh ist mitten auf der Straße gestanden. Du weißt ja, die Strecke übers Furkajoch ist eine beliebte Motoradstrecke und der Arno ein leidenschaftlicher Motorradfahrer. Also er ist gestern übers Furkajoch gefahren. Die kleine Vorarlberg-Rundfahrt, du weißt schon. Da war die Kuh. Er hat nicht mehr ausweichen können. Zum Glück ist ihm nicht viel passiert. Oberarmbruch, ausgekegelte Schulter und ein paar Abschürfungen. Es hätte noch schlimmer kommen können. Das wird wieder. Aber er fällt aus. Er hätte morgen nach Batumi fliegen müssen mit Peter Zündel. Jetzt müssen wir dich schicken. Du musst da hin."

„Kann man das Ganze nicht verschieben? Ich kenne doch nur einen Teil von dem Projekt, vor allem seinen tollen Namen, Argo."

„Es muss ein Techniker von hier dabei sein. Wir brauchen übermorgen für die Verhandlung einen Techniker aus dem Haus vor Ort. Das sind die zwei Ordner vom Projekt. Bis du in Batumi bist, solltest du sie gelesen haben."

Der Chef deutete auf zwei dicke dunkelrote Ordner und schob sie dann näher an Franz hin.

„Aber...", versuchte es Franz noch einmal.

Der Chef sah Franz ernst an. „Du bist der beste Mann nach dem Ausfall von Arno. Morgen um zwölf Uhr zwanzig ist in München der Abflug. Zwischenstopp in Istanbul. In Batumi werdet ihr abgeholt. Aber Peter war schon ein paar Mal dort. Der kennt sich eh aus." Damit war die Besprechung beendet.

Franz ging wieder an seinen Arbeitsplatz zurück. Dann griff er zum Telefon. Er musste den Frust jetzt gleich los werden. Er rief Susanne an. Er wusste, dass sie eine Frühaufsteherin war. So früh war es jetzt eh nicht mehr. Es war halb neun. Nach den ersten höflichen Worten kam er gleich zur Sache.

„Ich muss wegen so einer blöden Kuh nach Batumi..."

„Wer in der Firma ist nach deiner Meinung eine blöde Kuh?"

Franz konnte hören, dass ihr seine Sprachwahl nicht gefiel. Er stutzte kurz. Eigentlich hätte er jetzt lachen müssen, aber danach war ihm einfach nicht zu mute. „Nein, ich meine eine echte Kuh mit vier

Beinen und Hörnern. Die ist auf der Straße gestanden und mein Mitarbeiter, der Arno, konnte nicht mehr ausweichen. Jetzt liegt er im Krankenhaus und fällt aus. Und der Chef ist auf die Idee gekommen, mich statt dem Arno nach Batumi zu schicken."

„Wann musst du denn fliegen?" erkundigte sich Susanne.

„Morgen Mittag."

„Dann können wir uns heute Abend noch sehen…"

„Nein, können wir eben nicht. Ich habe zwei Ordner vor mir liegen, die ich studieren muss. Ich habe ja nicht das ganze Projekt im Kopf. Ich muss froh sein, wenn ich es bis Batumi schaffe."

„Und wann kommst du zurück?"

„Das ist eine gute Frage. Jetzt wo du mich fragst, fällt mir auf, dass ich das den Chef nicht gefragt habe. Ich war zu gefrustet. Ich hatte mich auf heute Abend schon so gefreut."

Susanne hörte, was er damit sagte. Sie hätte Franz auch gern wieder gesehen. Zugleich dachte sie: ‚Herr, du wirst schon wissen, was du tust. Die Abkühlungsphase soll also noch länger gehen'. „Ja dann", sagte sie, „dann haben wir noch mehr Zeit, uns auf das Wiedersehen zu freuen." Sie versuchte es mit einem leichten Tonfall. „Nimms nicht so tragisch. Auch in Batumi gibt es schöne Frauen."

Franz war es nach einem solchen Angebot überhaupt nicht zu mute. Er hatte nur eine schöne Frau im Kopf, also machte er es jetzt kurz. „Ich habe mein Laptop selbstverständlich auch in Batumi mit. Alles, was ich da in den Ordnern habe, habe ich auch digital. Vielleicht können wir diesmal skypen und eine Zeit ausmachen?"

„Gibt es da keine Zeitverschiebung?"

„Du hast recht, das auch noch. Also gut. Ich weiß jetzt nicht. Ich muss mich durch diese Ordner arbeiten."

„Ja, tu das. Ich werd an dich denken."

„Ich an dich erst recht. Bis bald."

Franz holte sich aus dem Automaten einen Kaffee und vergrub sich in den Inhalt der Ordner. Am Abend nahm er sie mit sich nach Hause und arbeitete weiter.

Morgens um acht stand er vor seinem Block auf dem Parkplatz. Peter Zündel kam und holte ihn ab. Sie fuhren nach München. Am Flughafen fand das übliche Ritual der Kontrollen und Abfertigungen und des Wartens statt. Pünktlich um zwölf Uhr und zwanzig Minuten hob die Maschine der Türkisch Airlines ab. Franz hatte einen Fensterplatz bekommen. Er sah unter sich den Alpenbogen und später dann das Mittelmeer. Das da unten mussten griechische Inseln sein. Die größte, das war wohl Zypern. Sie landeten in Istanbul und mussten in eine andere Maschine umsteigen. Diesmal hatte Franz keinen Fensterplatz. Er sah nur einmal deutlich das Meer, als die Maschine eine Kurve flog. Das musste jetzt das Schwarze Meer sein. Die Landung war sanft. Wieder das Übliche auf dem Flughafen. Es dauerte eine Weile, bis Franz seine Reisetasche hatte. Sie fuhren vom Flughafen in einem Bus in die Stadt. Was Franz zuerst auffiel, waren die Palmen. Er war in einem subtropischen Klima gelandet. Die Stadt selbst war in ihrer Altstadt für Franz verblüffend europäisch. Für ihn war Georgien bisher irgendein unbekanntes Land in Asien gewesen. Aber das war Europa. Nur die Schrift war ein Problem. Da war nichts zu entziffern. Das waren seltsam runde Zeichen. Es waren wohl Buchstaben. Aber für Franz sahen sie nach allem aus, nur nicht nach etwas, das man entziffern konnte. Peter Zündel erklärte Franz, dass die Georgier ihr Land nicht Georgien, sondern Sakartwelo nennen und das Georgien eine der ältesten christlichen Nationen der Welt ist, christlich orthodox. „Ein bisschen was muss man halt wissen über ein Land und seine Leute, wenn man mit ihnen umgehen muss", erklärte Peter.

Sie bezogen Quartier im Hotel Mercury. Der Name des Hotels stand wenigstens nicht nur in Georgisch, sondern auch in den gewohnten Buchstaben am Hotel. Aber der Name der Straße war genau so ein Problem, wie die meisten Namen hier. Das Hotel befand sich in der Chavchavadzestraße. Sie bezogen ihre Zimmer, aßen eine Kleinigkeit und dann schlug Peter vor, noch in die Bar zu gehen. Schon vor der Tür zur Bar klang ihnen Musik entgegen. Zwei Männer und eine Frau machten Live-Musik. Die zwei Geigen, die sie gekonnt spielten, waren für Franz nichts neues, aber das dritte Instrument kannte Franz nicht. „Das ist eine Tschonguri, ein Zupfinstrument", klärte ihn Peter auf.

Die Bar war gut besucht. An der Theke saßen einige Frauen und Männer. Zigarettenqualm und der Geruch von starken Getränken stieg Franz in die Nase. Von der Seite kam eine junge Frau auf Peter zu. Sie trug enge Jeans und eine enge ärmellose Bluse mit einem tiefen Ausschnitt. Neben dem Ausschnitt fielen Franz die großen Ohrringe auf, die seitlich am Kopf der Schwarzhaarigen hin und her baumelten und in dem Licht der Bar glitzerten. Die Frau legte ihre Hand vertraulich auf den Arm von Peter. Franz fiel nun auch der knallrot geschminkte Mund auf, die vollen sinnlichen Lippen und die fast katzenhaften Bewegungen dieser Frau.

„Hallo, Süßer, schön, das du wieder da bist", sagte sie zu Peter. Dann wandte sie sich zu Franz. „Und das ist dein Partner, den du mitgebracht hast? Da hast du ja einen schönen Mann mitgebracht. Und das ist", die Frau wandte sich seitwärts, „Shorena". Franz wandte sich zu der anderen Frau, die ihm vorher nicht aufgefallen war. Er hatte so gebannt auf diese Person geschaut, die einen scheinbar so vertrauten Umgang mit Peter hatte, dass er die Frau, die einen halben Schritt hinter ihr stand, nicht beachtet hatte. Shorena. Sie sah noch attraktiver aus, wie die Schwarze, von der Peter jetzt einen Kuss auf die Backe bekam. Langes schwarzes Haar, das in einer wahren Lockenpracht endete umrahmte ein rassiges Gesicht mit großen, tiefschwarzen Augen und einem Mund, den die Götter erfunden haben mussten. Die Frau lächelte Franz mit dem einladensten Lächeln der Welt an, zu der eine Frau fähig ist. Teufel, dachte Franz, was ist hier los?

Peter steuerte auf die Bar zu und bestellte eine Flasche Sekt und Gläser für vier. Franz fragte Peter auf Deutsch, sie redeten hier ja englisch, „Was wird hier eigentlich gespielt?"

Peter grinste ein eindeutiges Lächeln „Begleitservice. Bei Chkartishvili bestellt. Du wirst dich doch hier in Batumi nicht langweilen wollen."

Franz griff nach dem Sektglas und stürzte es in einem Zug hinunter. Der Barkeeper füllte es sofort wieder nach. Man munkelte in der Firma, dass Peter

Zündel kein Kostverächter sei. Aber er war verheiratet und hatte zwei Kinder. Franz konnte sich vorstellen, dass jeder Mann einmal schwach wurde. Zuviel Sekt und eine schöne Frau oder sonst eine einladende Situation. Aber das war hier bestellte Absicht. Auf dem Barhocker neben ihm saß die für ihn bestellte Absicht. Sie sah verdammt gut aus. Shorena. Auch noch ein Name, den man aussprechen konnte. Ihre schwarzen Haare glänzten blaustichig und die Locken tanzten bei jeder Bewegung ihres Kopfes. Sie schenkte Franz wieder ein Lächeln, das nicht von dieser Erde zu sein schien. Ihr Gesicht war eine hinreißende Mischung von Orient und Okzident. Franz war verwirrt. Wieso konnte eine Frau, eine solche Frau so lächeln? Ohne, dass es ihm bewusst war, nahm er schon wieder einen Schluck aus dem Sektglas. Ich bin ein Mann, verdammt noch mal, ich bin ein Mann. Und zum Unterschied von Peter bin ich nicht verheiratet. Shorena rückte ein wenig näher an ihn heran. Er konnte in ihren Ausschnitt sehen. Man sah fast bis zum Bauchnabel hinunter. Sie trug keinen BH. Es ist in diesem Raum verdammt heiß, dachte Franz. Sie hätten die Klimaanlage auch tiefer stellen können.

„Was machst du denn, ich meine am Tag", fragte Franz und kam sich gleichzeitig blöd vor. Ihn hätte die Frage jetzt beleidigt. Aber Shorena gab ganz locker Auskunft.

„Ich bin Studentin. Ich studiere hier an der Uni. Jetzt nicht, jetzt ist die Uni zu."

„Können dir die Eltern das Studium zahlen", fragte Franz sehr direkt.

In den Augen von Shorena war ein Flackern. Das bezaubernde Lächeln war verschwunden. Einen

Augenblick war ein aggressiver Ausdruck in ihrem Gesicht. Aber dann hatte sie sich wieder in der Gewalt. „Warum willst du das wissen. Du gehst doch wieder und lebst in Österreich."

„Du hast recht", sagte Franz.

Shorena hob das Sektglas und prostete Franz zu. „Heute Nacht wollen wir über so was nicht nachdenken."

„Worüber dann?" fragte er zurück.

„Über die Liebe", sagte sie.

Im Kopf von Franz zersprang etwas. Es war so zart wie eine Seifenblase und so inhaltsschwer wie die Öltanker im Hafen von Batumi. Das, was da zersprang, überflutete ihn und füllte ihn aus und trieb ihn an die frische Luft.

„Entschuldigung, ich muss mal raus", sagte er und verließ die Bar.

Shorena wandte sich an Peter. „Sag einmal, verträgt dein Freund keinen Alkohol?"

Peter lachte. „Ein Wälder? Das kann nicht sein."

Franz fuhr mit dem Lift nach oben. Auf der Dachterrasse war ein Cafe. Von dort hatte man einen Blick auf die Altstadt. Noch lieber wäre ihm der Hafen gewesen, die Weite des Meeres und der Blick nach Westen. Aber das hier oben mit dem Blick auf die Lichter der Stadt, das ging auch. Er brauchte jetzt Luft und einen klaren Blick, einen Blick in die Weite. Als Shorena das Wort „Liebe" aussprach, da hatte eine Explosion in seinem Kopf stattgefunden. Er wusste, wen er liebte. Susanne. Susanne und noch einmal Susanne. Er wusste nicht, ob er bis zum Sankt Nimmerleinstag warten sollte oder nicht. Aber das änderte nichts an der Tatsache, dass er Susanne liebte. Wenn das heute eine heiße Nacht würde, würde er Susanne da etwas weg nehmen? Nein! Würde er ihr untreu werden? Nein. Er hatte keine Treue geschworen. Würde er morgen in der Früh, wenn im Hotelbett neben ihm Shorena noch schlief und er aufstehen und ins Bad gehen würde und in den Spiegel schauen, würde er sich gern im Spiegel sehen? Ein Mann, der ein echter Mann war und eine super schöne Frau im Bett gehabt hatte. Eine super schöne Frau, aber eine bezahlte. Das wäre schlimmer wie Mellau, viel schlimmer. Entweder ich liebe Susanne oder ich liebe sie nicht. Entweder ich warte auf sie und weiß der Teufel – Franz dachte wirklich, weiß der Teufel – ob ich sie wirklich bekomme. Aber hier oben in Batumi auf der Terrasse von diesem Hotel und der verdammten Bar da unten muss ich mich entscheiden.

Wer sagt eigentlich, dass ich mich entscheiden muss? Der Peter ist auch verheiratet und bringt beides unter einen Hut. Und wie denkst du über ihn, fragte sich Franz selbst. Das ist ein Schw… Franz erinnerte sich an Susanne und dass sie solches Reden nicht mochte. Genau mit dieser Erinnerung war es entschieden. Er musste nicht erst in Streitelsfingen anrufen, um zu fragen, was Susanne in diesem Fall mochte. Es war klar und damit war es entschieden. Franz entschloss sich, wieder mit dem Lift hinunter zu fahren und klaren Wein einzuschenken. Das tat er gegenüber Shorena auch. Er erkundigte sich bei Peter, wie das denn mit dem Zahlen sei. „Das regelt Chkartishvili", versicherte Peter. Das war Franz recht. Er hatte, als er Shorena nach ihren Eltern gefragt hatte, gesehen, was in ihrem Gesicht ablief. Sie tat das wegen ihrem Studium. Er wollte nicht, dass sie eine finanzielle Einbuße hatte. Er erklärte Shorena, sie solle jetzt mit ihm aufs Zimmer gehen und dann nach Hause. Er habe eine Freundin und das sei so. Sie fuhren also mit dem Lift in den vierten Stock, wo Franz sein Zimmer hatte. Er ließ Shorena genau bis in den Vorraum. Dann wünschte er ihr eine Gute Nacht und viel Erfolg beim Studium. Shorena ging auf Franz zu und gab ihm einen Kuss auf die Wange. „Ich möchte auch einmal so einen Freund haben, wie du einer bist", sagte sie und schlüpfte zur Tür hinaus.

Franz stand in seinem Zimmer und wusste nicht recht, ob er ein Esel war oder nicht. Aber er hatte nicht anders gekonnt.

Am anderen Morgen mussten sie früh raus. Peter sah nicht ganz fit aus. Mich geht das nichts an, dachte Franz. Sie konnten vom Hotel zu Fuß zur Station gehen. Die Bahn war im Probebetrieb. Franz und Peter fuhren mit der Bahn zur Bergstation auf den Anuria. Franz kannte das Modell der Bergstation. In ihrer natürlichen Größe sah der goldene von den diagonal angeordneten Scheiben durchbrochene Bau, der das Segel der Argo darstellte, beeindruckend aus. Noch beeindruckender war der Blick auf die Stadt und das Meer. Er wünschte sich, er hätte mit Susanne hier stehen können. Ein Urlaub in der Perle am Schwarzen Meer. Das wäre es gewesen. Vielleicht, so dachte er, wird das einmal Wirklichkeit.

Sie wechselten mit dem Personal und den Monteuren ein paar Worte und erkundigten sich, ob alles gut lief. Das wurde ihnen versichert. Im Restaurant tranken sie einen Kaffee und dann fuhren sie wieder hinunter. Das Treffen war auf elf Uhr angesetzt. Es fand im Sheraton Hotel statt. Franz fand den hundertzehn Meter hohen Hotelturm scheußlich. Das war nicht im Stil dieser Stadt, das war hin geklotzt. Aber es war so, es war der höchste Turm der Stadt. Nun, Franz hatte sich um anderes zu kümmern. Ihm wurden die Herren vorgestellt. Auch eine Direktorin von der BIA, der Batumi Investment Agency war dabei, jemand von der Stadt und auch von der Adscharischen Behörde. Die Namen merkte er sich nicht. Die endeten alle auf vili oder chdze. So kam es ihm zumindest vor. Die meiste Zeit saß er nur da und hörte zu. Er fragte sich, warum er hier in Batumi sitzen musste und nicht in Lindau sein konnte. Aber dann kam die Frage der Fangkörbe auf den Tisch und dann war er gefragt. Er erläuterte an Hand der Pläne, wo sie überall Fangkörbe angebracht hatten. „Im Bereich der Hochspannungsleitung, die die Bahn quert, wurde das so gemacht, wie wir besprochen hatten, wurde der Bereich der Fangkörbe verlängert?" Das fragte der Vertreter der Autonomiebehörde. Franz konnte die Pläne zeigen und gab seine Erläuterungen ab. Der Fragesteller war zufrieden. Das Letzte, was Franz noch betraf, war die Angelegenheit mit dem Blitzschutz. Die Schwarzmeerküste Georgiens ist bekannt für ihre häufigen und heftigen Gewitter. Franz zeigte die Pläne und erläuterte das eigens installierte Blitzschutzsystem. Damit war die Sache für Franz erledigt.

Nach der Besprechung gingen sie gemeinsam essen. Der Tischnachbar neben ihm stellte sich mit seinem Vornamen vor.

„Mirian."

Franz verstand Miriam und wiederholte fragend: „Miriam?".

Sein Tischnachbar lachte. „Nein, nein, nicht die Mutter von Jesus. Mirian, wie der König der Iberer."

Franz hatte noch nie von einem Iberischen König gehört, der Mirian geheißen hatte. Aber scheinbar hatte es den gegeben. Franz sagte auch seinen Vornamen und beschäftigte sich dann mit der Speisekarte. Das war die nächste Schwierigkeit. Die Speisen standen zwar nicht nur in georgischer Schrift auf der Karte, sondern auch auf Englisch. Aber die Zusammenstellung war für Franz eher seltsam. Er wandte sich an seinen Nachbarn. „Was würdest du mir denn empfehlen?"

Mirian empfahl ihm Saziwi. „Das ist Huhn in einer Walnusssauce. Das machen sie hier einfach sehr gut."

Franz bestellte das Empfohlene, obwohl er misstrauisch war. Er konnte sich die Wahlnusssauce zum Huhn nicht gut vorstellen. Zu seiner Überraschung schmeckte das wirklich gut. Mirian klärte ihn darüber auf, dass in der georgischen Küche viel mit Walnüssen gemacht wird. „Wir haben so viele davon", meinte er. Als der Wein auf den Tisch gestellt wurde, staunte Franz. Der Kellner brachte Grünen Veltliner aus dem Burgenland. „Zu Ehren unserer österreichischen Gäste und auf eine weitere gute Zusammenarbeit", wurde ihm und Peter Zündel erklärt. Franz dachte an die Projekte in den Bergen. Am Schluss gewöhne ich mich noch an die Ausflüge nach Georgien. Er dachte auch an Shorena. Ganz vergessen hatte er die blauschimmernden Locken nicht. Aber trotzdem, es war richtig gewesen. Man kann im Leben nicht alles haben. Das dachte sich Franz beim Dessert. Es war ein Eis mit Walnüssen und einer ihm unbekannten roten Frucht. Er war sich nicht sicher. Es konnten Kirschen sein oder nicht.

Als er am Abend des nächsten Tages im Flugzeug saß und zurück nach München flog, fiel ihm genau dieses Dessert wieder ein. Er sah auf einmal die Walnüsse auf dem Eis und die runden roten Früchte wieder vor sich. Walnüsse sollen ja gut für das Gehirn sein. Zu meinem Glück habe ich es nicht ganz ausgeschaltet. Den Sekt hatte er sehr wohl gespürt. Kirschen. Da gab es doch dieses Lied. Seine Mutter hatte es immer wieder einmal gesungen. Dann hatte er sich gewundert. Der Text passte gar nicht zu seiner soliden Mutter. Wie ging er doch gleich? Auf einmal fiel ihm die erste Strophe wieder ein.

Als Bübchen mit heißem Verlangen

Sah oft ich zum Nachbar hinein

Dort sah einen Kirschbaum ich prangen

Der lud mich zum Naschen ein.

Ja die Einladung war da gewesen. Aber er war ihr entkommen. Und mehr als der Gedanke, dass er vielleicht ein Abenteuer versäumt hatte, befriedigte ihn der Gedanke, dass er keine Kirschen gepflückt hatte.

*

Franz träumte. Er stand auf dem Europaplatz in Batumi vor der Statue der Medea. Sie winkte ihm mit dem Goldenen Vlies zu und stieg von ihrem Sockel herab. Rechts und links wuchsen aus ihren Schultern Flügel, so groß wie Schiffssegel. „Das ist nur das halbe Goldene Vlies", sagte sie. „Die andere Hälfte bewacht immer noch der Drache. Er schläft jetzt schon dreitausend Jahre auf dieser Hälfte. Du, Franz Kaufmann, musst die zweite Hälfte vom Goldenen Vlies holen." Während Medea sprach verwandelte sich ihr Aussehen. Sie bekam das Gesicht der Shorena. Die blauschwarzen Locken tanzten und hüpften um ihr Haupt. Er wurde von Medea gepackt und in die Lüfte gehoben. Die großen Flügel rauschten und pfiffen bei jedem Flügelschlag der Frau, die ihn über die Berge trug. Franz sah unter sich Städte und Dörfer und dann immer höhere Berge. Sie trägt mich in den Kaukasus, dachte Franz im Traum. Unter ihnen war eine tiefe Schlucht. Der Flug der Medea senkte sich. Sie setzte Franz am Rand der Schlucht ab. Die Schlucht war so eng, dass Medea mit ihren großen Flügeln nicht in die Schlucht hinab hätte fliegen können. „Da unten ist die Höhle. Dort ist der Drache mit dem Vlies. Hole es!" Medea hatte ihr Aussehen wieder gewandelt. Jetzt war sie bis auf die weißen Segel von oben bis unten schwarz. Auch das Gesicht war schwarz. „Komme nicht ohne das Goldene Vlies aus der Schlucht", befahl die schwarze Gestalt. „Du weißt, was ich mit meinen Kindern gemacht habe." Franz stieg in die Schlucht hinab. Es wurde immer dunkler. Da war eine Höhle. Und da war der Drache. Er schien zu schlafen. Franz schlich sich näher. Da sah er, dass ein Auge des Drachen nicht ganz geschlossen war. Der Drache beobachtete ihn. Listig und kalt funkelte sein Auge. Wut und Bosheit von Jahrtausenden war in dem Blick, der ihn durchbohrte und seine Absicht erkannte. Der Atem des Untiers zischte leise. Franz wusste nicht, was er tun sollte. Da hallte von oben der Ruf der Medea, er prallte an die Wände, rollte als Echo durch die Schlucht und rüttelte an den Felsen. „Hole das Vlies, hole das Goldene Vlies und geh in die Höhle." Der Ruf wurde aber nicht nur von Franz gehört, sondern auch von dem Drachen. Der fuhr auf und eh Franz sich versah, packte ihn der Drache und schoss mit ihm aus der Schlucht und erhob sich in die Lüfte, hoch hinauf und dann ließ er ihn fallen. Unter ihm flog Medea. Sie wollte ihn fangen und verfehlte ihn. Er fiel…und wachte auf. Er lag in seinem Bett in Bregenz. Er war erleichtert, sehr erleichtert.

So um Neun herum versuchte er Susanne anzurufen. Aber er landete in der Sprachbox. Erst am Mittag rief sie zurück. Es gelang Franz, ihr Ja zu einem Wiedersehen schon am Nachmittag zu bekommen. Sie vereinbarten drei Uhr und dass er sie abholen würde in Streitelsfingen. Um Drei klingelte er an ihrer Tür.

Susanne machte auf und sah ihn an und sah die Blumen in seiner Hand an und wusste nicht wie ihr geschah. Franz streckte ihr die Blumen hin, ein Strauß dunkelroter Rosen, eine duftende Pracht, durch sät von den weißen Punkten des Schleierkrautes. Sie fragte: „Für mich?"

Franz sah sich um, ganz langsam in alle Richtungen und sagte: „Ich sehe sonst niemanden, dem ich sie geben könnte."

Susanne nahm die Blumen an, wohl wissend, was sie tat und erinnerte sich daran, dass sie gedacht hatte, dass eine Abkühlung gut tun würde. Das war nun das Gegenteil. „Komm rein", sagte sie.

In ihrer Wohnung standen sie sich einen Augenblick schweigend gegenüber. Dann beschäftigte sich Susanne damit, dass sie eine passende Vase suchte. Als sie eine gefunden hatte, stellte sie die Rosen auf den Couchtisch.

Franz setzte sich einfach. Er suchte nach Worten. „Ich werde Dir vielleicht später mehr erzählen über die Tage in Batumi. Aber mir ist dort endgültig klar geworden, wie viel du mir bedeutest. Dass da!" Franz deutete auf die roten Rosen. „Es ist so." Franz lächelte wie ein Schuljunge. „Und mir ist in Batumi klar geworden, dass ich es dir sofort und beim ersten Wiedersehen noch einmal sagen will. Diesmal nicht am Biertisch und ohne Rosen. Ich liebe dich und will dich."

„Franz…"

„Nein, sage jetzt nichts. Ich verstehe das nicht, aber ich respektiere das. Für dich gibt es einen Gott, der dir was sagen kann und der hat dir Warten gesagt. Ich hoffe dein Gott hat ein Einsehen mit mir. Ich will dich zu nichts drängen. Ich wollte es dir nur noch einmal sagen." Franz bekam jetzt ein spitzbübisches Lächeln. „Und diesmal mit Rosen."

Dieser Mensch hat einen Charme, er wird es noch schaffen, dachte Susanne. Sie machte einen Vorschlag. „Du wolltest doch Tretboot fahren. Aber du weißt schon noch… das Wetter würde passen. Möchtest du?"

Natürlich wollte Franz. Und er wusste auch noch. Das Ganze war dann doch nicht so toll, wie sich Franz vorgestellt hatte. Es war wunderschön, endlich wieder mit Susanne zusammen zu sein. In diesem Tretboot war er mit Susanne allein und doch nicht. Auf der offenen Fläche des Wassers fühlte er sich jedem Blick ausgesetzt. Und dann musste man die ganze Zeit strampeln, um trotzdem nur ganz langsam vorwärts zu kommen. Franz kam zu der Meinung, dass er so einen Tretbootausflug mit sechzehn als das höchste der Gefühle erlebt hätte. Aber jetzt war das nicht so romantisch, wie er sich das gedacht hatte. Er hörte auf zu treten. Sie waren jetzt etwa in der Mitte zwischen dem Festspielaufbau und dem Molo und etwa dreihundert Meter entfernt vom Ufer. Der Pfänder lag in ihrem Rücken. Vor ihnen glänzte der See. Ein leichter Wind wehte. Harmlose Wellen plätscherten um sie her. Die Nachmittagssonne wärmte die Luft. Susanne hatte einen Strohhut auf. „Den habe ich mir in Italien mal gekauft", hatte sie ihm gesagt. „Das war ein Anfall. Ich setze so was normaler Weise nicht auf. Aber für diesen Tretbootausflug nehm ich ihn. Sonst habe ich ihn nur für den Schrank." Franz fand, dass ihr der Hut mit der breiten Krempe gut stand. Durch den Hut lag ihr Gesicht im Schatten. Aber das Geflecht war so locker gewebt, dass die Sonne kleine helle Punkte auf ihr Gesicht zeichnen konnte. Gerade jetzt hatte sie zwei helle Punkte auf der Nase und einige auf der Wange. Franz wünschte sich, er dürfte die Punkte küssen. Da das nicht möglich war, entschloss er sich zu einer Frage.

Hinter ihnen war ein anschwellendes Geräusch zu hören. Ein Motorboot schoss knapp an ihnen vorbei. Die Bugwelle rollte auf sie zu und hob das Tretboot in eine Schräglage. Susanne langte nach Franz. Franz griff nach Susanne. Für einen Augenblick, der für Franz eine selige Ewigkeit war, klammerten sie sich aneinander. Franz spürte ihre Nähe und atmete den zarten Duft ihres Parfüms ein. Das Tretboot kam wieder in die Normallage. Widerwillig ließ Franz Susanne los.

„So eine Rücksichtslosigkeit", sagte Franz und hielt nach dem Motorboot Ausschau. Vielleicht, dachte er, völlig im Gegensatz zu seiner scheinbaren Entrüstung, dreht der eine Runde und rauscht noch einmal so knapp an uns vorbei. Aber der Steuermann in dem Motorboot tat Franz diesen Gefallen nicht. Also erinnerte sich Franz wieder an seine Frage. „Hast du Lust, gehen wir wieder einmal nach Koblach?"

Susanne war noch mit dem beschäftigt, was sie empfunden hatte, als sie Franz festgehalten hatte. Es war angenehm gewesen, es hatte gut getan. Er hatte sie mit einem festen Griff gehalten. Sie hatte sich für einen Augenblick beschützt gefühlt. Schade, dass das Tretboot sich gleich wieder beruhigt hatte, dachte sie.

Franz bekam immer noch keine Antwort. „Hast du meine Frage nicht gehört?"

„Doch, doch." Susanne sah seitlich hinunter auf die Wellen, die an das Boot klatschten. Sie lauschte noch immer dem Gefühl nach, das sie gehabt hatte, als er sie festhielt. Ihr ging der Vers eines Psalms durch den Kopf. *Herr, du mein Fels, meine Burg, mein Retter, mein Gott, meine Feste, in der ich mich berge, mein Schild und sicheres Heil, meine Zuflucht.* Was nun, wer von den beiden gab Geborgenheit? Gott oder dieser Mann neben ihr? Oder Gott und dieser Mann? Das war eine ganz neue Frage. Sie fühlte sich beunruhigt in ihrem Innern. Bisher war für sie, seit das mit Alexander gewesen war, klar gewesen, dass nur Gott eine wirkliche und wahrhaftige Geborgenheit geben konnte. Aber das Gefühl soeben, das war auch wirklich gewesen. War das so gut, musste das so sein, oder war sie dabei, sich von Gott weg zu wenden?

„Möchtest du nicht", fragte Franz hartnäckig.

Susanne sah Franz an und sie erinnerte sich an die Rosen auf ihrem Couchtisch. „Doch, ich will", sagte sie.

*

Sie trafen sich wieder in Bregenz und fuhren mit dem Auto nach Koblach. Es war nicht wie beim ersten Mal gegen Abend, es war am Vormittag. Die Augustsonne brannte heiß auf den Felsen. Sie waren auch nicht allein. Das musste eine ganze Jungmannschaft sein, die da kletterte und kraxelte. Sie mussten eine Weile warten, bis sie klettern konnten. Franz hatte eine etwas andere Route ausgesucht. Es war wieder wie beim ersten Mal. Susanne schaffte das locker. Andererseits war es überhaupt nicht wie beim ersten Mal. Während Franz oben stand und sicherte, dachte er an Schwarzenberg. Ihm fiel die Röhre von Tobias wieder ein. Und dann die Geschichte in der Nacht unter dem Baum. Der Bahnhof. Franz hielt das Seil so, dass es immer gespannt blieb, aber er zog nicht daran. Susanne sollte es selber schaffen. Sie hatte gesagt, dass sie auf einem Bahnhof stand und er hatte ihr später erklärt, dass das für ihn auch galt. Er stand oben auf dem stabilen Felsen, aber in seinem Kopf war es so, als habe sich der Bahnhof in Bewegung gesetzt. Es kam nicht mehr auf den Zug an. Man konnte auch mit dem ganzen Bahnhof auf Reisen gehen. Die Christen glauben ja daran, dass der Glaube Berge versetzt, dachte Franz, warum sollten da Bahnhöfe nicht auch versetzbar sein?

Als sie zum zweiten Mal durch die Wand gestiegen waren, hatte Franz genug. Vor und hinter und neben jemandem zu klettern, das war nicht seine Sache. Heute war für ihn hier einfach zu viel los. Er meinte, dass es für heute lange und Susanne schloss sich seiner Meinung gern an. Es war ihr einfach zu heiß. Die Sonne stach regelrecht aus dem Augusthimmel.

„Das nächste Mal", schlug er vor, „gehen wir in die Löwenzähne." Franz hatte seine Idee von der Zimba nicht fallen gelassen. Wo die Löwenzähne waren, davon hatte Susanne keine Ahnung. „In Hohenems", erklärte ihr Franz.

Susanne wunderte sich. „Löwenzähne. Das klingt aber gar nicht friedlich."

„Ja das sind auch steile Zacken. Wenn du die geschafft hast, dann können wir auf einen richtigen Berg gehen." Davon hatte Franz noch nichts gesagt.

„Ach so", sagte Susanne, „darum der Klettergarten."

„Was hast du gedacht?"

„Ehrlich, ich habe eben gar nichts gedacht. Dabei hätte ich mir das denken müssen."

Franz wäre am liebsten am nächsten Tag schon mit Susanne auf die Löwenzähne gegangen. Aber Susanne bremste.

„Ich muss auf eine Lehrerfortbildung. Vier Tage. Emergency Leadership."

„Was soll das denn sein?" Das war für Franz ein böhmisches Dorf.

„Das ist ein Kurs über Erste Hilfe bei Outdoor Aktivitäten und für ein Notfallmanagement. Ich hoffe, dass bei einem Schulausflug nie etwas Ernstes passiert. Aber, habe ich mir gedacht, ich bin ja Leiterin bei den Royal Rangers. Da wäre das eine gute Sache. Man weiß ja nie."

„Und wo ist der Kurs?"

„In Rosenheim."

Es war wieder das schon bekannte Muster. Susanne dachte, das kann nicht schaden, wenn ich weg muss und er dachte, verflixt, schon wieder.

Susanne kam voller Tatendrang aus Rosenheim zurück. Sie war braungebrannt und, nein nicht wirklich, dachte Franz. „Warum hast du dir die Haare abschneiden lassen", fragte er enttäuscht.

„Ich hatte es satt, mir alle zwei Tage die Haare waschen und ewig lang föhnen zu müssen."

Franz war wirklich enttäuscht. Ihre wunderschönen langen Haare. Und jetzt so. Obwohl, er musste es zugeben, sie sah genauso gut aus. Wahrscheinlich würde sie mir sogar mit einer Glatze gefallen, dachte er. Aber dann gefiel ihm die Vorstellung doch nicht. Gut, jetzt sah sie halt so aus. Wenn du nur wieder da bist, dachte Franz.

Es war endlich so weit. Man hätte etwas ausmachen können für die Löwenzähne. Doch nun schickte ein Italientief wieder einmal regenschwere Wolken nach Norden. Es vergingen ein paar Tage, bis sich das Wetter besserte. Am letzten Augusttag war es endlich möglich. Franz fuhr mit Susanne nach Schuttannen. Als sie aus dem Auto stiegen, sah sich Susanne um und suchte nach Felszacken. „Wo sollen denn die Löwenzähne sein", fragte sie.

Franz deutete nach Südwesten. „Dort hinter diesem Buckel." Sie gingen nebeneinander her aufwärts. Jetzt würde die Stunde der endgültigen Wahrheit kommen. Warum denke ich das eigentlich, fragte sich Franz. Und wenn Susanne mir sagen würde, dass sie auf gar keinen Fall jemals wieder klettern würde, was wäre dann? Franz sah Susanne von der Seite an. Sie ging einen halben Schritt vor ihm her. Er hatte den schweren Rucksack mit der Kletterausrüstung auf dem Rücken und sie trug nichts. Das machte, dass sie leichtfüßig ein wenig vor ihm ging. Er sah ihre Gestalt, sah wie sie sich bewegte und wusste, dass er sie auch lieben würde, wenn sie sich die Löwenzähne ansehen und streiken würde. Sie kamen zu dem Sattel, von wo aus man von oben auf die Löwenzähne sieht.

„Das sind sie", sagte Franz.

„Und wo gehen wir da hinauf?"

„Wir gehen jetzt zuerst diese steile Rinne hinunter und dann geht's einen kurzen Wandabsatz hinauf, dann auf die Seite, die wir von hier aus sehen und dann der Kante entlang auf die erste Spitze von hier aus."

Susanne sagte nur: „Gut!"

Eine knappe Stunde später saßen sie auf der Spitze, die Franz Susanne von oben gezeigt hatte.

„Und?" Franz wollte es jetzt wissen.

„Was heißt dein Und?" Susanne tat so, als ob sie völlig begriffsstutzig wäre.

Franz musste genauer werden. „Kannst du dir vorstellen, auf einen richtigen Berg zu gehen, ich meine zu klettern?"

Sie hörte, wie wichtig ihm die Antwort jetzt war. „Das hängt von den Bedingungen ab", zierte sie sich.

„Von was für Bedingungen?"

„Nun ja, das ist nicht so einfach. Wenn man so wie ich keine Erfahrung hat, dann braucht man jemand mit Erfahrung, jemand, der gut führt, der rücksichtsvoll ist und auch mal am Seil zieht, wenn es zu schwer ist für eine Anfängerin wie ich es bin. Kennst du so jemanden?"

Es war ihr gelungen, ihn zu verunsichern. Aber dann kapierte er. Nun spielte er mit. „Ja, ich glaube schon. Aber ich muss ihn zuerst fragen, ob er mit einer Anfängerin in die Berge gehen will."

„Ja dann frag ihn und wenn er es dir gesagt hat, dann kannst du mir ja Bescheid geben. Mit einem rücksichtsvollen und erfahrenen Führer tät ich es schon probieren."

Franz und Susanne begossen die Entscheidung im Bergasthaus Schuttannen. Dabei erzählte Franz von der Zimba. „Der Berg wird auch das Matterhorn Vorarlbergs genannt, weil er von Schruns aus so eine Form hat wie das Matterhorn, halt kleiner, viel kleiner. Bestiegen wurde die Zimba zum ersten Mal im September achtzehnhundertachtundvierzig, also siebzehn Jahre vor der Besteigung des Matterhorns."

Susanne hörte geduldig zu, obwohl es ihr nicht wichtig erschien, wann welcher Berg zum ersten Mal bestiegen worden war. Aber Franz hatte eben eine Bergsteigerseele, eine noch unbekehrte.

*

Franz kontrollierte noch einmal alles, was auf dem Tisch lag. Er hatte, so stellte er fest, nichts vergessen. Oder doch? Wo war der zweite Schlafsack? Der fehlte. Als er den auch noch zu den Sachen gelegt hatte, begann er den Rucksack zu packen. Dann konnte er nur noch warten. Sie hatten ausgemacht, dass Susanne zu ihm kommen würde. Sie konnte ihr Auto, solange sie gemeinsam unterwegs waren, auf seinen Platz stellen. In Franz war eine Spannung. Nun würde es endlich los gehen. Heute auf die Hütte und morgen dann der Elchtest. Wenn ihr das gefallen würde, dann würde das der Anfang sein und viele Fortsetzungen konnten folgen. Das wünschte sich Franz.

Er stellte sich auf den Balkon. Von hier oben konnte er sehen, wann sie kam und dann hinunter gehen. Er war ungeduldig. Es war sogar mehr. Es war eine Unruhe in ihm, ein Erwarten, wie er es schon lange nicht mehr gekannt hatte. Die Minuten zogen sich. Sie kam pünktlich wie eine Uhr. Franz sah ihr Auto in den Parkplatz einbiegen und sein Herz tat einen Sprung. So schnell er konnte, packte er seine Sachen, verschloss die Wohnung und fuhr mit dem Lift hinunter.

Die Bergsteigerkluft stand Susanne. Aber Franz empfand einmal mehr bei ihrem Anblick nicht nur, dass Susanne gut aussah. Für ihn sah sie bezaubernd aus. Für mindestens eineinhalb Tage würde er jetzt nicht mehr von ihrer Seite weichen. „Hallo, du siehst ja toll aus in deiner Kluft", strahlte Franz sie an.

„Danke", antwortete Susanne. „Aber ich habe ja auch einen schönen Begleiter", gab sie artig zurück.

Franz hatte sein Auto schon wo anders hin gestellt, sodass er Susanne gleich auf seinen Parkplatz in der Tiefgarage lotsen konnte. Als das geschehen war, fuhren sie los. Unterwegs unterhielten sie sich über dies und das, aber über nichts Wesentliches. Für Susanne hatte das neue Schuljahr begonnen und Franz erwähnte seinen Aufenthalt in Georgien.

„Baut ihr denn auf der ganzen Welt Bahnen", fragte Susanne.

„Ja, auf der ganzen Welt", war die wirklich allumfassende Antwort.

Susanne hatte keine Lust, nun vielleicht Orte auf allen Kontinenten aufgezählt zu bekommen und wechselte das Thema. „Wieso bist du eigentlich nicht bei deinem Vater in Schwarzenberg geblieben in seiner Firma?"

Sie hatte den wunden Punkt getroffen. Er versuchte es zunächst mit einem Trick. „Das war nur, damit ich dich kennen lerne."

„Und dass du mich kennen lernst, das wusstest du vorher schon?"

„Könnten wir heute Abend auf der Hütte darüber reden?"

Susanne gab sich damit zufrieden.

Als sie auf der Autobahn durch den Udlsberg Durchstich gefahren waren, wurde der Blick frei nach Süden auf die Rätikonkette. Franz zeigte durch die Windschutzscheibe. „Das ist sie."

„Der pyramidenförmige Gipfel, das Dreieck, das die anderen daneben überragt?"

„Genau. Das ist die Zimba."

Susanne sah den Berg mit Respekt aber auch einer gewissen Vorfreude an. Franz kletterte im Geist die Route, die er schon einige Mal gegangen war, bereits mit Susanne.

Auf der Höhe von Frastanz wurden sie von einem BMW geschnitten. Franz machte den Mund auf. „Verd…So ein Trottel!"

Susanne war klar, dass Franz jetzt bloß wegen ihr nicht geflucht hatte und stellte sich die Frage, wie das wäre, wenn…Wenn ihr Zusammenleben Alltag wäre. Würde er sich dann auch noch beherrschen? Der Gedanke an einen fluchenden Mann war ihr unerträglich. Susanne hatte schon Bregenzerwälder fluchen gehört. Sie konnten es leider nur zu gut.

Franz parkte das Auto beim Bahnhof in Vandans. Er holte ihren und seinen Rucksack aus dem Auto und dann warteten sie auf den Wanderbus. Von hier aus sah man auch wieder die Zimba. Von dieser Seite sah sie ganz anders aus. „Es geht da hoch", erklärte Franz, „aber das täuscht von hier unten. Lass dich nicht schocken."

Der Wanderbus brachte sie ins Rellstal bis zur Rellskapelle. Von da stiegen sie zu Fuß zur Heinrich-Hueter Hütte auf. Über ihnen ragte das felsige Dreieck der Zimba in den Himmel. Wieder sah sich Franz veranlasst Susanne zu erklären: „Da von rechts, von dieser Einkerbung im Grat aus, geht es hinauf und links dann wieder hinunter."

Susanne sah zum Berg hinauf. Aber sie wollte sich das lieber nicht vorstellen, da hinauf und da hinab. Bis jetzt kannte sie das Klettern im Felsen nur in viel kleineren Dimensionen. Hinauf und Hinab. Franz sagte das so gleichmütig, als hätte er gesagt, biegen sie in die Sowieso Straße und dann nach dem dritten Häuserblock in eine Seitengasse. Nein, sie wollte sich das jetzt nicht ausmalen. Alles der Reihe nach. Susanne ging an der Seite von Franz aufwärts und langsam wurde es ihr heiß. Sie fiel einen halben Schritt hinter Franz zurück.

„Ich wieder", sagte er plötzlich, „mein Bergler Schritt. Entschuldige." Sie gingen etwas langsamer.

Franz hatte auf der Hütte angerufen und zwei Matratzenlager reservieren lassen. Es war ihm schon passiert, dass er die Nacht auf einer Hütte auf der Bank in der Gaststube hatte verbringen müssen, weil kein Platz mehr war. Das durfte ihm mit Susanne nicht passieren. Der Hüttenwirt erklärte ihnen, wo der Raum war und dass sie sich dort einfach eine noch freie Schlafstelle aussuchen sollten. Susanne und Franz gingen mit ihren Rucksäcken zum Lager hinauf. Es war ein großer Raum unter dem Dach.

Franz legte seinen Rucksack auf die Decke des Lagers, das er ausgesucht hatte und deutete auf das Lager daneben. Susanne legte ihren Rucksack dahin. Als Susanne ihren Rucksack neben dem Rucksack von Franz auf den Wolldecken liegen sah, wurde ihr plötzlich bewusst, wie nah sie neben Franz eine ganze Nacht lang liegen würde. In Griffnähe. Hoffentlich ist er wirklich so anständig, wie ich ihn einschätze, dachte sie. Aber wir sind hier zum Glück ja nicht allein. Im nächsten Augenblick war es ihr nicht recht, dass sie Franz auch nur für einen Moment verdächtigt hatte, er könnte versuchen, die Nähe auszunützen. Bis jetzt hatte er sich immer mustergültig verhalten. Warum dachte sie so etwas nur? Susanne sah auf die Rucksäcke. Und dann packte sie die beiden und schob sie zusammen. „So", sagte sie, „so geht es auch."

Franz verstand nicht, was das Verschieben der Rucksäcke sollte. Aber er stellte keine Frage.

Nachdem sie sich ein wenig frisch gemacht hatten, auch Franz war beim Anstieg ins Schwitzen gekommen, setzten sie sich an einen Tisch vor der Hütte. Beide bestellten ein saures Radler. Franz streckte entspannt seine Füße unter dem Tisch aus. Genau in diesem Moment fing Susanne damit an. „Warum bist du nicht bei deinem Vater in Schwarzenberg geblieben? Er hat diese Firma aufgebaut. Du bist sein einziger Sohn. Du bist Techniker. Warum?"

„Weil ich es nicht so wollte, wie mein Vater. Sechzig Stunden in der Woche arbeiten und wenig verdienen. Das wollte ich nicht."

„Aber dein Vater ist jetzt allein und wird älter."

„Das weiß ich auch. Susanne, verstehst du, immer arbeiten. Sogar am Sonntag in der Werkstatt hängen und doch... ich weiß, dass ich meinen Vater enttäuscht habe. Er hat es schließlich geschluckt. Aber es ist nicht wirklich gegessen. Und manchmal", Franz zögerte, „habe ich... manchmal habe ich das Gefühl, dass ich meinen Vater im Stich gelassen habe..."

Franz sah an Susanne vorbei auf die im Abendlicht dunkle Ostwand der Saula. Er sah dahin und sah die Wand doch nicht. Er war in seinen Gedanken bei den Auseinandersetzungen, die es gegeben hatte. Er erinnerte sich an die Enttäuschung seines Vaters und an die Vorwürfe. Aber da war dieses Angebot der Seilbahnfirma. So viel würde er bei seinem Vater nie verdienen. So viel konnte der Vater nicht zahlen. Und wenn er einmal das Geschäft selber haben würde, dann würde das heißen, eine sechzig Stunden Woche und doch nicht das, was ihm da geboten wurde. Schließlich gab der Vater nach, nicht ohne gutes Zureden der Mutter. Aber er hatte lange gehofft, der Sohn werde sich besser besinnen. Und irgendwie und das war das Verdammte, Franz kam sich, wenn er daran dachte, als Egoist vor. Er würde nicht nach Schwarzenberg gehen. Das wusste er. Aber nicht zu gehen bedeutete, eine Anklage mit sich herum zu tragen.

Susanne spürte, dass sie sich mit ihrer Frage in einen Konflikt hinein gedrängt hatte. „Es tut mir leid", sagte sie. „Entschuldige, das habe ich nicht gewusst und es geht mich eigentlich auch nichts an."

Franz sah sie wieder an. In seinen Augen war eine Müdigkeit, so als wäre er nicht achtundzwanzig Jahre alt. Seine Augen redeten vom Nachsinnen schon seit grauer Vorzeit, vom Suchen nach einer Antwort auf einen unlösbaren Widerspruch und von der Resignation, weil es keine Antwort gab. Bis jetzt war Franz Susanne immer als der Starke erschienen, der Selbstbewusste und Selbstsichere. Nun sah sie einen anderen Franz. Sie mochte diesen schwachen Franz, sie empfand eine andere und neue Art von Zuneigung für ihn.

Die Sonne verschwand hinter dem Gipfel der Saula. Es wurde kühl. Sie beschlossen in die Gaststube zu gehen. Das schöne Wochenende hatte viele Bergsteiger herauf gelockt und so war die Stube voll. Sie fanden einen Platz an einem Tisch, an dem schon drei, eine Frau und zwei Männer saßen. Sie waren älter wie Franz und Susanne. Man wechselte ein paar Worte. So gut es eben ging. Sie waren aus Holland. Heute waren sie vom Lünersee herüber gekommen und morgen wollten sie über das Zimbajoch zur Sarotla Hütte. Auch Franz erwähnte das morgige Ziel und erntete, zusammen mit Susanne, dafür anerkennende Blicke.

Susanne griff nach der Speisekarte. Über der Theke war das heutige Bergsteigeressen angeschrieben. *Pasta asciutta mit Salat.*

„Das würde ich nicht nehmen", meinte Franz. „Ich habe so was mal auf einer Hütte genommen. Die Nudeln waren… Magst du das, wenn die so weich sind, dass du nicht mehr kauen musst?"

Susanne rollte mit den Augen. „Bloß nicht!"

Schließlich entschloss sich Franz für ein ganz gewöhnliches Schnitzel und Susanne für einen Kaiserschmarren. Dabei bemerkte Susanne: „Eigentlich könnten sie hier auch etwas asiatisches anbieten."

„Du meinst so etwas wie beim Thai in Lindau? Wir sind doch auf einer Vorarlberger Hütte."

„Ja, mit tibetanischen Gebetsfahnen."

„Wo?"

„Sind sie dir nicht aufgefallen? Seitlich beim Haus. Gebetsfahnen vom tibetanischen Buddhismus."

„Ach so, ja. Der Tibeter war letztes Jahr auch schon hier heroben. Ein indischer Tibetaner. Du weißt sicher, wegen ihrer Flucht. Er arbeitet hier. Aber ich glaube nicht, dass dir das schmecken würde, wenn der kocht oder möchtest du Tee mit Yakmilch?"

„Einmal probieren, warum nicht. Aber ich glaube, ich habe unter der Hütte nur Kühe gesehen."

„Dann verzichten wir halt auf asiatisch und nehmen das, was es hier gibt."

Susanne und Franz bestellten. Sie schwiegen und hörten in das Stimmengewirr der Gaststube hinein. Am Nachbartisch warnte eine männliche Stimme vor dem Saulakamin wegen dem gefährlichen Steinschlag. Ein anderer erzählte von seinen bergsteigerischen Großtaten in den Westalpen. Von irgendwo her konnte man das Wort Kilimandscharo hören. Susanne dachte an die Erzählung von Hemingway.

Das Essen kam. Als nichts mehr auf den Tellern war, schlug Franz vor, kurz nach draußen zu gehen. Susanne stimmte zu. Die Schatten waren schon lang geworden. Der Wind begann zu drehen und wurde zum Talwind. Unter ihnen bimmelten Kuhglocken. Sie gingen ein paar Schritte von der Hütte weg. Franz hätte jetzt gern den Arm um Susanne gelegt und den Anblick der Berge und ihre Gegenwart genossen. Das mit dem Arm um sie legen ging nicht. Das war der einzige und doch sehr wesentliche Mangel dieser Stunde. Die Berge verfärbten sich und die Dämmerung kam.

„Ich will wieder hinein", sagte Susanne. „Es ist kühl. Später möchte ich noch den Sternenhimmel sehen. Er muss hier heroben wunderbar sein."

Sie gingen wieder zur Hütte. Vor der Tür standen ein paar Raucher. Der süßliche Geruch von Pfeifentabak schwebte in der Luft. Franz mochte diesen Geruch. Es erinnerte ihn immer an Schwarzenberg und seinen Großvater. Ob sein

Großvater das auch einmal erlebt hatte, dass er sich in ein Mädchen verliebt hatte, das er nicht anrühren durfte? Manchmal, so dachte Franz, habe ich das Gefühl, dass ich mich in das Bildnis der Mona Lisa verliebt habe. Aber dann besann er sich darauf, dass er morgen mit Susanne auf die Zimba gehen würde. Das konnte man mit dem Bildnis der Mona Lisa nicht.

In der Gaststube wurden sie wieder von den Holländern angesprochen. Sie seien Urlaubsgäste in Brand, schon seit zehn Jahren, aber noch nie hier gewesen. Ob sie schon öfter auf dieser Hütte gewesen seien? Man habe ihnen der Weg zum Zimbajoch als sehr steil geschildert. Franz musste Auskunft geben. Er hätte sich lieber mit Susanne unterhalten. Aber da war nichts zu machen. Schließlich kam auch noch diese Frage: „Gehen sie öfter mit ihrer Freundin in die Berge?"

Susanne fing an zu lachen. „Ich glaube", sagte sie, „wir können dem Schicksal nicht ausweichen."

Für Franz war dieser Satz mehrdeutig und er hätte gern gewusst, wie sie das meinte. Aber das ging hier in der Gaststube leider nicht. Vielleicht nachher, draußen.

Sie gingen wieder hinaus. Der Nachthimmel wölbte sich über ihnen. Im Westen war noch ein letztes Licht, eine Ahnung des vergangenen Tages. Aber es war schon so dunkel, dass Sterne ohne Zahl im Nachtschwarz funkelten. Die Milchstraße war deutlich zu erkennen. Susanne sah zum Himmel und betete, ergriffen von der Schönheit des Nachthimmels. „Danke Vater, dass du das erschaffen hast. Danke für deine Größe. Danke Christus, dass du das trägst und danke Geist meines Herrn, dass du in allem wehst."

Franz stand schweigend neben ihr. Auch für ihn war der Nachthimmel schön. Aber er war kein Zeugnis eines lebendigen Schöpfergottes. Das war einfach Natur, erhaben wohl, aber einfach Natur.

Susanne wandte sich an Franz. „Erhebt das nicht deine Seele. Redet da nicht die Größe Gottes zu dir?"

Hätte Franz nun gesagt: „Nein!", dann wäre das nicht ganz die Wahrheit gewesen. Wenn er gesagt hätte: „Ja!", dann wäre das auch nicht die Wahrheit gewesen. Es war irgendetwas dazwischen. Es war eine Ahnung in ihm, dass das Universum mehr war und einen tieferen Grund hatte, als nur das, was er sehen konnte. Aber die Ahnung war zu schwach, als dass sie sich in Worte kleiden ließ. Es blieb im Unbestimmten, Ungewissen, eben eine Ahnung, ohne die Möglichkeit, sich irgendwo und irgendwie Gewissheit zu holen. Es war nur ein Gefühl seiner Seele. Es gab keine Zahlen und Fakten dazu.

Weil Franz schwieg, redete Susanne weiter. *„Die Himmel rühmen die Herrlichkeit Gottes, vom Werk seiner Hände kündet das Firmament.* Das ist ein Psalm. Franz, ich will mich nicht über dich stellen. Aber du tust mir wirklich leid, dass Gott durch diesen Anblick nicht zu dir reden kann. Wieso ist deine Seele so blind, so unglaublich blind? Da funkeln über dir die Sterne wie Diamanten und deine Seele sieht nicht den Glanz dessen, der das geschaffen hat. Gibt es für dich nur Zahlen und Fakten?"

Franz war betroffen. Wieso wusste sie, was er dachte?

„Abraham Linkoln hat gesagt", fuhr Susanne fort. *"Ich kann verstehen, dass ein Mensch zum*

Atheisten wird, wenn er auf die Erde hinunterschaut, aber wie jemand den Blick zum Himmel emporrichten und sagen kann, es gebe keinen Gott, ist mir unbegreiflich. Und mir ist das auch unverständlich."

Franz wusste nicht, was er dazu sagen sollte. Was hat man schon für Argumente gegen einen der berühmtesten Präsidenten der Vereinigten Staaten? „Es ist erhaben und es ist schön. Es ist kein Beweis." Franz drehte sich zu Susanne und zögerte kurz, ob er es sagen sollte. Aber dann entschloss er sich, es zu sagen. „Wenn, dann bist du Susanne für mich mehr Beweis, wie dieser ganze Himmel " Dagegen konnte Susanne nun wiederum nichts mehr sagen. „Herr", sagte sie in ihrem Innern zu Jesus, „dann mach mich zu einem zwingenden Beweis."

Sie gingen wieder in die Hütte, holten, was sie brauchten, aus ihren Rucksäcken, gingen in die Waschräume, Männlein und Weiblein schön getrennt, und stiegen hinauf zum Lager unter dem Dach. Sie schlüpften in die Schlafsäcke und unter die Decken. Da lagen sie nun nebeneinander. Franz machte die Taschenlampe aus, die er verwendet hatte, weil andere, die schon unter den Decken lagen, das Zimmerlicht gelöscht hatten.

"Gute Nacht", sagte Susanne und „Gute Nacht", sagte Franz. Irgendwo in Richtung Fenster schnarchte jemand leise. Hoffentlich, dachte Susanne, kann ich da schlafen. Sie hatte es kaum gedacht, als sie in einen traumlosen Schlaf versank.

Franz lag wach. Konnte man mit den Augen der Seele etwas sehen, das jenseits von allen Zahlen und Fakten war? Oder war das Flucht in eine Illusion? Diese Frage war nun schon den ganzen Sommer lang die Frage, mit der er sich beschäftigte. Er war der

Antwort nicht näher gekommen. Keinen Deut. In den Augen der Frau, die neben ihm lag und deren Nähe ihn nicht einschlafen ließ, war er blind. Hatte sie recht oder doch er? „Gott", flüsterte er unhörbar, „wenn es dich gibt, dann tu was. Ich komme nicht weiter." Und dann schlief auch er ein.

*

Der neue Tag war wolkenlos. Es gab um sechs Uhr Frühstück. Franz bestellte normaler Weise kein Frühstück in einer Hütte. Er brachte seine Sachen selber mit und nahm nur ein Teewasser. Aber mit Susanne war das etwas anderes. Also gab er sich mit ihr zusammen genüsslich dem Frühstück hin. Es gab frische Semmel. Eigentlich waren sie hier heroben auf der Hütte aufgebacken. Aber trotzdem, das merkte man kaum. Sie schmeckten beinahe frisch Und dazu gab es Wurst und Käse und Marmelade. Nur den Kaffee wollte er nicht. Das war kein Kaffe aus der Maschine, sondern ein Filterkaffe. Er nahm lieber Tee.

Franz schlug vor, dass Susanne ihren Rucksack auf der Hütte lassen sollte. Sie packten alles, was sie für die Tour nicht brauchten, in ihren Rucksack und brachen auf. Es war halb sieben. Die Sonne war noch nicht aufgegangen und der Septembermorgen war kühl. Sie gingen von der Hütte ein paar Schritte abwärts auf einem breiten, von den Kühen zertrampelten Weg.

„Da sind aber gewaltige Löcher hier", staunte Susanne.

„Ja, das kommt vom Gips, der hier vorkommt. Mit der Zeit wird der ausgewaschen und davon kommen diese großen Dolinen. Das Rellstal ist ein Naturschutzgebiet. Es wurde zum Schutzgebiet erklärt, um einen hier geplanten Gipsabbau zu verhindern."

„Das wusste ich nicht."

Franz grinste. „Hab ich ein Glück, dass es etwas gibt, das ich weiß und du weißt es nicht."

Der Weg stieg an. Nach der zweiten Kehre verließen sie den Weg und folgten Steigspuren. Die Sonne ging auf. Susanne warf immer wieder einen Blick nach Osten, wo die Sonne höher stieg. Es begann wärmer zu werden. Die Bergflanke wurde immer steiler. Der Rasen wurde spärlicher. Sie stiegen seitlich von grobem Geröll höher.

„Nun müssen wir diese Rinne queren", erklärte Franz. Das geschah noch zweimal. Dann erreichten sie die Einsattelung im Grat, die Neyerscharte. Beim höher Steigen war der Blick nach Süden immer imposanter geworden. Nun wurde auch der Blick nach Norden frei, hinunter ins Sarotlatal und darüber hinaus zu den Bergen des Walserkammes.

„Jetzt wird es ernst", sagte Franz. „Aber zuerst nehmen wir noch einen Schluck Tee, dann nehme ich dich ans Seil." So geschah es. Franz kontrollierte noch einmal alles, jeden Knoten, jede Schlinge.

„Einen Karabiner hänge ich auch dir hin, man weiß ja nicht", sagte Franz. „Komm, wir gehen jetzt zu zweit bis hinüber an den ersten richtigen Aufschwung. Hier, ja da ist es gut. Da hast du einen guten Stand." Franz deutete nach oben. „Ich gehe jetzt da hinauf."

Bald nach ihnen hatten vier Schweizer die Hütte verlassen. Franz und Susanne hatten sie unter sich höher steigen sehen. Einmal hatte Franz zu Susanne gesagt: „Sei vorsichtig, löse in diesem Geröll bloß keine Steine aus. In dieser steilen Flanke können die verdammt weit sausen und noch mehr Geröll in Bewegung setzen. Die sind da unten direkt unter uns." Also hatte sich Susanne bemüht, nicht versehentlich an einen Stein zu stoßen, dass sich der in Bewegung setzen konnte. Es war ihr gelungen. Sie hatte keine Steine ausgelöst. Als Franz und Susanne nun die wenigen Meter über den Grat zum ersten Aufschwung gingen, kamen die vier Schweitzer auch zur Scharte hinauf. Sie begannen, wie es vorher Franz und Susanne getan hatten, sich ans Seil zu binden.

Franz tat die ersten noch leichten Klimmzüge. Dabei schoss ihm eine Überlegung durch den Kopf. Die eigentliche Route ging gleich da oben um die Kante. Wenn er um diese Kante klettern würde, dann würde das Seil in einem Bogen laufen, denn der nächste Standplatz war genau da oben in der Falllinie über ihm. Er kannte ihn ja. Wenn er aber gerade hinauf klettern würde, dann konnte er das Seil zu Susanne immer straff halten. Franz musterte den Felsen über ihm. Das sah nicht zu schwer aus. Er entschloss sich dazu, in einer direkten Linie höher zu klettern. Es ging leichter, als er gedacht hatte. Als er schon fast zwanzig Meter geklettert war und nur noch ein paar Klimmzüge bis zum Standplatz hatte, war da ein großer, aus der Wand ragender Block. Das ist ja ein ausgezeichneter Griff, dachte Franz. Er langte mit der rechten Hand zu. Es gab ein leises knirschendes

Geräusch. Der Stein löste sich aus der Wand. Franz hatte mit seiner Linken zu seinem Glück noch nicht losgelassen. Er krallte sich fest. Der Brocken glitt an ihm vorbei und stürzte in die Tiefe. Er wusste nicht wie das geschah, er hatte erwartet, dass der Block ihn streifen und er sich nicht mehr halten konnte, aber er hing immer noch an der Wand. Doch es gab keinen Moment der Erleichterung. Der Stein schlug etwa fünf oder sechs Meter unter ihm auf die Wand auf und zerbarst. Dem dumpfen Krachen folgte ein nicht enden wollendes Poltern von Gestein, das sich tief unten in den Flanken des Berges verlor. Unter sich hörte Franz Schreie.

Ohne zu wissen, was er jetzt tat, es war reiner Instinkt, kletterte Franz die letzten Meter und erreichte den Standplatz. Noch immer polterte Gestein in die Tiefe. Nun, auf dem flachen Platz, griff er ans Seil und wollte es stramm ziehen. Es war seltsam, es war ohne Widerstand. Er zog es herauf. Nach fünf oder sechs Metern hatte er ein abgeschmolzenes Ende in der Hand, nicht abgerissen, abgeschmolzen. Das Seil war dort auf dem Felsen aufgelegen, wo die Wand eine leichte bauchartige Wölbung nach außen hatte. Dieser Vorsprung verdeckte auch den Blick nach unten auf Susanne. Und dort an dieser Stelle, wo sich die Wand nach außen wölbte, da war der Block aufgeschlagen und hatte das Seil geschmolzen, einfach glatt und sauber durchtrennt.

Franz sah auf das Ende des Seils und Panik überfiel ihn. Das konnte nur eins bedeuten. Nein! Aber es konnte nicht anders sein. Er hatte ja die Schreie gehört. Susanne lag irgendwo zerschmettert da unten. Nur weil er eine eigene Route gegangen war in der Meinung, das sei besser. Er hatte sie getötet.

In diesem Augenblick, an dem Punkt der ihn überschwemmenden Selbstanklage, der Not, die über alles geliebte Frau durch eine falsche Entscheidung getötet zu haben, unter dem gegen sich selbst erhobenen Vorwurf, ein Mörder geworden zu sein, tauchte eine Erinnerung auf, dunkel nur und doch drängend. Was hatte Susanne gesagt, als er sich über das christliche Reden von Sünde empörte? „Es ist nicht das, was wir als Sünde verstehen. Es ist das Problem, das wir unseren eigenen Weg gehen."

Die eigene Route und der eigene Weg. Das war die Parallele. War das wirklich eine Parallele? Franz wusste es nicht. Aber es war da wie eine Ahnung. Es war eine Frage. Wie gern hätte er Susanne jetzt gefragt, mit ihr darüber geredet. Aber das würde nie mehr möglich sein.

Also doch der eigene Weg. Das konnte also ein Fluch sein. Allein. Wirklich allein? Gegen jede Hoffnung rief er: „Susanne!"

Stille.

Und dann eine männliche Stimme: „Äs chumt guet." Franz konnte nicht glauben, was er da hörte. Aber die Stimme rief weiter. „Chasch bliebe, mir chömend. Dies Meitli au."

Vorarlberger und Schweizer wohnen nah beieinander. Nur der Rhein trennt sie, aber keine eigentliche Sprachgrenze. Deswegen verstand Franz, was ihm da in echtem Schweizerdeutsch zugerufen wurde. Es hieß: „Es wird gut. Du kannst bleiben. Wir kommen. Dein Mädchen auch!"

Das war doch nicht möglich! Hin und her gerissen zwischen Hoffnung und Verzweiflung stand Franz auf der Felsplatte und wartete. Es verging eine

Weile. Für Franz war es eine Ewigkeit. Dann tauchte auf der eigentlichen Route ein Kopf auf, dem eine schlanke männliche Gestalt folgte und - was war das? - einige Meter dahinter am Seil dieses Mannes wieder ein Kopf, ein bekannter Helm und eine bekannte Gestalt, eine völlig lebendige Susanne.

Franz verstand es nicht. Aber sie war es wirklich. Nur an ihrer linken Hand war eine zwei Zentimeter lange blutende Schramme. Sonst nichts. Er konnte nicht anders. Er nahm sie in die Arme und drückte sie fest an sich. Und Susanne umschlang ihn, hing an ihm und ließ auch ihn nicht los. So standen sie lange. Der erste Schweizer klinkte den Karabiner aus, der ihn mit Susanne verbunden hatte. Sie kletterten an ihnen vorbei, die vier Schweizer, nicht ohne gefragt zu haben, ob alles in Ordnung sei, auch bei ihm und ob sie schon klar kommen würden. Franz hatte genickt und „Danke!" gesagt, „Ja vielen Dank!" Aber er hatte dabei Susanne nicht losgelassen.

„Ich war ein Narr", sagte er schließlich. „Ich war ein Narr. Ich hätte diese Route nicht wählen sollen. Es war mein eigener Weg. Der eigene Weg..." Franz sah Susanne mit einem suchenden Blick an, so als wolle er die Antwort aus ihren Augen lesen. Er sah sie an und forschte in ihrem Gesicht bis Susanne den Kopf schüttelte und einen Schritt zurück trat.

„Was ist los? Was hast du? Warum siehst du mich so an?"

„Du hast einmal gesagt, dass das Problem des Menschen ist, dass er seinen eigenen Weg geht. Wie hast du das gemeint?"

Susanne sah ihn verdutzt an. Sie begriff nicht. Da war dieser Berg. Da war der Felsen, der sie fast erschlagen hatte. Für Susanne war weit und breit kein Weg. Sie stand auf einem Platz, der vielleicht drei Quadratmeter groß war, unter ihr fast senkrechter Felsen, über ihr ein steiler, abweisender Grataufschwung. Und Franz redete von einem Weg.

„Na ja. Nicht das, was wir allgemein so Sünde nennen ist das Problem, sondern der eigene Weg. Das hast du gesagt."

Jetzt dämmerte es Susanne. Konnte es sein? Hatte Gott diesen Felsen benutzt um eine Bresche in das Denken von Franz zu schlagen? Und plötzlich erinnerte sie sich. Was hatte sie in ihrem Leichtsinn gebetet? „Und wenn Felsen bersten müssen..." O mein Gott, dachte sie. So war das also. Darum. Die Festung hatte eine Bresche bekommen. Das bedeutete, sie würde fallen. Das war ihr jetzt zu viel. Sie hatte nicht geweint, als der Stein von oben kam. Sie hatte den Kratzer an der Hand kaum gespürt. Sie hatte sich beherrscht, als sie hinter dem Schweizer mit doch etwas zittrigen Knien zu Franz hinauf geklettert war. Aber das war jetzt mehr, als sie noch mit Beherrschung ertragen konnte. Sie konnte die Tränen nicht mehr zurück halten. Ein Sturzbach ergoss sich. Sie weinte lautlos. Es war einfach ein Fließen von Tränen.

Franz sah sie an und sah die Tränen und fühlte sich furchtbar hilflos. Er holte aus seinem Rucksack Taschentücher und hielt sie Susanne hin. Mit erstickter Stimme sagte sie „Danke".

Dann endlich ließ der Strom der Tränen nach. Aber sie sagte noch immer nichts. Sie konnte nicht. Obwohl oder gerade, weil er diese Frage an sie gerichtet hatte.

Endlich brach Franz das Schweigen. „Sollen wir absteigen? Wir kommen dieses kurze Stück sicher gut hinunter. Das ist kein Problem. Willst du umkehren?"

„Nein." Susanne schüttelte entschieden den Kopf.

Franz sah sie abwartend an. Er war noch immer von ihren Tränen betroffen, fast mehr von ihnen, als von dem, was zuvor passiert war. Aber das davor war auch Wirklichkeit. Franz hielt Susanne von sich weg. „Ist dir wirklich nichts passiert? Das kann doch nicht sein. Dieser Block ist doch in tausend Trümmer zerborsten und du warst doch genau darunter. Und ich hab doch auch die Schreie gehört. Ist dir wirklich nichts passiert?"

Susanne hatte sich jetzt wieder gefasst. Sie erzählte, wie es für sie gewesen war. „Ich habe dir nachgeschaut. Dann warst du nicht mehr zu sehen. Das Seil ist durch meine Hände gelaufen. Es schien alles gut. Da seh ich plötzlich den Block. Ich ducke mich an die Wand. Ich habe gar nichts gedacht. Ich habe mich einfach so dünn gemacht, wie möglich. Dann war über mir das Krachen. Ich habe nicht nach oben geschaut. Rund um mich sind die Steine geflogen. Nur ein kleiner Stein hat mich da gestreift." Susanne zeigte ihre linke Hand. „Für die Schweizer hat das von ihrem Standpunkt aus so ausgesehen, als ob die Steine alle auf mich drauf fliegen würden. Darum haben sie geschrien. Aber in Wirklichkeit ist der Block auf der Wand aufgeprallt und als er auf ihr zerborsten ist, da sind die Steine von der Wand weg gesprungen. Du siehst", Susanne konnte wieder lächeln, „ich lebe. Dafür habe ich nicht gewusst, was mit dir ist. Aber die Schweizer konnten von ihrem Ort, wo sie waren, auch dich sehen und haben mich beruhigt."

Franz nahm ihre Hand und sie ließ es geschehen. Er sah sie an mit einem Blick voller Liebe und Zärtlichkeit. „Du könntest tot sein. Ich kann es noch immer nicht verstehen, dass dir so gut wie nichts geschehen ist. Ich habe wirklich geglaubt, dass du tot bist. Ich habe dich gesehen, irgendwo da unten, zerschmettert. Das Seil war ja ab. Kein Halten mehr. Es ist ein Wunder, dass dir nichts passiert ist, Susanne."

„Mein Gott ist ein Gott der Wunder", sagte Susanne schlicht. „Aber was ist" und jetzt stellte sie doch die Frage, „mit deinem eigenen Weg.?"

„Das sollst ja du mir erklären."

„Also aber wohl nicht wirklich hier", fragte sie mit Protest in der Stimme.

Franz ließ die Hand von Susanne los. „Ja, da hast du recht. Alles zu seiner Zeit. Jetzt sitzen wir hier auf dem Grat und haben, ich sag es noch einmal, zwei Möglichkeiten. Abstieg oder weiter. Das restliche Seil langt für diesen Grat. Also Abstieg oder hinauf? Ich verstehe dich, wenn du nicht mehr weiter willst."

Susanne sah ihn an und sagte: „Glaubst du, ich habe mich von diesem Urs anbinden lassen und bin zu dir herauf geklettert, damit wir umkehren?"

Damit war es entschieden. Sie kletterten über die nächsten Türme, überwanden die steile Grasflanke, die mitten im Grat zu durchsteigen war, schafften die Schlüsselstelle, die letzen Türme und dann den Aufschwung zum Gipfel. Susanne kletterte, als sei nichts geschehen und Franz wunderte sich.

Aber er tat nicht nur das. Zum ersten Mal seit den Tagen der Kindheit versuchte er zu beten. Zuerst war ihm das gar nicht bewusst. Und dann hörte er seine eigenen Gedanken. „Gott, wenn es dich wirklich gibt, und ich bin bis jetzt meinen eigenen Weg gegangen, dann lass mich das verstehen." Aber dann meldete sich der gewohnte Franz wieder. „Was soll ein Mensch auch tun, als seinen eigenen Weg zu gehen?"

Unter ihm kletterte Susanne. Mit jeder ihrer Kletterbewegungen kam sie ihm näher. Er fühlte eine große Dankbarkeit in sich, dass es sie gab und vor allem, dass es sie hier und jetzt so unversehrt gab nach dem, was geschehen war. Zu dieser Dankbarkeit mengte sich der Wunsch, wirklich zu begreifen, den innersten Kern von Susannes Denken zu verstehen. „Ich muss doch meinen eigenen Weg gehen", dachte er fast trotzig. Als er es gedacht hatte, war eine zweite Stimme in ihm, die sehr kühl und sachlich feststellte: „Und das Ergebnis des eigenen Weges ist, dass du das Liebste, das es für dich gibt, fast vernichtet hättest."

Franz war froh, als eine glatte Felsplatte kam, bei der er sich ganz aufs Klettern konzentrieren musste. Das bewirkte, dass der innere sich wiederstreitende Dialog zum Schweigen kam.

Bald danach, es war noch vor dem Mittag, erreichten sie den Gipfel. Susanne umarmte Franz spontan und sagte: „Danke." Franz erwiderte die Umarmung und korrigierte dabei: „Auf dem Gipfel sagt man Berg Heil."

Susanne löste sich wieder von Franz und sagte brav: „Berg Heil."

Franz holte das Gipfelbuch und trug sich ein und dann gab er es Susanne. Danach packte er seinen

Rucksack aus und holte hervor, was er für die Gipfelrast mitgenommen hatte. Susanne hatte inzwischen den Blick auf dem Gipfelplateau herum schweifen lassen und die vier Schweizer entdeckt, die etwas seitlich vor der westlichen Abbruchkante saßen. Sie ging zu ihnen hin, um sich noch einmal bei Urs zu bedanken.

„Hallo, ich möchte mich noch einmal bedanken, dass du mich bis zum Franz mitgenommen hast."

Urs antwortete und es war wieder in einem reinen Schweizerdeutsch. Der Einfachheit halber wird es hier gleich ins Hochdeutsche übersetzt. „Das ist schon in Ordnung. Aber sag einmal, was hat sich dein Freund eigentlich gedacht, wie er da bolzengrad hinauf geklettert ist, wo noch niemand gegangen ist?"

„Das musst du ihn schon selber fragen. Ich weiß es nicht. Das ist meine erste Klettertour."

Urs stieß einen typisch schweizerischen Fluch aus, dessen Übersetzung nicht notwendig erscheint. „Die erste Tour und die erste Seillänge! Ihr beide habt nicht nur einen Schutzengel, sondern eine ganze Legion davon. Und deinem Freund kannst du sagen, es ist besser, wenn er in Zukunft nicht vom Weg abweicht."

Susanne atmete tief durch und hatte einen hoffnungsvollen Ausdruck im Gesicht. „Ich glaube", sagte sie, „er ist gerade dabei, das zu lernen."

„Ich will es für euch beide hoffen und wünsche es euch", sagte Urs und sprach damit einen Wunsch aus, um dessen Bedeutung er selbst nicht wusste.

Aber Susanne wusste es. Sie ging zu Franz zurück. Neben Franz streckte sie sich auf dem Felsen aus und schloss die Augen. Dann richtete sie sich wieder ein wenig auf, sah Franz an und sagte in einem Tonfall, der bewusst beiläufig klingen sollte. „Übrigens, der Urs da drüben meint, es wäre besser für dich, wenn du in Zukunft nicht mehr vom Weg abweichst."

Der Klang in Susannes Stimme bei der Wiedergabe des Ratschlages von Urs war so auffällig gleichmütig gewesen, dass es Franz nicht entgehen konnte.

Franz sah auf die neben ihm liegende Susanne. Er genoss ihren Anblick und fühlte sich gleichzeitig auf eine neue Weise irritiert. Endlich konnte er nicht mehr an sich halten, obwohl es deutlich war, dass Susanne keine Antwort erwartete. „Und ich dachte wir Menschen seien als Individuen geschaffen, jeder für seinen Weg und nun sollen wir scheinbar nur gegängelte Marionetten sein, damit es Gott recht ist."

Susanne öffnete die Augen einen Spalt breit. Gerade so viel und so lange, dass sie Franz kurz sehen konnte. Er hatte tatsächlich einen Gesichtsausdruck wie ein kleiner bockiger Junge. Dann machte sie die Augen wieder zu und gab sich einem beredten Schweigen hin.

„So sag doch was", forderte Franz sie auf. Er wartete darauf, dass sie ihm widersprechen würde. Denn er wusste, dass seine Bemerkung nicht stimmte. Der Beweis lag neben ihm und hieß Susanne. Er hatte noch nie einen Menschen kennen gelernt, der mehr Freiheit ausstrahlte. Also war sein Gedanke von den Marionetten Unsinn. Aber er musste das sagen. Er sah sie vor sich, die Puppen an den Schnüren, die so wirkten, als ob sie Leben in sich hätten und doch vom Spieler bewegt wurden. Vielleicht war Gott doch der große Puppenspieler. Vielleicht doch.

Susanne machte nicht einmal die Augen auf, als sie ihm eine Antwort gab. „Ich hätte gern, dass du beim Abstieg auf der üblichen Kletterroute bleibst. Wenn wir wieder auf sicherem Boden sind, dann rede ich mit dir auch über Marionetten und ähnliches…"

Franz sah von Susanne weg und auf die Berge im Südosten zu den senkrecht empor ragenden Dolomitkalken des Drusenstockes. Im Geist begann er dort irgendwo hinauf zu klettern. Aber es nützte nichts, nicht daran denken zu wollen. Tief in sich wusste er, dass der eigene Weg ein Weg des unkalkulierbaren Risikos war. Aber noch wollte er ihn nicht verlassen. Noch war er der Herr in seinem eigenen Lebenshaus und er konnte sich etwas anderes nicht vorstellen. Bei dem Gedanken, es doch zu tun, spürte er in sich Angst aufsteigen. Und hier auf dem Gipfelplateau der Zimba, das war der falsche Ort für Angst. Wahrscheinlich hatte Susanne recht. Erst wieder auf sicherem Boden. Wenigsten ein Boden musste sicher sein.

Susanne gab sich den wärmenden Strahlen der Septembersonne hin bis sich eine Wolke vor die Sonne schob. Es war eine harmlose Schönwetterwolke. Aber die Wärme war nun fort und ein kühler Wind wehte um den Gipfel. Susanne erhob sich. Darauf hatte Franz nur gewartet.

Sie brachen auf. An der Kante des Gipfelplateaus vor dem jähen Abschwung des Westgrates beschlich Susanne für einen Augenblick ein Gefühl der Unsicherheit. Sie sah zu Franz. Er wirkte jetzt wieder entschlossen und sicher.

„Das ist nur ein kurzer Absatz so steil hinab. Es wird da unten gleich wieder flacher", sagte er. Franz hatte ihre leichte Unsicherheit bemerkt.

Am gespannten Seil stieg Susanne hinab. Nach wenigen tastenden Klimmzügen verflog die Beklemmung wieder. Konzentriert kletterte sie weiter hinunter.

Franz schlug vor, die Sohmplatte zu umgehen. „Das musst du wissen", meinte Susanne. Also umgingen sie die Sohmplatte über leichtere Felsen und erreichten so das Zimbajoch und damit den Steig zur Hütte. Als sie sich der Hütte näherten, fanden sie beide, dass sie recht durstig seien. Es war auch noch viel Zeit, bis unten von der Rellskapelle aus der Wanderbus nach Vandans gehen würde. Also kehrten sie noch einmal auf der Heinrich Hueter Hütte ein. Franz hatte das durchtrennte Seil tief im Rucksack vergraben und von den Schweizern, die vor ihnen zur Hütte zurück gekommen waren, hatte keiner ein Wort über den Zwischenfall am Ostgrat verloren. Das war Franz recht. Er konnte sich den Hüttenwirt vorstellen, was der dazu sagen würde. Ausgerechnet an der Zimba, von der man wusste, wie brüchig sie war, von der Route abzuweichen und einfach nach einem Block zu langen. Er hätte sich was anhören müssen. Aber er blieb davon verschont.

Ungeschoren konnte er mit Susanne vor der Hütte sitzen und den gespritzten Apfelsaft trinken. Nachdem sie beide ihren Durst gestillt hatten, holte Susanne ihren Rucksack, den sie in der Hütte gelassen hatte, aus dem Trockenraum, wo sie ihn abgestellt hatte und dann gingen sie weiter auf dem steinigen

Alpweg zur Rellskapelle. Als sie dort ankamen, war immer noch eine gute halbe Stunde Zeit, bis zur Abfahrt des Wanderbusses. Sie mussten sich aufs Warten einstellen.

Franz setzte sich einfach ins Gras neben die Staße. „So", sagte er, „jetzt wären wir wieder auf sicherem Boden."

„Ja?"

„Du hast doch gesagt, dass du erst wieder auf sicherem Boden darüber reden willst."

„Worüber?" Susanne fand es richtig, sich dumm zu stellen. Das war kein Spiel. Sie tat es nicht, um ihn an der langen Leine baumeln zu lassen. Sie tat es, weil sie empfand, dass es jetzt dran war, dass Franz selbst nachdachte und nicht, dass für ihn gedacht wurde. Der leichte Weg war nichts für Franz. Er musste ja in den Felsen gerade hinauf.

„Nun, warum soll der eigene Weg für den Menschen schlecht sein? Warum soll der Mensch nicht frei sein, ein Individuum, dass sich selbst verwirklicht?"

„Soll ich hier heroben in diesem schönen Alpental und zu Füßen der Zimba, wo mich dein eigener Weg fast erschlagen hätte, wirklich mit Adam und Eva anfangen?"

„Du trägst mir das also nach", fragte Franz.

Susanne schüttelte den Kopf. Die Nachmittagssonne tanzte und glänzte in ihren blonden Haaren. Franz sah es und es tat ihm fast weh. Plötzlich stand seine eigene Verzweiflung wieder vor ihm, als er sie tot geglaubt hatte. Er musste sich eingestehen, dass dieser konkrete eigene Weg, diese selbst gewählte Route, für die er sich mit den besten Absichten entschieden hatte, fast in einem Verhängnis geendet hätte.

„Was haben Adam und Eva mit meinem eigenen Weg zu tun", fragte er und es war eine deutliche Irritation in seiner Stimme zu hören.

„Alles und nichts", antwortete Susanne.

Franz spürte, dass irgendetwas anders geworden war zwischen ihnen, aber er konnte es nicht fassen. „Spielst du jetzt Katz und Maus mit mir", fragte er und zugleich hob er seine Augenbrauen hoch.

„Nein." Wieder schüttelte sie den Kopf und wieder funkelte ihr Haar und wieder erinnerte er sich an den Moment am Ostgrat, als er glaubte, sie nie mehr in ihrer Schönheit und Lebendigkeit wieder zu sehen. Es tat weh. Es tat so weh, dass er sich abwenden musste. Er schaute hinauf zu der in der Nachmittagssonne dunkel dräuenden Ostwand des Saulakopfes. Aber so sehr er auch dahin starrte, der Anblick der Wand spendete keinen Trost und gab keine Antwort.

Endlich wendete er sich wieder Susanne zu. „Ich weiß nicht, warum du wie eine Sphinxs mit mir redest. Aber ich merke, du willst jetzt nicht mit mir reden. Ich soll wohl in meinen eigenen Fragen schmoren?"

Susanne lachte. Das war die Susanne, die er kannte. „Nein, nicht im eigenen Saft sollst du schmoren. Aber selber denken sollst du. Wenigstens heute."

Von nun an war mehr Schweigen wie Reden zwischen ihnen und wenn sie redeten, dann über alles, nur nicht über den Eigensinn des eigenen Weges. Es war so, als gebe es das Thema nicht.

Um vier Uhr am Nachmittag ging der Wanderbus von der Rellskapelle nach Vandans und am Abend waren sie wieder in Bregenz. Susanne gab ihm einen flüchtigen Kuss auf die Wange, es war mehr ein Hauch als ein Kuss und wünschte ihm alles Gute und sagte: „Danke. Du hast mich wieder heil herunter gebracht. Und eigentlich war es schön."

„Wirklich?"

„Ja wirklich!"

„Trotzdem, ich meine trotzdem, obwohl ich…" Franz griff nach ihrer Hand, wo der kleine Schnitt, den der Stein verursacht hatte, schon zu einer Schorfwunde verheilt war. „Trotz dem da und der Möglichkeit, dass du…, dass du…"

„Dass ich auch tot sein könnte", unterbrach sie ihn. „Ja trotzdem. Und obwohl du deine eigenen Gedanken noch immer nicht zu Ende denken willst."

„Was weißt du über meine Gedanken?"

Sie sah ihn an. Einfach so. Nein, nicht einfach so. Er hatte plötzlich das Gefühl, dass sie wirklich mehr wusste über ihn als er selbst von sich wusste. Eigentlich hätte er dagegen aufbegehren müssen. Aber, und das empfand er selber als verrückt, es war ihm recht. In ihm entstand das Gefühl, dass sie seine Reise kannte und dass sie mitgehen würde. Das genügte.

Susanne stieg in ihr Auto und fuhr davon. Aber ihr Blick blieb. Es war für ihn, als werde er noch immer angesehen, wissend und wegweisend.

Ach ja, der Weg.

Als die Nacht herein brach, ging er auf den Balkon. Er wollte die Sterne anschauen, so wie sie vorgestern vor der Hütte gemeinsam zu den Sternen empor geblickt hatten. Aber hier in Bregenz war der Sternenhimmel vom Licht der Stadt überstrahlt. Keine Sterne, nur zwei oder drei der hellsten waren zu sehen. Kurz entschlossen stieg Franz ins Auto und fuhr zum Gebhardtsberg hinauf. Von dort ging er ein paar Schritt weit bergwärts, bis er sicher war, dass die Lichter aus dem Tal den Nachthimmel nicht mehr erhellen konnten. Dann hob er den Blick.

Wie hatte Susanne gesagt? Wie war dieses Wort von Lincoln gewesen? „Wenn man von oben nach unten sah, dann hatte man allen Grund ein Atheist zu sein." Irgendwie so war es gewesen. „Wenn man aber in den Nachthimmel sah, dann musste man an Gott glauben." Das war die Meinung von Lincoln.

„Und was ist meine Meinung", fragte sich Franz. Er sah angestrengt in die Nachtschwärze, in der die unzählbaren Lichter der Sterne funkelten.

„Was ist meine Meinung", fragte sich Franz weiter. Er fand keine Antwort. Vor zwei Tagen wäre die Antwort einfach gewesen. „Das Universum ist da. Punkt. Warum? Das lässt sich nicht erklären. Es ist. So wie die Gläubigen behaupten, dass Gott ist. Und der Mensch ist einsam und allein im Universum. Endgültig Punkt."

Franz stand hier, in diesem engen Raum zwischen den Tannen, den Blick in ein unfassbares All gerichtet und wusste, dass diese Antwort nicht richtig war. Sie war falsch. Aber was war dann die richtige Antwort? Wirklich dieser christliche Gott von Susanne? Dieser Gott, der keinen eigenen Weg wollte, dieser Gott, der einem an die Freiheit ging, wenn man sich auf ihn einließ? Ich will aber frei sein, dachte Franz. Und dann brach er sein eigenes Denken mitten in diesem Gedanken ab, denn jetzt sah er sich wieder, wie er nach dem Stein griff. Es war ihm, als höre er noch einmal das leise knirschende Geräusch, als der Stein aus der Wand heraus brach, langsam sich neigte und dann...

Jetzt kam die Furcht, die er im Augenblick der Gefahr nicht empfunden hatte. Es war ihm, als lauere in der Schwärze des Waldes ein Ungeheuer, das ihn mit kalten Augen ins Visier nahm, bereit zum Sprung. Kaltes Entsetzen griff nach seinem Herzen. Das war nicht mehr die Sorge um Susanne, wie er sie am Ostgrat empfunden hatte. Das hier war etwas anderes. Es war ihm tatsächlich, als sinke um ihn herum die Temperatur. Ihn fröstelte. Er stand allein zwischen den Tannen. Das hätte ihm unter normalen Umständen nichts ausgemacht, egal ob es nun Tag oder Nacht war. Franz war seiner Natur nach kein ängstlicher Mensch. Und das Alleinsein in der freien Natur war er von Kindheit an gewöhnt. Hier und jetzt allerdings wurde dieses Alleinsein zu einer Bedrohung, zu einer unerträglichen Einsamkeit, die fast körperlich weh tat.

War Einsamkeit, ein so schreckliches Alleinsein, der Preis für den eigenen Weg? War es das?

Franz sah in die Nacht, hinauf zu dem Sternenhimmel, der für ihn in diesem Augenblick von einer fürchterlichen Leere zu sein schien. In diese Leere hinein schrie sein Herz. „Gott, wenn es dich wirklich gibt, wenn es dich, diesen Gott der Bibel, wirklich gibt, dann hilf mir, dich zu erkennen. Dann will ich meinen eigenen Weg verlassen."

Ihn fröstelte noch immer. Aber, das wusste er, mehr konnte er nicht tun. Mehr war nicht zu sagen und nicht zu entscheiden. Franz ging zu seinem Auto zurück und fuhr wieder in die Stadt hinunter.

*

Der Montag war für Franz ein ganz normaler Arbeitstag. Er musste sich mit dem Tragseil einer Bahn beschäftigen, die von einer Talseite zur anderen fahren würde. Wieder einmal die Vergrößerung eines Schigebietes. Aber daran dachte Franz nicht. Das war nicht deswegen, weil der Winter noch weit entfernt war. Das war, weil die Frage, die dieser ausbrechende Stein in ihm ausgelöst hatte, immer wieder auftauchte und es für Franz mühsam machte, konzentriert bei der Arbeit zu sein. Der eigene Weg oder kein eigener Weg, das war hier die Frage. Als er diesen Gedanken so in seinem Kopf formuliert hatte, fiel ihm auf, dass Shakespeare etwas Ähnliches geschrieben hatte. *To be, or not to be, that is the question.* Das war Hamlet. Ging es möglicher Weise nicht nur um den richtigen Weg, sonder auch um Sein oder nicht Nichtsein?

„Ich muss das Nachdenken verschieben, ich muss aufhören damit", sagte sich Franz. „Diese Frage ist ja wie eine Krake, deren Arme sich in alle Richtungen ausstrecken und nach immer neuen Fragen greifen. So geht das nicht. Ich muss arbeiten. Arbeiten und nicht an diese Sache denken." Franz bemühte sich, so gut es ging, nur an seine Arbeit zu denken.

Nach der Arbeit rief Franz Susanne an und fragte sie, wann sie sich treffen könnten.

„Heute geht das leider nicht mehr", musste sie ihm sagen. „Das neue Schuljahr, weißt du und ich habe eine neue Klasse und heute muss ich noch…"

Franz unterbrach sie. Er unterbrach sie wegen seiner Enttäuschung. „Kann man halt nichts machen, dann halt irgendwann…"

Jetzt fiel ihm Susanne ins Wort. Sie hatte den enttäuschten Klang in seiner Stimme gehört. „Aber morgen bin ich ab vier Uhr frei."

Franz sah ein Licht am Ende des Tunnels. Er beschloss sofort, einfach früher von der Arbeit weg zu gehen. „Wo darf ich dich abholen", fragte er.

„Direkt von der Schule."

„Danke. Das werde ich machen."

Am Dienstag um Vier stand Franz mit seinem Golf vor der Schule und wartete. Die fünf Minuten bis Susanne kam, schienen ihm eine Ewigkeit. Als sie leichtfüßig die Stufen des Haupteingangs herunter kam, ging es ihm wie immer. Es wurde ihm warm ums Herz. Eilig sprang er auf und öffnete die Tür zum Beifahrersitz.

Das war auch etwas, das Susanne an ihm zu schätzen gelernt hatte. Er hatte die Emanzipation nicht so verstanden, dass aus der Frau ein Mann wurde. Franz fand es immer noch selbstverständlich ein wenig Kavalier zu sein. Als er die Tür hinter ihr zumachte und ums Auto herum ging, hatte sie plötzlich einen Einfall. Vielleicht war das sogar eine gute Idee, dachte sie.

„Wohin möchtest du", fragte Franz.

„Auf den Pfänder, weil heute so ein klarer Tag ist", antwortete Susanne.

„Willst du denn gar nicht mehr über meine Frage reden?" Franz war sichtlich frustriert.

Susanne lachte ihn an, lachte auch ein wenig in sich hinein. „Doch das will ich. Genau deswegen will ich auf den Pfänder."

Franz dachte ihm Stillen, dass ein Mann wohl nie eine Frau verstehen wird und er Susanne im Besonderen erst recht nicht. Aber gut, dachte er, dann fahren wir halt auf den Pfänder.

„Mit dem Auto oder mit der Bahn?"

„Lieber mit der Bahn. Allerdings, weißt du wann die letzte Bahn wieder runter geht?"

Franz wusste es nicht. Er war zwar mit dem Bau von Seilbahnen beschäftigt. Aber Seilbahn fahren gehörte nicht zu seinen Freizeitaktivitäten.

„Gut", sagte Susanne, „dann schau ich halt." Sie nahm ihr Handy und suchte. Pfänderbahn. Fahrzeiten und Preise. „Aha", sagte sie, „um neunzehn Uhr. Ich denke, das passt."

Franz verstand immer noch nicht, was Susanne da oben wollte. Aber dennoch schwebte er wenig später mit Susanne in der Bahn zur Bergstation. Was will sie bloß, dachte er. Was soll ich auf dem Pfänder? Wenn sie sich revanchieren will für die Steine von oben, dann wäre die Rappenlochschlucht ein besserer Ort dafür gewesen. Doch eine Vergeltung, das würde Susanne grundsätzlich nicht in Erwägung ziehen. Vor allem nicht eine solch gefährliche. „Was soll ich also da oben?", dachte Franz.

Susanne ging ihm voran zum Aussichtspanorama. Sie deutete nach Osten auf einen der Gipfel der Allgäuer Alpen. „Siehst du den dort", fragte sie ihn.

Franz deutete auf einen Berg und fragte: „Den da?"

„Ja."

„Das ist der Hochvogel bei Obersdorf."

„Richtig", stellte Susanne zufrieden fest. Franz wiederum fragte sich, ob er jetzt Geografie-Unterricht bekommen sollte.

„Weißt du auch, wie viele Kilometer Luftlinie es bis dahin sind?"

Jetzt musste Franz passen. „Keine Ahnung."

„Es sind fünfzig Kilometer."

„Aha", sagte Franz und es klang nicht sehr interessiert.

„Lass uns auf die andere Seite gehen, wo man nach Westen sieht", sagte Susanne und ging schon los. Sie blieb vor der Brüstung stehen, von wo aus der Blick über den Bodensee bis zum Schwarzwald hin reichte. „Siehst du dort hinter dem See im Dunst den kleinen Buckel?"

Franz strengte sich an und sah jetzt auch den Höhenzug im Dunst. „Soll ich jetzt auch wissen, was das für ein Buckel ist und wie weit er weg ist", fragte er.

„Ja genau." Susanne nickte dazu.

„Offen gesagt, keine Ahnung."

„Ja, ja, das ist für dich halt kein Berg. Es ist der Hohentwiel hinter Singen. Und von hier bis zu ihm sind es achtzig Kilometer Luftlinie."

„Und was soll das Ganze?"

„Das erkläre ich dir, sobald wir einen ruhigen Platz für uns gefunden haben."

Das war nicht einfach. Sie waren schließlich nicht in der Einöde, sonder auf dem Pfänder. Aber dann fanden sie doch eine Stelle am Waldrand. Ein Brett lag da. Franz richtete es so zu recht, dass sie bequem darauf sitzen konnten. Susanne hatte ihre Umhängtasche mit genommen und zog jetzt ein Buch hervor. Franz war sofort klar, um welches Buch es sich nur handeln konnte. Die Bibel.

Susanne schlug das Buch auf und sagte: „Das ist jetzt aus einem Psalm, also aus einem Gebet. Übrigens Altes Testament. Also:

Der Herr ist barmherzig und gnädig, langmütig und reich an Güte.

Er wird nicht immer zürnen, nicht ewig im Groll verharren.

Er handelt an uns nicht nach unsern Sünden und vergilt uns nicht nach unsrer Schuld.

Denn so hoch der Himmel über der Erde ist, so hoch ist seine Huld über denen, die ihn fürchten.

So weit der Aufgang entfernt ist vom Untergang, so weit entfernt er die Schuld von uns.

Wie ein Vater sich seiner Kinder erbarmt, so erbarmt sich der Herr über alle, die ihn fürchten.

Denn er weiß, was wir für Gebilde sind; er denkt daran: Wir sind nur Staub.

Des Menschen Tage sind wie Gras, er blüht wie die Blume des Feldes.

Fährt der Wind darüber, ist sie dahin; der Ort, wo sie stand, weiß von ihr nichts mehr.

Das ist also der Psalm. Wie weit war es vorhin zwischen dem Hochvogel und dem Hohentwiel?"

„Moment mal. Lass mich…Hundertdreißig Kilometer."

„Vielleicht wäre es gut, wenn du dich einmal allein hinstellst und dir das noch einmal vor Augen führst. Der Gott, von dem ich rede, entfernt die Schuld von uns und zwar wirklich gründlich und unvorstellbar weit."

Franz musste immer noch dagegen sein. „Das ist ja schön und gut. Aber das ist es ja mit dem Christentum. Zuerst erklärt es den Menschen für schuldig und dann nimmt es ihm die Schuld wieder weg – aber meistens nicht ganz. Der Jeremias hat sicher auch Schuldgefühle."

„Es kommt nicht darauf an, was für Gefühle ein Jeremias Grimm hat, jedenfalls jetzt nicht, sondern nur auf das, was Gott zu dieser Frage sagt. Und das wollte ich klären. Gott selber entfernt die Schuld von uns."

„Die uns die Religion erst einflößt…"

„Hatten wir das nicht schon? Was war denn das Thema in Hohenems?"

„Ok. Aber ich habe nichts angestellt, niemanden umgebracht, niemanden bestohlen…"

„Stopp", Susanne fuhr ihm einfach dazwischen. „Den Unsinn kenne ich schon. Wenn du dir jetzt selber zugehört hast, dann hast du gehört, dass du dich darauf berufen hast, dass du nichts getan hast. Habe ich recht?"

„Nichts Falsches!"

„Und was wäre dann das Richtige?"

„Woher soll ich das denn in dieser verrückten Welt wissen?"

Susanne sah ihn eine Weile schweigend an. „Ist das deine Meinung?"

„Ja, wenn du mich nach dem wirklich und absolut Richtigen fragst. Seit dieser verd… Stein ausgebrochen ist, traue ich mich nicht mehr zu sagen, ich weiß mit Sicherheit das Richtige."

„Dann wären wir uns an diesem Punkt ja einig", stellte Susanne fest und schlug die Bibel an einer anderen Stelle auf. *„Wir hatten uns alle verirrt wie Schafe, jeder ging für sich seinen Weg.* Das steht bei Jesaja. Es steht in einem größeren und bedeutenden Zusammenhang. Aber jetzt möchte ich bloß bei diesem Satz bleiben." Sie machte eine Pause und schlug das Buch zu. „Vorhin hast du dich mit dem Wolf verglichen."

„Mit dem Wolf?"

„Ja. Niemanden bestohlen, niemanden umgebracht. So etwas tut der Wolf. Du hast dich damit verteidigt, dass du nichts von dem getan hast, was ein Wolf tut. Davon ist hier nicht die Rede. Wir haben uns verirrt wie Schafe. Ein Schaf bringt niemanden um. Ein Schaf stielt und raubt nicht. Ein Schaf kann nicht lügen und betrügen. Aber es kann sich verirren und ist dann dem Wolf ausgesetzt. Man sagt nicht: *du böses Schaf*, man sagt: *du dummes Schaf*."

Susanne schwieg und Franz dachte an seinen Versuch, gerade hinauf zu klettern. Verirrt und dumm. Dumm? Franz kannte Schafe seit seiner Kindheit. Es gab Schafe in Schwarzenberg. Dumm? Für ihn waren Schafe nicht dumm. Sie waren einfältig und hilflos. Und sympathisch waren sie auch. Seine Mutter hatte ihm immer Wollsocken gestrickt, warme Wollsocken aus Schafwolle für den Winter. Ein verirrtes Schaf. Das wäre eine ganz andere Perspektive. Bis jetzt hatte er immer gedacht, er werde von der christlichen Religion angeklagt, seiner Art nach ein Wolf zu sein und es bloß nicht zugeben zu wollen. Dagegen hatte er sich gewehrt, wie er meinte zu Recht gewehrt. Aber ein Schaf.

„Der Satz: *homo homini lupus* stammt von einem römischen Dichter und nicht aus der Bibel", merkte Susanne an.

„Entschuldigung", Franz kam sich manchmal ungebildet vor neben Susanne. „Aber ich hatte kein Latein."

„Oh, ich muss mich entschuldigen. Das heißt: *der Mensch ist des Menschen Wolf*."

„Aber so ist diese Welt doch auch."

„Leider gibt es auch Wölfe unter den Menschen. Aber es gibt auch Schafe, die sich verirrt haben und nicht mehr dahin finden, wo sie hingehören."

„Und was bin ich in deinen Augen und wo gehöre ich hin?"

Susanne sah ihn an. Der Hauch eines Lächelns war in ihren Augenwinkeln. „Du bist ein Schaf." Sie dehnte das Wort Schaf in die Länge. Es zerging geradezu auf ihrer Zunge. Plötzlich veränderte sich ihr Gesichtsausdruck. Er wurde ernst und dann traurig. „Du bist ein verirrtes Schaf und durch Jesus Christus könntest du wieder heimfinden in die Gemeinschaft mit Gott."

Franz bekam plötzlich einen Verdacht. „Ist das der einzige Satz in der Bibel, in der wir als verirrte Schafe bezeichnet werden?"

„Warum ist das wichtig?"

„Ja dann ist es eben nur ein Nebengedanke."

„Und ich dachte", sagte Susanne und ein wenig Verwunderung war in ihrer Stimme, „du hättest auch schon in den Evangelien gelesen.

Sie hatte Recht. Hatte er. Aber dennoch. Er wollte es jetzt hören. „Steht da auch, dass ich ein Schaf bin?"

Susanne blätterte kurz. Dann las sie vor. „*Als er die vielen Menschen sah, hatte er Mitleid mit ihnen; denn sie waren müde und erschöpft wie Schafe, die keinen Hirten haben.* Er, das ist natürlich Jesus. Das steht im Matthäusevangelium." Susann blätterte weiter und las: „*Er antwortete: Ich bin nur zu den verlorenen Schafen des Hauses Israel gesandt.*" Susanne machte eine kurze Pause. „Das galt für Jesus. Als er seine Jünger aussandte, hat er sie zu den verlorenen Schafen in der ganzen Welt gesandt. Er hat sie nicht zu den Wölfen und Bestien geschickt, sondern zu den Schafen."

Franz sah Susanne an. „Dann bist du also ein Schaf."

Susanne lachte hell auf. „Ja und gerne auch noch." Wieder blätterte sie in der Bibel noch weiter nach hinten. „Johannes zehn", sagte sie knapp. „*Ich bin der gute Hirt. Der gute Hirt gibt sein Leben hin für die Schafe.* Ich, Susanne, bin ein Schaf und Jesus hat sein Leben gegeben für mich. Ach ja, noch ein Satz: *Meine Schafe hören auf meine Stimme; ich kenne sie und sie folgen mir.*"

Franz hob abwehrend beide Hände in die Höhe. „Genug, genug. Ich glaube dir. Ich bin in Gottes Augen kein böser Wolf." Franz stand auf und ging auf dem wurzeligen Waldboden hin und her. Dabei scheuchte er, ohne es zu merken, eine Eidechse auf, die vor seinem Schritt eilig flüchtete. „Ich bin in Gottes Augen kein Wolf, kein böses Ungeheuer. Ich stehe nicht unter der generellen Anklage der Bösartigkeit. Aber so habe ich es gehört. Als Kind wurde ich in die Kirche getrieben und musste beichten. Nach der Meinung vom Pfarrer war ich schon ein Sünder, also, das hat es für mich geheißen, böse. Ich habe fürs Beichten Sünden erfunden. Ich erinnere mich noch, wie ich gebeichtet habe, dass ich meinen Bruder geschlagen habe. Man musste ja was sagen. Ich habe gelogen, damit ich eine Sünde abliefere. Es war mir so zuwider. Überall Sünde. Pfui. Der Mensch als ein einziges Pfui. Aber wenn ich ein Schaf bin. Da ist keine moralische Anklage. Sich zu verirren, das ist keine Sünde, das ist eigenes Unvermögen, das ist eine Tragödie, das ist ein Unglück. Daraus kann Unheil erwachsen. Dann muss man daraus halt Lehren ziehen. Ach ja, das wäre wieder menschlich gedacht. Ein Schaf kann seine

Fehler nicht analysieren, um sie nicht mehr zu wiederholen." Franz blieb abrupt stehen. „Was tut ein Schaf, damit es sich nicht mehr verirrt?"

Susanne, die immer noch saß, sah zu Franz hoch. „Das habe ich dir vorgelesen."

„Lies es noch einmal!"

„*Meine Schafe hören auf meine Stimme; ich kenne sie und sie folgen mir.*"

„Hat Jesus wirklich eine Stimme, die man heute noch hören kann, um ihr zu folgen?"

„Ja."

„Du sagst so einfach Ja. So einfach kann das doch nicht sein. Sonst sähe die christliche Welt anders aus."

Susanne sah noch immer zu Franz auf. Sie spürte, dass sie sich jetzt dem entscheidenden Punkt näherten. Auf die christliche Welt wollte sie sich nicht einlassen. Jetzt war jedes Wort wichtig. „Man kann Jesus nur von innen sehen und verstehen", sagte sie.

„Und ich bin jetzt noch immer draußen? Das willst du sagen? Vielleicht. Was mir jedoch klar geworden ist, das ist, ich bin nicht unter der Anklage, ein Wolf zu sein. Es geht auf einmal nicht mehr vorrangig um die Moral. Es geht um die Heimkehr. Und heimkehren will ich. Damals in Schwarzenberg als Kind..." Franz brach ab. Er legte die Hand kurz vor die Augen und dann sah er auf die Uhr. „Wir müssen zur Bergstation. Sonst müssen wir laufen."

Susanne sah auf ihre Füße. „Dazu habe ich nicht die richtigen Schuhe an. Gut, lass uns zur Bahn gehen."

Im Gehen nahm Franz die Hand von Susanne und sie entzog sie ihm nicht. Es geschah mit großer Selbstverständlichkeit. Franz wollte heimkehren. So war das nun. Und so begann ihre gemeinsame Reise. Alles bis hier her war nur ein Vorspiel gewesen, manchmal dramatisch aber doch nur ein Vorspiel. Franz war seinen eigenen Weg gegangen und Susanne auf dem Weg des Glaubens. Von nun an aber würde es immer mehr ein gemeinsamer Weg werden. Ein Weg, der ein klares Ziel kannte.

Plötzlich lachte Susanne laut.

„Was lachst du", fragte Franz.

„Das kann ich dir erst sagen, wenn du mich etwas gefragt hast."

„Etwas gefragt? Habe ich nicht schon genug Fragen gestellt und Einwände gehabt. Gibt es noch mehr zu fragen?"

„Ach", sagte Susanne gleichmütig und diesmal gelang es ihr unauffällig gleichmütig zu sein, „es gibt in der Tat noch mehr zu fragen."

*

Franz stellte die Frage zwei Monate später. „Willst du meine Frau werden?"

Als Susanne „Ja!" gesagt hatte, erklärte sie Franz, warum sie damals auf dem Pfänder plötzlich laut gelacht hatte. „Ich habe mir vorgestellt, dass ich Dir vorschlage, dass wir unseren ersten Jungen Jeremias Vinzenz nennen und was du da wohl für ein Gesicht machen würdest."

„Jeremias Vinzenz, was fällt dir ein!" Franz machte tatsächlich das Gesicht, das sie erwartet hatte. „Aber er könnte doch der Taufpate sein!"

„Franz! Ich dachte du bist gläubig geworden und verstehst den Glauben als eine eigene Entscheidung."

„Denkst du das wirklich?" Franz setzte sein breitestes Lächeln auf, das er zur Verfügung hatte. „Nun, wenn meine Lehrerin im Glauben das denkt, dann wird das wohl stimmen..."

Er sagte es und zog Susanne an sich.